깡패 용사
성공담 ④

아네코 유사기
Aneko Yusagi

피트리아

교황

여왕

마인

키타무라 모토야스

필로

메르티

이와타니 나오후미

인물소개

깡패 용사
성공담

라프타리아

「그럼 자기소개부터…….

온 세계 필로리알들을 통괄하는 여왕을 맡고 있는, 피트리아야.

눈색은 붉고, 필로에 비해
활기가 없는 것처럼 느껴진다.

얼굴은 필로와 우열을 가릴 수 없는

단아한 모습이었다.

복장은 백색과 적색의 고딕 드레스풍.

인간 모습의 필로가 백색과 청색의 옷을 입고 있으니,

아무래도 비교하게 되어버린다.

목차

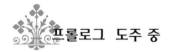# 프롤로그 도주 중

"뭐가 이렇게 끈질겨! 머릿속에 든 거라고는 하렘밖에 없는 놈이!"

부아가 치밀어서 저도 모르게 쏘아붙였다.

그럴 만도 하다. 우리는 현재 메르티 세뇌 유괴 혐의로 줄곧 쫓기는 몸이기 때문이다.

현재, 우리는 나무들이 울창하게 늘어선 산길 속을 숨듯이 나아가고 있다.

뒤쪽에서 적들이 쫓아오고 있는 것이다.

"젠장! 이 세계에 온 뒤로 제대로 되는 일이 없어!"

무심코 그렇게 뇌까리는 바람에, 지금까지 있었던 일들을 떠올리고 말았다.

내 이름은 이와타니 나오후미.

원래는 현대사회에서 대학교 2학년에 다니던, 자타공인 오타쿠였다. 나이는 스무 살이다.

사건의 발단은 어느 날 심심해서 시내 도서관에 놀러 갔을 때 발견한, 사성무기서(四聖武器書)라는 책이었다. 그 책을 읽다 보니 나는 어느새 이세계로 소환되고 말았다.

게다가 사성무기서에 등장하는 네 용사 중 한 사람, 공격 능력이 전혀 없는 방패 용사로서.

처음에는 이세계 만세를 외치며, 꿈같은 시추에이션 속에서 용사의 길로 돌진하리라는 기대에 가슴이 부풀어 있었다. 하지만 이 세계 녀석들은 나를 비열한 함정에 빠트리고, 무일푼 신세로 만들고, 악명까지 뒤집어씌워서 박해했다.

짓지도 않은 강간죄를 뒤집어쓰고, 내게는 공격 능력이 전혀 없음에도 불구하고 이 세계를 홀로 살아가야 하는 신세가 되었다.

게다가 이 세계는 '파도'라 불리는 현상에 의해서 파멸의 위기에 처해 있다.

파도가 도래하면 나는 그 현상이 일어난 곳으로 강제 소환되어 싸워야만 한다.

성가시게도, 나를 강제로 그 현장으로 소환하는 전설의 방패는 절대로 몸에서 떼어놓을 수 없는 저주받은 무기다.

내가 왜 나를 함정에 빠트리는 녀석들을 위해 목숨 걸고 싸워야 하나, 하는 생각도 들지만, 도망칠 수가 없으니 어쩔 도리가 없다.

이 방패 때문에 나는 다른 무기를 들 수도 없고, 적을 때려도 대미지를 주지 못한다.

그 대신이라고나 할까, 마물이나 소재를 방패에 먹이면 방패가 변화를 일으켜서 내 능력을 향상시켜 주는 식으로 힘을 키울 수 있게 되어 있다.

이 세계는 게임 같은 시스템으로 움직이고 있는 부분이 있다. 스테이터스 마법이라 불리는 것으로, 요컨대 마물이나 적을 물리치면 레벨이 올라서 강해질 수 있다는 것이다.

레벨이라고는 해도 현실적인 느낌이 없어서 실감이 안 나지만, 노력하면 노력한 만큼 강해질 수 있다는 점, 노력을 쌓으면 결과는 배신하지 않는다는 점에서는 이해하기 쉬운 면도 있는 셈이다. 철이 들기도 전부터 만화며 게임, 애니메이션을 좋아했던 나로서는 상당히 적응하기 쉬운 시스템이다.

나의 현재 레벨은 39. 이런저런 일을 겪다 보니 제법 많이 올랐다.

"어때? 따돌린 것 같아?"

"아직 쫓아오고 있어요."

"칫!"

지금 나를 쫓아오고 있는 녀석의 이름은 키타무라 모토야스. 나이는 스물한 살.

내가 살던 곳과는 다른 현대 일본에서 소환된 창의 용사다.

소환된 용사들 중에서 얼굴은 제일 잘생겼다. 같은 남자지만 그것만은 인정한다.

하지만 머릿속에 든 거라고는 여자 생각밖에 없는 경박한 놈이다.

모토야스는 다른 두 용사들과 마찬가지로 이 세계와 유사한 게임을 해 본 경험이 있는, 말하자면 정보통이다. 이 세계의 규칙을 숙지하고 있고, 효율적으로 강해지는 방법도 알고 있다.

그럼에도 그 지식을 나에게 가르쳐주기는커녕, 앞장서서 함정에 빠트리고 내몰아댄다.

그런 쓸데없는 짓을 할 시간이 있으면, 세계를 위해 싸울 궁리나 하면 좋을 텐데 말이다.

그 외에도 검의 용사 아마키 렌과 활의 용사 카와스미 이츠키라는, 각기 다른 일본에서 소환된 용사들이 있다.

렌은 열여섯 살. 쿨가이를 자처하는 흑발의 검사라고 표현하면 대충 들어맞을 것이다.

이츠키는 열일곱 살이었더랬지. 생긴 건 그냥 수수한 소년 같지만, 어쩐지 손재주가 좋을 것 같은 인상이다.

렌과 이츠키가 추격해 오는 것 같은 기미는 보이지 않는다. 이번 사건에 수상한 점이 있음을 감지했기 때문이리라.

"마법으로 모습을 감출까요?"

"부탁할게."

내게 마법에 의한 은폐를 제안한 아이의 이름은 라프타리아.

너구리 같은 귀와 꼬리가 달려 있는, 라쿤 종이라는 아인(亞人) 여자아이다.

외모 연령은 열여덟 살 전후. 신장은 나보다 약간 작은 정도이니 발육도 좋고, 이목구비도 가지런하고, 척 봐도 성실한 성격임을 알 수 있는 얼굴이다. 굳이 호의를 갖고 있는 사람이 아니더라도 귀엽다고 느낄 만큼, 외모는 확실히 예쁘다.

머리는 약간 갈색 기운이 도는 롱헤어. 약간 곱슬머리이긴 하지만 윤기가 돌고, 사지도 훤칠해서 모델 같다고 생각한 적도 있다.

이 라프타리아라는 여자아이는, 이세계에 소환된 내가 누명을 뒤집어쓴 채 동료도, 돈도 없이 쫓겨났을 때, 그때까지 모아 두었던 돈으로 산 노예였다.

생사여탈까지도 내 마음대로 할 수 있는 노예문(奴隷紋)이라는 것에 얽매인 노예다. 금칙사항을 위반하면 노예문이 빛을 뿜으며 노예에게 고통을 준다. 나는 배신당한 충격 때문에 사람을 믿을 수 없게 된 상태였으므로, 절대로 배신할 수 없는 노예로서 그녀를 구입했다. 그래서 라프타리아는 내게 거짓말을 할 수 없다.

라프타리아는 스스로 적을 해치울 수 없는 나를 대신해서 무기를 들고 싸워 준다.

구입했을 당시에는 지금보다 훨씬 어린 열 살 정도의 계집아이였다.

들자 하니 이 세계의 아인이라는 인종은, 레벨이 상승하면 신체도 같이 급성장한다는 모양이다.

그 때문에 이제는, 외모만 보면 성인 여성과 다를 바가 없을 정도까지 성장했다.

인간과 아인이 구분되어 있는 건 그런 이유가 있기 때문이라고 한다.

첫 번째 파도가 도래할 때까지 라프타리아와 둘이서 레벨을 올리고 장비를 갖추어서, 그럭저럭 파도를 극복한 것까지는 좋았다. 그런데 내가 여자아이를 노예로 삼고 있다는 얘기를 들은 모토야스가, 공격 수단이 없는 내게 다짜고짜 1대1 결투를 신청해 왔다.

나를 소환한 나라인 메르로마르크의 왕은 그 결투를 강요했고, 나는 비겁한 수단에 의해 억울하게 패배했다. 하지만 결투의 결과로 자유의 몸이 된 후에도 라프타리아는 변함없이 나를 따르겠다고 했고, 현재도 노예로서 나와 함께해 주고 있다.

그런 경위가 있었기에 라프타리아는 노예문이 발동할 만한 행동을 하지 않고, 나 역시 사역 조건을 최대한 느슨하게 설정해 두어서, 노예라고는 해도 이제는 그저 형식적인 주종관계에 불과하다.

그리고 라프타리아는 용사의 동료로서 세계를 구하는 것…… 즉, 파도와의 싸움을 원하고 있다.

라프타리아는 원래 살고 있던 마을, 그리고 부모님을 파도 때문에 잃은 아이였던 것이다.

그렇기에 재앙의 파도와 싸우는 것은 곧 설욕전에도 해당하는 것이리라.

파도와 싸워야 하는 사명을 지닌 용사와, 파도에 의해 모든 것을 잃은 노예…….. 목적이 같은 건 당연한 일이다.

나는 처음엔 라프타리아를 그저 다루기 쉬운 노예라고만 생각했지만, 현재는 믿음직한 오른팔인 동시에 딸 같은 존재라는 인식으로 대하고 있다. 가능하면 무리하지 않도록 안전한 곳에 보내고 싶지만, 라프타리아 자신이 사명감에 불타고 있기에 딱히 강요하지는 않는다.

참고로 현재 레벨은 40이다.

"저만 믿으세요."

"항상 고마워."

"별말씀을 다 하시네요. 우리 사이에 이 정도는 당연한 일이잖아요. 그렇게 신경 쓰실 필요 없어요."

"……맞아. 나 참. 저 자식은 왜 저렇게 끈질기게 물고 늘어지는 거야?"

"그러게 말이에요."

저도 모르게 볼멘소리가 새어 나온다.

"필로랑 메르는 어떻게 하면 돼?"

"글쎄. 필로는 인간형 모습으로 있어. 무슨 일이 생기거든 그때 필로리알 모습으로 변신해. 메르티는 그냥 입 다물고 있고."

"알았어~."

"그렇게 말하면 꼭 내가 시끄럽게 굴기라도 하는 것 같잖아."

"알았어, 알았다고. 메르티는 후방을 확인해 줘."

방금 내게 질문을 한 두 사람은, 양쪽 모두 어린 여자애들이다.

한 명은 필로.

외모는 금발 벽안에 등에는 날개가 돋아 있는 열 살 언저리의 소녀.

똘망똘망하고 순진해 보이는 투명하고 파란 눈, 보드라운 뺨, 천진난만한 얼굴을 갖고 있다.

가슴에 리본이 달린 원피스 차림. 심플한 복장이지만, 그것이 오히려 본인의 얼굴과 등의 날개가 가진 귀여움을 더더욱 돋보이게 만들어 준다.

그 정체는 필로리알이라는, 마차를 끄는 조류형 마물의 여왕……이라고 한다.

본래 모습은 사람보다 큰, 부엉이 같기도 하고 펭귄 같기도 한 마물로 엄청나게 빠른 발을 갖고 있다.

깃털의 색깔, 아니 무늬는 흰색을 기조로 한 분홍색이다.

성격은…… 천진난만? 먹보인 일면까지 있어서 청초해 보이는 외모와는 딴판인 성격이다.

썩은 드래곤 시체까지 먹어치울 정도로 걸신들린 녀석이다.

첫 만남의 계기가 된 것은 라프타리아의 노예문을 재등록하러 갔을 때, 노예를 판매하는 노예상의 텐트 한쪽 구석에 있던 마물 알을 고르는 뽑기에 도전해서 알을 손에 넣은 것이었다.

따라서 현재 나이는 약 생후 2개월.

어째선지 그동안 날개 달린 천사 같은 모습으로 변신하는 능력을 얻었고, 마차를 끌 때 이외에는 제법 많은 시간을 그 모습으로 지낸다.

마차 끄는 걸 그 무엇보다 좋아하고, 때로는 자신에 대한 나의 평가를 신경 쓰기도 한다.

요즘에는 친구도 생겨서 먹고 자고 노는 것 이외의 소중한 것을 발견한 모양이었다.

뭐, 필로 덕택에 행상 일을 해서 제법 짭짤하게 돈을 만질 수 있었지만.

필로 입장에서 보면 나는 자신을 사육하는 주인이고…… 라프타리아는 언니 같은 느낌일까? 일단은 딸……처럼 생각하고 있기는 하지만.

레벨은 40, 라프타리아와 같다.

"나오후미 님……. 손을 빌려주세요."

"알았어."

라프타리아의 꼬리가 부풀어 오르는 걸 보니 마법이 발동할 모양이다.

그래서 나는 라프타리아의 손을 잡는다.

"아~, 언니가 주인님이랑 정답게 굴잖아~. 필로도 낄래~."

"그런 거 아니에요! 상황을 좀 생각하시라구요."

"그치만~, 언니는 주인님을 독차지하려고 그러잖아~."

"됐으니까 좀 조용히 하라고. 네가 그렇게 떠들면 저 녀석들을 못 따돌리잖아. 어이, 메르티도 필로한테 주의 좀 줘."

"알았어. 필로, 지금은 좀 참아야 해."

"피이…… 라프타리아 언니, 주인님의 제일 소중한 사람은 필로가 될 거라구."

"무슨 말을 하는 거예요?!"

"빨리 안 가면 따라잡힌다구!"

마지막은 메르티.

본명은 메르티 메르로마르크라고 한다.

몸집은 필로와 거의 같다. 다만 머리카락이 아름다운 남색인 게 눈에 띈다.

헤어스타일은 트윈테일. 약간 기가 드세어 보이는 눈매를 갖고 있다. 예전에는 잘 어울리는 고딕 드레스 차림으로 다녔지만, 지금은 싸구려 소재로 만든 농민용 옷을 입고 있다. 이목구비도 라프타리아나 필로에 필적할 정도로 가지런하니, 장래에는 상당한 미인이 될 것이다. 성격은 잘 모르겠다. 때때로 말꼬리를 잡아서 시비를 걸곤 한다.

방금도 얌전히 있으라고 했더니 자기는 안 떠들었다고 맞

받아쳤고 말이지.

처음에는 존댓말을 쓰고 비교적 평범하게 대화를 했었는데, 어째 함께 지내는 시간이 길어지면 길어질수록 말투가 험악해지는 것 같다.

뭐, 그것도 어쩔 수 없는 일이겠지.

이 메르티라는 아이는 나를 박해하고 있는 이 나라의 제2왕녀로, 현재는 목숨을 지키기 위해 불가피하게 우리와 함께 행동하고 있다. 그 때문에 우리까지 쫓기는 입장이 되고 말았지만.

메르로마르크라는 나라는 방패 용사를 좋지 않게 여기고 있으며, 그 방패 용사가 행상 일을 통해 평판을 향상시키고 있는 것에 불안감을 느끼고, 있지도 않은 죄를 날조해서 우리를 지명수배한 것이다.

그 구실이 바로 왕위 계승권 서열 제1위인 메르로마르크 제2왕녀, 즉 메르티 공주를 유괴했다는 혐의다.

메르티를 국가에 넘기면 그만 아닌가 하고 생각할 자도 있겠지만, 일이 그렇게 간단하지가 않다. 이 나라에는 계승권 순위가 높은 메르티를 암살하고 자신이 우위에 서려는 꿍꿍이를 가진 녀석이 있으니, 그냥 고분고분 메르티를 넘겼다가는 메르티의 목숨이 위험해질 가능성이 높다.

그래서 결과적으로 우리는 협력관계를 구축하게 된 것이다.

우리의 결백을 증명하기 위해서는 메르티를 그 어머니인

여왕에게로 데려다줘야 할 필요가 있다. 성가시게도 그 여왕은 지금 메르로마르크 밖에 있는 상황이라, 언제 합류할 수 있을지 장담할 수 없는 상황이다.

그리고 메르티는 필로의 둘도 없는 친구다.

메르티가 원래부터 워낙 필로리알을 좋아하던 녀석이라 필로와 파장 같은 게 잘 맞았는지 둘은 금세 친해졌다.

듣자 하니 메르티는 나를 함정에 빠트린 부왕과 내 사이를 중재하라는 어머니의 명령을 받고 왔다는 모양이었다.

그러나 그 후로 이런저런 일들을 겪다 보니 나와의 관계는 썩 좋지 않다.

제2왕녀라는 직함으로 불렀더니 격노해서, 그걸 계기로 서로를 이름으로 부르는 사이가 되었다.

필로와 마찬가지로 라프타리아에 대해서는 믿음직한 언니라고 생각하고 있는 것 같다.

레벨은 19. 우리와 함께 여행을 하는 동안에 1이 올랐다.

"그래서? 라프타리아 양, 무슨 마법을 쓰실 건데요?"

라프타리아한테 얘기할 때는 존대를 한단 말이지. 왜 나한테는 그렇게 험한 말투를 쓰는 건지.

그런 생각을 하고 있을 때, 라프타리아가 마법 영창을 마친다.

『힘의 근원인 내가 명한다. 다시금 이치를 깨우쳐, 우리의 모습을 감추어라.』

"알 패스트 하이딩!"

마법으로 만들어진 나뭇잎이 우리에게 쏟아져 내려서 모습을 가린다.

나는 풀숲 속에서 숨을 죽였다.

그러자 조금 전에 우리가 달려왔던 방향에서 모토야스와 그 일행이 쫓아왔다.

"어디로 간 거야, 그 자식?"

이 녀석이 창의 용사 모토야스다.

"모토야스 님, 저 앞쪽으로 간 게 아닐까요?"

모토야스 곁에는 세 명의 동료가 따르고 있다. 모두 여자다.

방금 모토야스에게 말한 것은 그 동료들 중 하나, 이름은 모른다.

"앞으로 더 가 보죠."

"하지만 나오후미 곁에는 라프타리아가 있잖아? 이 부근에 숨어 있는 게 아닐까 싶어서."

감 좋은 녀석 같으니. 딱 맞췄다고.

하지만 찾아내려면 전설의 무기에 있는 모종의 스킬이나 마법을 사용해야만 한다.

그렇게 되면 다소 불리해지겠지만, 아무런 근거도 없이 다짜고짜 마법을 쓰는 식의 뜬구름 잡는 짓은 안 할 거라 생각한다.

"오? 여기 발자국이 있어! 이쪽이다!"

모토야스가 목청을 높여서 세 동료들을 부른다.

발자국이 나 있는 쪽은 내가 있는 곳과는 다른 방향. 위장용으로 필로의 발자국을 새겨 놓은 게 성공했다. 내 계획대로 속아 준 모양이다.

"그럼 쫓아가요. 아아……. 나의 소중한 메르티. 당신은 비열한 방패의 악마에게 세뇌당해 있는 거예요. 제가 반드시 구해줄게요."

지금 메르티의 이름을 부르며 나를 방패의 악마라고 욕한 것은, 나에게 누명을 뒤집어씌운 장본인인 음란 왕녀다. 모험가로 행세할 때의 이름은 마인 스피아. 본명은 마르티. S. 메르로마르크라고 하는 모양이다.

메르티의 언니다.

이 녀석은 남들이 곤경에 처한 모습을 구경하는 걸 무엇보다 좋아하고, 그러면서 자신은 사치 부리기를 좋아하는 쓰레기 같은 여자다.

이번에 내가 이렇게 쫓기는 처지가 된 데에도, 이 녀석이 뒤에서 한몫을 하고 있을 것으로 추측된다.

평소의 행실이 워낙 지저분해서인지 왕위 계승권은 메르티보다도 아래라는 모양이다.

실제로 지난번 싸움 때도, 차기 왕녀의 자리를 확고하게 손에 넣으려는 꿍꿍으로, 메르티를 향해 전력을 다한 공격을 퍼붓기까지 했었다.

나는 마음속으로 이 녀석을 빗치(Bitch)라고 부르며 업신여기고 있다.

언젠가 꼭 쓴맛을 보여주고야 말겠어!

"그럼 모토야스 님, 앞으로 나아가죠. 저는 바로 쫓아갈게요."

빗치는 모토야스를 먼저 보낸 후, 주위를 두리번두리번 둘러본다.

"이런 성가신 일을 할 것 없이, 산을 모조리 태워 버리면 그만이에요."

그러면서 품속에서 정체불명의 병을 꺼내서, 마개를 열고 병 안의 액체를 주위에 흩뿌린다.

……무지하게 불길한 예감이 든다.

지금 뛰쳐나가서 저지하면 곧바로 모토야스가 달려올 테니 그냥 잠자코 있는 편이 낫겠지만.

"나오후미……."

"쉿."

메르티가 걱정스러운 얼굴로 내 어깨를 흔든다. 뭘 하려는 건지 어렴풋이 짐작하고 있는 것 같군.

"패스트 파이어."

빗치는 마법을 영창해서 화르륵 하고 손에서 불꽃을 만들어내더니, 주위에 뿌려 둔 병의 내용물을 향해 내쏘았다.

그러자 병에 들어있던 액체로부터 이글이글 불길이 일어난다.

역시 그랬었군. 저 망할 계집, 우리를 유인해 내기 위해서 산에 불을 지르다니, 그게 무슨 고약한 발상이냐.

일국의 왕녀라는 녀석이 할 짓이 아니다. 하는 짓마다 하나같이 범죄자 같은 녀석이다.

저 녀석에겐 도덕이란 것도 없는 거냐!

빗치는 불길을 내쏜 후, 곧바로 모토야스 쪽으로 달려갔다.

그러는 동안에도 불길은 쉴 새 없이 번져 가고 나무들은 순식간에 불타오른다. 살펴보니 모토야스가 달려간 방향에서도 불길이 타오르고 있었다.

"나오후미 님!"

"메르티, 마법으로 끌 수 있겠어?"

"여기 건 끌 수 있지만 멀리 있는 불길까지 끄는 건 힘들어. 거기까지 가는 동안에 너무 많이 번질 테니까."

크으……. 저 빗치는 모토야스보다 약간 뒤처져서 쫓아가며 불을 지르고 있는 것이다.

우리를 얼마나 더 괴롭혀야 직성이 풀리는 거냐.

아마 이 산불도 내가 저지른 짓이라고 우길 꿍꿍이겠지.

이걸 어쩐다? 소방 활동을 할 여유가 있을까?

"주인님, 목 따가워."

"그러게 말이야. 필로, 필로리알 모습으로 변신해. 최대한 빨리 산을 떠나야 해."

"응!"

"화재는 어쩔 건데?"

"언 발에 오줌 누는 격이지만, 메르티, 마법으로 비를 내리게 할 수는 없을까?"

메르티는 물 마법이 주특기다. 그 마법을 이용해서 피해를 최소화할 수는 없는지 물어본다.

"해 보기는 하겠지만 기대는 하지 말라구."

메르티가 의식을 집중해서 마법을 영창한다.

『힘의 근원인 내가 명한다. 다시금 이치를 깨우쳐, 은혜의 비를 내려라.』

"쯔바이트 스콜!"

메르티가 마법을 사용하자 상공에 비구름이 출현해서 비를 뿌리기 시작한다.

다만 범위는 그다지 넓지 않다.

그래도 없는 것보다는 낫겠지.

"이제 곧 이 부근은 불바다가 될 거야! 라프타리아랑 메르티도 도망치는 것에는 이견 없지?"

"나 참! 언니는 도대체 생각이 있는 거야, 없는 거야!"

"나한테 죄를 뒤집어씌울 꿍꿍이겠지."

주위에 연기가 자욱하게 감돌기 시작했다. 비가 내려서 피해가 조금이라도 줄어들면 좋으련만……

풍 하고 필로리알의 모습으로 돌아온 필로의 등에 올라타고, 우리는 즉시 모토야스가 떠나간 방향과는 다른 방향으로 긴급 이탈했다.

산불로 인한 혼란을 이용하면 모토야스의 추격을 뿌리칠 수 있을 것이다.

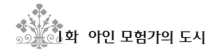

1화 아인 모험가의 도시

모토야스를 따돌리고 산을 내려온 우리는, 앞으로의 행동 방향을 두고 고심하고 있었다.

"애당초 남서쪽의 어디로 가야 하는 건데?"

우리는 지금 이번 사건 해결의 열쇠를 쥔 여왕을 만나기 위해 남서쪽에 있는 나라로 향하는 중인데, 남서쪽의 어디로 가야 하는 건지는 들은 바가 없었다.

뜬구름 잡는 것 같은 계획이지만 남서쪽 나라라는 건 확실하니, 일단 국경만 넘으면 목적지가 눈에 들어오게 될지도 모른다.

그나저나 모토야스는 어떻게 우리의 위치를 파악한 거지?

목격 증언을 근거로 쫓아왔을 거라는 상상 정도는 가능하지만.

……적측의 그림자인가?

그림자라는 것은 여왕이 거느린 은밀 첩보 부대의 명칭으로, 이따금 나타나서 우리를 도와주곤 하는 녀석들이다.

다만 그림자도 일치단결된 조직은 아니어서, 조직원들 중에는 우리를 적대하는 녀석들도 있다는 모양이다.

그 그림자는 현재 우리에게 협조하는 여왕파와, 나에게 메르티 유괴 혐의를 덮어씌워서 죽이려 하는 삼용교파가 내부투쟁을 벌이는 중이라 한다. 첩보가 주특기라면 모토야스 패거리에게 내 위치를 알려주는 것도 어렵지 않은 일일지도 모른다.

내가 아군이라고 알고 있는 그림자는 닌자 같은 차림을 한 녀석들이었다. 첩보며 경호를 위한 위장 등 다방면에 걸친 임무를 수행한다고 한다.

"이거야 원, 쉴 시간도 없잖아. 어딘가에 숨어서 모토야스 패거리가 멀리 떨어지기를 기다리든가 해야지, 안 그러면 매일같이 쫓겨 다니기만 하는 신세가 될 거라고."

메르로마르크 남서쪽으로 가는 여정은 그 바보 때문에 커다란 지장을 받게 되었다.

자칫 잘못하면 원래 가려던 길에서 한참 벗어나게 될 것이다.

"필로."

"왜애~?"

"그 그림자라는 녀석을 찾아낼 수 없겠어?"

"으~응, 숨어 있는 사람을 찾아내는 건 라프타리아 언니가 더 잘할 것 같은데?"

"그래?"

"정말이에요, 라프타리아 양?"

메르티까지 라프타리아를 쳐다보며 묻는다.

"저한테 너무 큰 기대를 하시면 곤란해요. 뭐, 어렴풋이 위화감 같은 게 느껴질 때도 있긴 하지만…… 그것도 상당히 가까이까지 가야 알 수 있는걸요."

"맞아. 아주 멀리서 누군가의 시선 같은 기운이 느껴질 때는 있지만, 완전히 숨는 건 어려울 것 같아."

그림자의 감시를 뚫는 건 불가능에 가깝다는 건가. 그나마 우리를 돕는 그림자들이 양동작전을 펴 준 덕분에, 모토야스의 추적으로부터 높은 확률로 도망칠 수 있는 것이다.

게다가…… 모토야스는 밤이 되면 추적을 중지한다. 아마 그 빗치가 야간 작전을 싫어해서 그런 거겠지. 수면 부족은 피부의 천적이라거나, 그딴 소리를 할 것 같다. 망할 방화범 자식.

밤마다 추격을 중지해 주면 내 입장에서는 고마울 따름이지만.

"아."

메르티가 뭔가가 떠오른 듯 나를 쳐다본다.

"왜 그래?"

"이 부근에 잘 아는 귀족이 있어. 어쩌면 우리를 숨겨줄지도 몰라. 창의 용사님을 완전히 따돌린 후에 도망치는 건 어때?"

"시내로 들어가자고? 너랑 내가? 요즘은 필로도 위험하다고."

우선 내 인상착의가 방방곡곡에 퍼져 있다. 영상수정이라는, 내 세계로 따지면 3D 사진 같은 도구가 있는 탓에 메르로마르크 국내에서 내 얼굴을 모르는 자가 없을 정도다.

필로도 들키면 체포당한다. 요즘에는 필로가 보통 필로리알로 변신할 수 있다는 것까지 들통이 난 상황이라 분홍색 필로리알이라는 것만으로도 의심을 산다.

멀리서 어떤 마을을 관찰할 때, 메르로마르크 병사가 그렇게 주의를 주는 모습을 본 적이 있었다.

"게다가 귀족이잖아?"

내 질문에는 커다란 의미가 있다.

메르로마르크의 귀족들은 방패 용사에 대해 혐오감을 갖고 있다. 메르티의 얘기나 삼용교의 얘기에 따르면 방패 용사는 메르로마르크의 국가적인 적이다. 아무리 내가 행상 일로 신뢰를 얻었다고 해도 귀족들에게는 여전히 혐오의 대상이라고 봐도 좋을 것이다.

"아마 괜찮을 거야."

"어째서?"

"그 귀족은 어머니의 오른팔 역할을 하던 귀족과 같은 생각을 갖고 있으니까."

"무슨 뜻이지?"

"그분은 메르로마르크 국내에서 인간과 아인 사이를 중재하려고 노력하던 분이셔."

"그럼 그 녀석한테 네 아버지나 삼용교를 좀 닥치게 만들라고 해."

그런 녀석이 있다면 왜 내 누명을 풀어 주지 않는 건데?

여왕의 오른팔이라서 여왕과 함께 다니다 보니 국내 사정에 어둡다거나 하는 건 아니겠지.

"세이아엣트령이라는 곳을 관리하던 귀족이었는데⋯⋯ 파도 때문에 죽고 말았어."

"으아⋯⋯."

착한 사람일수록 빨리 죽는다는 말도 있지만, 그건 너무 심한 거 아냐?

"자기 영지에서 휴식을 취하던 중에 파도와 맞닥뜨려서, 마지막까지 영지 백성들을 지키기 위해 싸웠다나 봐."

"그랬군요⋯⋯."

"응, 메르로마르크에 처음 닥친 파도 때 희생된 귀족이야."

응? 첫 번째 파도?

나는 라프타리아 쪽을 돌아본다. 라프타리아가 메르로마르크에 첫 번째로 들이닥친 파도에 당했다는 얘기를 떠올린 것이다.

그러자 라프타리아는 꾸벅 고개를 끄덕였다.

"제가 살고 있던 마을은 영주님의 보호구였다고 해요. 하지만 영주님이 돌아가시는 바람에, 마을을 재건해 보려는 노력은……."

아아, 그 얘기는 사실이었구나.

"그 귀족이 죽는 바람에 메르로마르크에서는 아인과 인간 사이의 가교가 되고자 하는 사람들이 모조리 쫓겨났어. 그 귀족과 같은 생각을 가진 자들은 아버지의 명령으로 좌천됐다는 모양이야. 문제는 그뿐만이 아니라, 세이아엣트령에 살던 사람들은 폭도들 때문에 비참한 꼴을 당했다는 거야."

"국가의 병사들이 앞장서서 못된 짓을 했는걸요."

라프타리아는 답답하다는 듯 억눌린 목소리로 메르티에게 말한다.

그러자 메르티는 가만히 고개를 끄덕인다. 그 말의 의미를 확실히 이해하고 있는 것이리라.

"어머니가 돌아오시면 엄벌에 처하실 거예요. 일단은 어머니가 서간을 보내시긴 했지만, 효과는 미미한 것 같으니까요. 라프타리아 양, 일이 다 정리되면 그 병사들의 특징을 알려주세요."

"네."

"네 아버지란 작자는 정말 못된 짓만 골라서 하는군."

"아버지……."

내 말에 풀이 죽는 메르티.

그럴 만도 하다. 친아버지와 언니가 자기 목숨을 노리고 있는 상황이니.

메르티 말로는 그 둘도 이용당하고 있는 것뿐이라고는 하지만, 과연 정말로 그 쓰레기 왕은 아무런 관련도 없는 걸까.

하긴, 따지고 보면 아인 배척주의인 메르로마르크에서 아인 우대정책을 펴던 귀족과 여왕이 더 이상하지만. 무슨 목적으로 그런 정책을 편 건지, 정보가 너무 부족해서 현재의 나로서는 도저히 감이 잡히질 않는다.

……생각이 곁길로 샜군. 본론으로 돌아가자.

"그래서, 그 영주와 친교가 깊던 귀족이 이 부근에 살고 있다는 거야?"

"아마 그럴 거야. 아버지 주위에서 안 보이던 걸 보면, 아마 좌천돼서 자기 영지로 쫓겨난 것 같아."

"약간 도박이 되겠는데."

그 귀족도 박해가 심할 것 같다. 하지만 이 지역은 아주 모르는 곳은 아니다.

어쨌거나 필로가 끄는 마차를 몰며 메르로마르크 국내는 거의 빠짐없이 돌아다녔으니까. 메르티가 가르쳐준 도시의 귀족과도 만나 본 적은 있다.

방패 용사가 아닌, 행상 일을 하는 신조의 성인으로서 싸구려 액세서리를 고가에 팔아넘겼다.

인텔리풍의 젊은 귀족으로 기억하고 있다. 싹싹한 남자였다. 응, 마음속으로 싹싹남이라고 부르도록 하자.

그때는 마음속으로 비웃었었는데, 설마 내가 방패의 용사라는 걸 알고 구입했던 걸까?

……그럴 가능성도 있다. 붙임성 좋은 사람이었다. 그리고 그 도시는 아인 모험가가 많다는 인상을 받았었다. 라프타리아라면 의심받지 않고 들어갈 수 있을지도 모른다.

"도시 안으로 들어가는 건 위험부담이 너무 커. 특히 메르티와 필로가."

"왜?"

메르티가 고개를 갸웃거린다. 그리고 필로, 메르티 따라 하지 마.

"네 머리색이 너무 튀어."

메르티의 머리는 특이한 짙은 파란색…… 아니, 남색이다.

워낙 희귀한 색이라서 아무리 변장을 해도 머리색 때문에 들킬 수밖에 없다.

필로는 필로리알의 모습도, 퀸의 모습도, 심지어는 인간형일 때의 모습도 너무 눈에 띄어서 감출 수가 없다. 그렇다고 이 상태에서 셋이서 나란히 로브를 뒤집어쓰고 다닌다면 오히려 더 눈에 띌 것이다.

"그렇게 따지면 나오후미도 마찬가지잖아."

"뭐, 그건 그렇지만."

"있잖아, 주인님~. 밤에 필로가 모두를 태우고 성벽을 뛰어넘어서 도시로 들어가는 건~?"

"발상은 나쁘지 않지만, 보초한테 단번에 들킬 것 같은데."

"라프타리아 양의 마법을 써서……. 아니, 어차피 상대가 탐지마법을 사용하면 들킬 수밖에 없을 거야."

"어떻게 할까요? 그 영주님은 확실히 의지해 볼 만한 가치가 있어 보이는데."

계속 이대로 도피하는 것도 나쁘지는 않지만 모토야스를 날마다 상대하다가는 등골이 휘어 버리고 말 것이다.

스스로에게 피로가 쌓여 있다는 건 나도 자각하고 있다. 게다가 적이 모토야스 하나만 있는 것도 아니다. 현상금을 벌려고 덤벼드는 모험가나 병사들과 싸우는 경우도 있으니, 좀 쉬고 싶긴 하다.

"저기……."

라프타리아가 손을 들고 말한다.

"왜 그래?"

"어쩌면 그 도시에 들를지도 모른다고, 상대방 쪽에서 먼저 알아채 줄 수도 있지 않을까요?"

흐음……. 충분히 가능성 있는 얘기다.

어쨌거나 국내에서는 방패 용사에 대한 평가가 양분되어

있다……는 모양이니까.

"맞아. 그리고 나오후미, 아인 모험가라면 부탁을 들어줄지도 몰라."

"그건 왜지?"

"잊고 있었어? 방패 용사는 인간 지상주의인 메르로마르크 입장에서는 적이야. 그렇다면 아인들에게는?"

아아, 그랬었지. 메르로마르크와 사이가 나쁜 나라 중에는 아인의 나라가 있다고 했다.

삼용교는 메르로마르크의 국교나 다름없으니 그 적대국이라면 방패 용사를 우대해서 내게 협력해 줄 가능성이 높다.

그렇다면 아인이라면 이쪽의 얘기를 들어줄지도 모른다.

돌이켜보면 행상 일을 할 때도 아인 모험가들은 비교적 초기부터 내 물건을 구입해 줬던 기억이 있었다. 시험해 볼 만한 가치는 있겠군.

"그럼 그 도시에 도착하거든 아인 모험가에게 말을 걸어 보도록 하지."

"네."

"일이 잘 풀리면 좋겠네."

"출바~알!"

이렇게 해서 우리는 몸을 숨겨 가며 인근 도시를 향해 출발했다.

"죄, 죄송합니다!"

"어, 어이!"

우리를 보호해 줄지도 모르는 귀족이 지배하는 도시 근처에 다다른 우리는, 아인 모험가를 발견하고 몸을 숨긴 채 접근해서 말을 걸어 보았지만…….

"아……. 벌써 열 번째네. 나오후미, 네가 뭔가 잘못한 거 아냐?"

"난들 아냐?!"

아인 모험가는 내 얼굴을 보자마자 요란하게 사죄하고 도망치듯 달려가 버린다.

뭐야? 방패의 악마라는 별명이 아인들 사이에까지 퍼진 건가?

이러면 어떻게 해 볼 수가 없는데…….

"신고……까지 하지는 않은 것 같네."

"그러게. 우리도 서둘러 도망치긴 했지만, 아무리 그래도 병사 하나 달려오지 않는 걸 보면."

도시를 호위하는 병사들이 우리를 발견하고 쫓아올 줄 알았는데, 그런 기척은 없었다.

굳이 말하자면 이따금 지나다니던 아인 모험가들까지 우리를 피하듯 다른 길로 다니기 시작한 상황이라고나 할까.

"제가 물어보고 올까요?"

"라프타리아, 부탁해도 되겠어?"

"네."

"위험하다 싶으면 무슨 수를 써서든 도움을 청해."

"알았어요."

"다녀와, 언니~."

그렇게 해서, 라프타리아를 대표로 삼아 아인 모험가들에게 말을 걸어 보기로 한다.

좀 불안한걸. 아인 모험가들이 어째 벌벌 떠는 듯 길거리를 걸어 다니는 것 같았으니까.

아인을 차별하는 메르로마르크는 아무래도 지내기가 마음이 편치 않은 것이리라.

왜 이런 곳에 사는 건가 하는 생각도 들지만, 아마 여기 사는 아인들의 수만큼의 이유가 존재하는 거겠지.

한동안 얘기를 나누던 라프타리아가 돌아왔다.

"다녀왔어요."

"어땠어?"

"저…… 왜 나오후미 님한테서 도망치는지를 은근슬쩍 물어봤더니, 방패 용사님과 직접 얘기를 나눠서는 안 된다는 주의를 받았다고 했어요."

"무슨 뜻이지?"

"저도 좀 이상하다 싶어서 의심받지 않는 범위 안에서 물어봤더니…… 방패 용사님이 그렇게 선언했다고 그랬어요."

과거의 방패 용사가 아인들에게 그런 소리를 퍼뜨렸던 건가? 그런 성가신 짓을 하다니.

그럼 라프타리아가 거리낌 없이 나와 대화를 했던 건 내가 방패 용사인 줄을 몰랐고, 아인에 관한 문제에 둔감했기 때문이었던 건가! 이놈의 세계는 왜 이렇게 나한테 불친절한 거냐.

"나오후미, 전에 아인들한테 접근하지 말라고 얘기한 적 없었어?"

"그런 기억 없는데."

"이상한걸. 어머니께 듣기로는 방패 용사가 자기한테 접근하지 말라고 명령을 내려서, 용사를 신봉하는 아인들이 그 지시를 따르고 있다고 들었는데."

……응?

"주인님이 가까이 오지 말라고 그래서?"

"그런 거 아냐?"

"난 그런 기억 없어. 과거의 방패 용사가 그런 거 아냐?"

"아냐. 그럼 그 얘기는 와전된 걸까?"

삼용교의 방해 공작이냐!

"나오후미가 이 세계에 온 지 며칠 후의 얘기였는데……."

그 무렵은 정신이 피폐해져 있던 시절이라 별로 기억이 나지 않는다.

이 세상 모든 사람들이 나를 속이려고 든다는 착각에 휩싸여서, 나한테 말을 거는 녀석들 모두에게 거칠게 대하던 시기다.

혹시 진심으로 나와 동료가 되기를 원하던 녀석에게까지 저리 꺼지라고 쏘아붙였던 건가?

"나오후미? 혹시……."

"……그래서? 시내에는 들어갈 수 있을 것 같아?"

화제를 바꾸자. 안 그러면 메르티의 시선을 견딜 수가 없을 것 같다.

"네, 얘기해 보니 우호적인 인상이 느껴졌어요. 메르로마르크가 어리석은 짓을 하고 있다고도 하고, 삼용교도 이제 끝장이라는 말도 하던걸요."

"신고한 것 같지는 않았고?"

"방패 용사님이 근처에 있는 건 알지만, 신고는 절대로 안 할 거라고 아인 분이 말했어요."

"흐음……. 좀 위험하지만 한번 시험해 볼까?"

최악의 경우, 필로의 준족을 이용해서 도망칠 수도 있으니까.

망토를 로브처럼 덮어쓰고…….

"저기요."

"응?"

풀숲에 숨어있는데 우리한테 말을 걸었다?

목소리가 난 쪽을 쳐다보니, 안경을 낀 온화한 인상의 남자가, 약간 고급스러워 보이는 마차를 세우고 우리에게 말을 걸고 있었다.

응, 기억하고 있다고. 저 도시의 귀족……. 싹싹남이었다.

"거기 계신 분들은, 메르티 왕녀님과 방패 용사님 맞죠?"

"그, 그래."

"맞아."

"이런 곳에서 얘기를 하는 건 좀 그러니, 저희 저택에 가서 얘기하시지 않겠습니까?"

온 방향으로 보아, 우리를 마중 나온 모양이다. 제법 센스 있는 녀석이군.

"이러다가 다른 용사 놈들한테 넘기려고 들면 가만두지 않을 줄 알라고."

"나오후미, 그건 말이 좀 심한……."

"내 부하들과 야만스러운 왕녀가 말이야."

"뭐가 어째?!"

메르티가 나를 매섭게 쏘아본다.

"야만스러운 건 너잖아!"

"무슨 소리야? 용사들 중에 나만큼 지적인 녀석 있으면 나와 보라고 해."

"지난번에는 액세서리를 팔아 주셔서 진심으로 감사합니다. 투박한 소재의, 어디에서나 흔히 볼 수 있는 액세서리였습니다만, 용사님의 디자인 덕분에 가치는 충분해 보이더군요. 시세보다 다섯 배 정도 비싼 값이었지만, 참 잘 산 것 같습니다."

……메르티의 시선이 따갑다.

"정말 죄송합니다."

라프타리아가 머리를 싸쥐고 있다.

"어쨌든 가 보자, 나오후미. 네가 저지른 짓에 대해서는 나중에 찬찬히 캐물어 줄게."

"왜 내가 너한테 그런 걸 얘기해야 하는데?"

"훗날 또 같은 문제를 일으켰을 때를 대비해서지. 방패의 악마라고 불리는 게, 혹시 나오후미가 저질러 온 짓 때문에 그런 거 아냐?"

"어차피 얘기해 봤자 내 무용담밖에 안 될 텐데."

"범죄가 무슨 자랑이라고 그렇게 자신만만한 건데?!"

흥, 적을 속이는 짓쯤은 몇 번을 해도 죄책감 따위 안 느낀다고.

지략이란 건 적 입장에서 보면 뭐든 다 비겁하게 보이는 법이니까.

"진정들 하세요. 여기서 떠들면 창의 용사가 쫓아올지도 모르잖아요."

으음……. 라프타리아의 말도 일리가 있다. 우리는 할 수 없이 싹싹남의 마차에 오르기로 했다.

마차 창문을 통해 바깥의 상황을 훔쳐본다. 그리 오래 도망 생활을 한 것도 아니건만, 사람 냄새 나는 길거리가 어쩐지 정겹게 느껴진다. 촌구석 같은 길거리이긴 하지만 말이지.

역시 이 도시는 아인이 많은 것 같다. 모험가들이 많다.

그 후로 저택으로 안내를 받아, 마차에서 내려 안으로 들어간다.

"실례합니다."

메르티가 인사하고 저택에 발걸음을 들여놓는다.

이런 공식적인 자리에서는 예의 바르게 구는 모양이란 말이지. 다른 용사들과 얘기할 때도 그렇고.

아니, 애당초 나를 대할 때만 태도가 개차반이다. 이런 생각은 한두 번 한 게 아니지만.

뭐, 좋은 인상을 줄 법한 일을 한 적이 없으니 어쩔 수 없는 일이긴 하지.

"쫓겨 다니시느라 고생이 많으시죠? 한동안 푹 쉬고 가십시오."

싹싹남은 우리를 식당으로 안내하고, 우리에게 대접할 식사를 가져오도록 수하에게 지시했다.

필로는 그다지 식사 버릇이 좋지 못하지만, 그런 필로를 바라보는 싹싹남은 흐뭇한 미소를 머금고 있었다.

"그래서 도주 끝에 저희 영지에 다다르시게 된 것입니까?"

"그래. 모토야스…… 창의 용사의 추적을 따돌리기 위해서 잠복을 좀 해 볼까 하는 참이었어."

"여쭤보고 싶은 게 있는데, 방패 용사님께서 인근 산에 불을 질러서 창의 용사의 추격으로부터 벗어나셨다는 보고가 들어와 있습니다. 진상이 어떻게 된 건지 알 수 있을까요?"

그 빗치. 역시 자기가 저지른 짓을 내 탓으로 돌렸군.

메르티가 머리를 싸쥐고 있다.

"네 언니 고집도 대단하군. 상상했던 일을 그대로 하다니."

"언니……. 이렇게까지 하시다니……."

"역시 진상은 보고와는 다른 모양이군요."

"그래. 범인은 내가 아냐. 범인은 창의 용사의 동료인 왕녀야. 우리가 잠복해서 녀석들을 따돌리려고 했더니, 우리가 있는 산에 불을 질러 버리더군."

싹싹남의 한숨도 깊다. 그 여자의 만행은 도대체 어디까지 이어지는 걸까.

"알겠습니다. 제가 힘이 돼 드릴 수 있어야 할 텐데……. 혹시 여기로 오신 다른 이유가 더 있는지요?"

"여왕과 합류하려면 어떻게 해야 할까 싶어서 말이지. 모토야스에게서 도망치더라도, 이렇게 매일같이 상대하다 보면 시간이 너무 많이 걸리니까."

귀족은 잠시 생각에 잠겼다가 고개를 끄덕였다.

"그랬군요. 사정은 잘 알겠습니다. 저희도 협조할 수 있는 범위 안에서 최대한 협조해 드리죠. 다만…… 제 입장도 위태로운 상황이라, 어디까지 협조해 드릴 수 있을지 모릅니다."

"그렇게 큰 기대는 안 해. 가능한 범위 안에서만 해 주면 돼."

신뢰해도 좋은 인물인지 아닌지도 아직 확실치 않고, 애당초 오래 머물 생각도 없으니까.

"조금 휴식을 취하고 싶어. 그리고 다른 용사들의 동향을 알아봐 줄 수 없을까?"

적은 모토야스뿐만이 아니다. 렌과 이츠키도 언제 덮쳐올지 모르는 상황이니, 조사할 수만 있다면 부탁해 두는 편이 나을 것이다.

물론 이 싹싹남도 삼용교의 그림자에게 감시당하고 있을 가능성이 높으니, 정보 수집과 물자 보급만 마치면 당장에라도 도망치고 싶은 상황이긴 하다.

국경도 넘어야 하니까…… 가능하면 안전한 코스가 있는지 확인해 보고 싶다.

"알겠습니다. 용사님들이 현재 뭘 하고 있는가 하는 것 정도는 조사할 수 있을 테니, 기다려 주시길."

"너무 오래 신세를 질 수는 없어. 내일 바로 출발하도록 하지."

"그렇게 빨리 이동하려고? 좀 더 쉬어야 하는 거 아냐?"

메르티가 이의를 제기하듯이 내게 제안한다.

"적들이 냄새를 맡을 가능성이 높으니까. 너무 오래 머물면 여기에 폐가 되잖아."

"그, 그렇긴 하지만……."

"그럼 용사님들의 동향을 보고 드릴 테니, 그때까지는 푹 쉬고 계십시오."

"고마워."

"좀 더 푹 쉬고 싶었는데……."

"메르티 님께선 방패 용사님과 함께 여행을 하시는 동안 좀 달라지신 것 같군요."

"무, 무슨 말을 하는 거야?"

"전에는 무슨 얘기를 해도 항상 공무를 우선시할 뿐 감정을 드러내지 않으셨는데 말이죠. 아마 백성들은 지금의 모습을 더 좋아할 겁니다."

싹싹남은 흐뭇한 시선으로 그렇게 말하며 메르티를 향해 웃어 보인다.

"마, 말도 안 되는 소리."

"메르, 왜 그래?"

"필로, 신경 쓰지 마. 이 사람이 멋대로 나를 평가한 것뿐이니까."

"흐~응."

"옛날의 메르티는 어떤 느낌이었나요?"

라프타리아가 싹싹남에게 묻는다.

"항상 존댓말에, 억지로 차분한 말투를 쓰려고 애쓰시곤 하셨죠. 여왕님께서도 그 점에 대해서 걱정이 많으셨는데, 보아하니 방패 용사님과 얽히면서 좋은 방향으로 성장하신 것 같아서, 저희 입장에서는 그저 기쁠 따름입니다."

"조, 조용히 해!"

"존댓말이라……. 그러고 보니 처음 만났을 땐 분명 그랬었지. 왜 이렇게 돼 버린 거야?"

"나오후미 님 때문인 것 같은데요?"

"나 때문이라고? 그럴 리가 있나."

나와 함께 행동하게 된 뒤로 그렇게 된 게 아니라, 원래 자질이 그랬던 거야. 본성이 드러난 것뿐이라고.

뭐, 그래도 쓰레기 같은 왕이나 자기 생각밖에 안 하는 방화범 왕녀보다는 훨씬 낫다.

"나오후미 때문이야!"

"얼토당토않은 생트집 잡지 마, 방화범의 여동생. 히스테리는 유전인가 보군."

"뭐가 어째?! 다른 사람도 아니고 언니랑 동일시하는 거야?! 이런 모욕은 처음이라구!"

메르티가 매섭게 쏘아본다.

역시 이 녀석도 그 방화범은 싫은 모양이군. 하긴, 녀석을 좋아하는 게 오히려 더 이상하지만.

그런 의미에서 보면, 모토야스도 어떤 의미에서는 대단한 놈이다. 칭찬받을 일은 절대로 아니지만.

어쨌거나, 메르티도 그 빗치의 여동생이니까 모종의 동일 인자는 갖고 있을 것이다.

그저 사람을 괴롭히는 것에 쾌락을 느끼지 않는다는 차이점이 있을 뿐. 그렇게 생각하지만 굳이 말하지는 말기로 하자.

"당장 정정해."

"아아, 네에, 네에. 메르티는 그 방화범과는 달라. 이제 됐냐?"

"성의가 전혀 안 느껴지잖아!"

"그야 당연하지."

"뭐가 어째?!"

요즘 '뭐가 어째?'가 너무 입에 붙은 거 아냐?

"자, 자, 진정하세요. 나오후미 님은 이렇게 말은 험하게 하셔도 평소와 다를 게 없으니까요."

라프타리아가 뭔가 깨달음이라도 얻은 듯 메르티를 다독인다.

필로도 같이 고개를 끄덕이고 있다. 뭐야, 이 묘한 연대감은?

"그럼 모두 식사도 마치신 것 같으니, 방에서 쉬고 계시지요. 내일이 되면, 수집 가능한 정보를 최대한 모아 오겠습니다."

객실로 안내받은 우리는 그대로 느긋하게 휴식을 취하게
되었다.

하지만 상황이 지나치리만큼 순조롭게 진행되고 있는 느
낌이라, 나는 경계를 풀지 않고 연신 창밖을 확인한다.

음식에 독을 타거나 하지는 않았지만 어디까지 믿어도 좋
을는지.

"나오후미, 정신 사나우니까 좀 가만히 있어."

"미안하지만 이 세계에 온 후로, 난 어떤 상황에서도 마
음 놓고 쉬지 않기로 마음먹었거든."

"아무리 그래도 그렇지……. 그러면 피로가 안 풀리잖아."

"자는 동안 물건을 도둑맞은 적이 있었으니까 말이지. 섣
불리 잠들었다가는 배신당할지도 몰라."

"아아, 정말…… 왜 그렇게 남들을 못 믿는 거야?"

"네 언니랑 아버지 때문이잖아!"

"그건 알지만, 그래도 조금이라도 좀 믿으라는 얘기야!"

"알 게 뭐야. 나는 그냥 내 방식대로 쉴 거라고."

"아버지나 언니 때문에 화가 난 사람이 나오후미만 있는
게 아니니까 좀 진정하라구!"

"나 말고 누가 더 있는데?"

"어머니야. 내가 떠나오기 직전까지, 사건이 벌어질 때마

다 아버지나 언니를 본뜬 그림이나 인형을 갈가리 찢고 계셨으니까."

"호오……. 자업자득이군. 남자 보는 눈도 없는 데다 딸자식 교육도 제대로 못 시켰으니."

"지금 어머니까지 욕하려는 거야?!"

메르티가 가담한 후부터, 항상 이런 식으로 사사건건 시끄러워졌다.

안 그래도 목숨을 위협받고 있는 입장이란 말이다. 경계를 풀었다간 죽임을 당할지도 모르는 상황이다.

"그럼 나오후미 님, 저희가 망을 볼 테니 일찌감치 주무세요."

"응? 그래……. 알았어."

"왜 라프타리아 양 말은 고분고분 듣는 건데?!"

"라프타리아는 신용할 수 있으니까."

"그럼 난 못 믿는다는 거야?!"

"그렇지는 않지만……."

배신할 수 있을 만한 상황이 아니니까.

메르티도 목숨을 위협받고 있는 입장이고, 싸움에도 힘을 보태 주었다. 그러니 못 믿는 건 아니다.

그녀가 지금까지 해 온 말들도 제2왕녀, 그리고 계승권 서열 1위의 입장에 부합하는 것이었다.

그런 의미에서는 신뢰할 수 있는 인물일지도 모른다.

다만 그것이 절대적인 건 아니다.

함께 행동해 온 시간만 따져 봐도, 라프타리아와 메르티는 지금까지 쌓아 온 시간이 너무 다르다.

신뢰라는 건 그런 거다.

"메르, 필로는 이 집을 탐험해 보고 싶어."

필로가 뜬금없이, 지금까지 하던 대화와는 전혀 상관없는 소리를 꺼냈다.

"아, 그거 좋겠는걸. 기분 전환 삼아 부탁해 볼까? 그럼 라프타리아 양, 나는 필로랑 같이 저택 안을 산책하고 올게."

"탐험이라구~."

필로가 수정을 요구했지만 메르티는 다정하게 웃기만 할 뿐, 곧 손을 흔들고 방을 떠났다.

이제야 시끄러운 녀석들이 사라졌다.

그러자마자 피로가 왈칵 몰아닥쳤다.

나는 침대에 드러누워서 라프타리아에게 망보기를 부탁하고 휴식을 취하기로 했다.

응……. 누군가가 다가오는 것 같은 기척이 느껴진다. 그 뒤로 몇 시간이나 잔 거지?

빗치에게 속은 뒤로는 자는 동안에 누가 가까이 오면 자동적으로 눈이 떠진다.

"그 이상 가까이 가면 나오후미 님이 깨실 거예요."

"에~, 필로도 주인님이랑 같이 자고 싶은데."

필로였군. 저택 탐험을 마치고 돌아온 모양이다.

그렇다면 함께 갔었던 메르티도 돌아왔겠군.

순식간에 소란스러워졌다. 모처럼 자고 있었건만…….

"안 돼요. 예전부터 말했잖아요."

"에~, 그치만 라프타리아 언니는 주인님이랑 같이 잔 적 있다고 그랬잖아."

"자기 전부터 가까이 있을 경우에는 괜찮은 것 같아요."

"그럼 다음에는 주인님이 깨 있을 때 부탁해 볼래~."

"……아마 싫어하실 걸요."

라프타리아, 잘 알고 있는데.

나는 잠들어 있는 도중에 다른 사람이 접근하면 푹 잠들 수가 없다.

지금도 자고 있는 내게 필로가 다가오는 바람에 잠이 깨고 말았다.

"흐아암……."

라프타리아의 졸음에 겨운 하품 소리가 들려왔다.

"라프타리아 양도 좀 쉬는 게 좋겠어. 내가 망을 보고 있을 테니까."

"부탁해도 괜찮겠어요?"

"나만 믿어."

"그럼, 잠깐 쉴게요."

라프타리아가 옆 침대에 드러눕는가 싶더니 얼마 되지 않아 쌔근쌔근 코 고는 소리가 들리기 시작한다.

그 후로 한동안 메르티와 필로가 작은 목소리로 속닥거리며 잡담을 나누는 것 같았다.

메르티가 필로에게 조용히 하라고 타일러 둔 모양이다.

"있잖아, 필로."

"왜~애?"

연약한 목소리로, 메르티는 가만히 속삭인다.

"나 있지, 아까도 그런 말을 들었지만, 남들이랑 얘기할 때면 항상 존댓말을 쓰는 버릇이 있어."

아아, 싹싹남이 그런 얘기를 했었지.

확실히 메르티는 처음에는 존댓말이긴 했다. 그쪽이 더 편했다는 얘긴가?

"그치만…… 나오후미랑 얘기하게 된 뒤로는 왠지 점점 험한 말을 하게 돼서, 처음에는 그냥 자연스럽게 대할 수 있었는데, 지금은 투정만 부리게 돼."

어째 메르티의 목소리가 눈물에 젖어들기 시작했다.

엉? 그게 그렇게 괴로운 일이었어?

"아까도 나오후미한테 모욕을 당했을 때, 나 스스로도 놀랄 만큼 히스테릭하게 고함을 지르고……. 꼭 내가 내가 아닌 것 같잖아! 필로, 이런 내가 이상한 거 맞지?"

"저기……."

필로가 보기 드물게 대답을 망설이고 있다.

상담 상대를 잘못 골라도 한참 잘못 골랐어. 필로가 뭘 대답해 줄 수 있다는 거냐. 라프타리아라면 대답할 수 있을지도 모르겠지만. 지금 내가 일어나서 설명해 줘도 되겠지만, 내가 듣고 있었다는 걸 알면 메르티는 다시 길길이 날뛸 것 같다.

『자는 척하면서 훔쳐 듣고 있었던 거야?!』

이런 식으로 말이지. 그렇게 되면 메르티의 고민 상담은 도리어 다시 구석으로 밀리게 된다.

뭐가 원인인지는 모르지만, 나와 얽히는 바람에 메르티의 정의감 같은 무언가에 불이 붙어서 저도 모르게 잔소리가 튀어나오는 것이리라. 괜히 긁어 부스럼 만드는 꼴이 될 수도 있고 하니, 쓸데없이 끼어들지 않는 게 낫겠군.

"메르는…… 주인님을 어떻게 생각해?"

"응? 그게 무슨 뜻이야?"

"메르는 주인님한테만 응석을 부리지?"

"아, 아마 그럴 거야."

"메르는, 주인님한테는 무슨 얘기든 할 수 있지?"

"응? 그, 그런가?"

"필로가 보기에는, 메르는 주인님이랑 얘기할 때는 항상 생기가 넘쳐 보이는걸."

필로, 너도 말솜씨가 제법 많이 늘었는데.

그 히스테릭하고 짜증 나는 모습이 메르티의 본래 모습이란 말인가.

부모의 교육 덕분에 상대에 대한 존대와 성실함을 미덕으로 여겨 왔지만, 나와 함께 지내는 동안에 그 빗치의 여동생으로서의 본성이 꽃을 피우기 시작했다는 게 필로가 한 얘기의 요점인가.

"그, 그게 아냐……. 그건 절대로 아냐! 필로, 이상한 소리 하지 말라구."

"메르, 필로는 이상한 소리 한 적 없는걸~. 우리 같이 주인님한테 귀염받자~."

"무슨 소릴 하는 거야? 나는, 그런 거 아니라구!"

"에~, 아니었어?"

필로랑 메르티, 뭘 저렇게 말다툼까지 하는 건지…….

이거…… 혹시 내가 꿈을 꾸고 있는 건가? 메르티가 저렇게 나약한 소리를 할 리가 없는데.

그렇게 스스로를 납득시킨다.

다음에 눈을 떴을 때 라프타리아는 옆 침대에서 필로와 함께 쌔근쌔근 잠들어 있었고, 메르티는 어째 풀이 죽어서 창밖을 바라보고 있었다.

내가 일어서자 메르티가 이쪽을 돌아본다.

뭔가 기묘한 표정으로 내 쪽을 쳐다보는 메르티의 모습

에, 아까 꾼 꿈이 어른거린다.

"일어났구나."

"그래. 이제 슬슬 교대할까?"

"난 별로 안 졸리니까 괜찮아."

"그래?"

그렇다고는 해도 메르티랑 둘이서 묵묵히 창밖을 쳐다보고 있는 것도 좀 어색하단 말이지. 침묵이 실내를 지배하고 있다.

"있잖아, 나오후미."

"왜 그러지?"

"여기 온 뒤부터 계속 생각했던 건데, 나, 이 귀족한테 부탁해서 아버지한테 가는 것도 한 방법이 되지 않을까 싶어."

"괜찮겠어?"

하긴, 적들의 표적은 나뿐이고, 메르티는 어디까지나 유괴당한 피해자 취급이다.

좌천당한 신세이긴 해도, 싹싹남은 명색이 귀족이다. 어떻게든 메르티를 쓰레기한테 데려다 주기만 한다면 메르티 쪽은 괜찮을……지도 모른다.

물론 성에 들어가서 쓰레기에게까지 갈 수만 있다면 말이다.

우리와 함께 쓰레기를 만나는 것보다는 효율적일지도 모른다.

"아마 괜찮을 거야……. 나오후미한테 계속 신세를 질 수도 없고, 나는 내가 해야 할 일을 해야겠다는 생각이 들어서."

어린애 주제에 나름 생각을 했었던 모양이군. 메르티에 대한 평가를 상향 조정해야겠다. 내 결백을 증명하기 위해 쓰레기 왕에게로 갈 생각인가…….

"안전하다는 걸 증명할 수만 있다면 그것도 괜찮은 방법이긴 하지."

"물론 위험하다는 건 나도 알아. 그래도 언니의 입김이 닿은 자들이랑 같이 가는 것보다는 나으니까."

메르티에게 있어서 빗치와 얽힌 자들은 자신의 목숨을 노리는 자객이다. 그리고 우리와 함께 여행을 하는 것 역시 위험한 싸움의 연속인 건 마찬가지다.

그렇다면 차라리 내가 주의를 끄는 틈에 메르티 쪽이 움직이는 것도 한 방법일지 모른다.

여왕과 합류하는 데에 메르티가 꼭 있어야 하는 건 아닐 테니까.

"어디까지나 방안 중에 하나일 뿐이야. 그냥 머릿속 한구석에만 넣어 둬."

"알았어. 어쨌거나 너도 생각은 하고 있었군."

"지금 날 어린애 취급하는 거야?!"

"그런 뜻이 아냐. 다시 봤다는 얘기일 뿐이야."

"그럼 표현을 좀 제대로——."

그렇게 해서 결국 우리는 또 말다툼을 시작한다. 하지만 방금 얘기했던 방안이 실현되는 순간이 바로 눈앞에 닥쳐와 있을 거라고는, 이때는 꿈에도 생각지 못했었다.

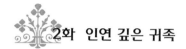

2화 인연 깊은 귀족

해가 완전히 저물었을 무렵이었을까.

창밖을 내다보고 있으려니 마차 한 대가 저택 부지로 들어왔다.

메르티와 필로는 저택 탐험을 재개한 상태였다. 아까의 탐험만 가지고는 성에 차지 않았다는 모양이다.

나는 자고 있던 라프타리아를 깨워서 경계 태세를 취하도록 지시했다.

이제 어쩐다?

마차에서 내린 퉁퉁한 아저씨가 저택 문을 두드리고 들어왔다. 그 등 뒤에는 병사로 보이는 자들 수십 명이 줄줄이 동행하고 있다.

그 후로 몇 분이 지났다. 그러자 귀족이 고용하고 있는 메이드가 우리의 방문을 두드렸다.

"무슨 일이지?"

"서둘러 이곳에서 도망치십시오."

"바깥을 내다보고 있으려니 이유는 알 만하더군. 그 녀석들에게 우리를 넘기려고 들었다간 목숨이 남아나지 않을 줄 알라고."

싹싹남이 실은 우리를 속이기 위해 저택으로 불러들였던 것일 가능성도 여전히 존재하니까.

대답에 따라서는 창문을 깨부수고 도망칠 생각이다.

"옆 도시 귀족이── 방패 용사님이 이 저택에 계신 게 아니냐면서 쳐들어왔습니다."

"뭐야?"

그럼 아까 그 퉁퉁한 아저씨가 귀족인가? 현재까지는 거짓말을 하고 있는 것 같지는 않다.

"나오후미 님."

라프타리아의 말에 나는 가만히 창밖의 상황을 내다본다.

그러자 퉁퉁한 아저씨와 그 수하 병사가 싹싹남을 밧줄로 묶어서 마차로 끌고 가려 하는 장면이 눈에 들어왔다.

응. 저 모습을 보면 싹싹남이 날 속이려던 건 아니었던 모양이다.

박해가 심하다는 얘기를 들었었다. 보아하니 트집을 잡혀서 연행당하는 순간인 것 같다.

어쩌지? 이대로 창문을 깨부수고 도망치면 싹싹남의 신

53

변이 더더욱 위험해진다.

"부디 영주님을 위해서 들키지 않고 도망쳐 주실 수는 없을는지요?"

문 앞에서 메이드가 부탁한다.

……확실히 현 상태에서는 싹싹남을 위해서라도 도망치는 수밖에 없다.

"빨리 움직이시지 않으면 병사들이 올 것입니다. 자, 부엌 뒷문은 아직 괜찮으니 부디……."

"필로와 메르티는?"

"현재 두 분도 함께 도망치기 위한 준비를 하는 중입니다."

"알았어. 하지만, 혹시라도 나를 함정에 빠트리려고 수작을 부린다면, 곧바로 따끔한 반격을 해 줄 테니 각오하라고."

우리는 서둘러 준비하고 문을 열어서 메이드의 안내에 따라 부엌 뒷문으로 향했다.

그러다가 부엌에서 문제가 생겼다.

"여기에 숨으세요!"

메이드가 인기척을 감지하고 부엌에 있는 메이드용 휴게실에 우리를 밀어 넣었다.

곧이어 문 너머에서 목소리가 들려왔다.

"여기서 뭘 하고 있었던 거지? 너, 뭔가 숨기고 있는 거 아냐?"

낯선 남자의 목소리가 들려온다. 아마 이웃 도시의 귀족이 데려온 병사의 목소리이리라.

"방패의 악마가 여기 숨어 있다는 의혹이 있어. 얌전히 이리로 와!"

"꺄악!"

메이드의 비명 소리가 들려온다.

"기, 기다려 주십시오! 주방은 저희의———."

"닥쳐라! 우리의 사명을 방해하려는 거냐!"

메이드의 비명 소리와 병사의 웃음소리가 들려왔다. 속이 뒤집히는 기분이군.

"어쨌든 이 저택 안에 방패의 악마가 숨어 있을지도 몰라. 샅샅이 조사해 봐야겠어!"

저벅저벅하는 소리가 울려 퍼진다.

우리가 숨어있는 방에 들어오는 기척은 아직 없지만…….이걸 어쩐다?

들켰을 경우의 대처가 중요하다. 애당초 필로와 메르티는 어디 있는 거야? 합류한다고 쳐도…… 이 상황에서 들키지 않고 도망치는 건 힘들 것 같다. 최악의 사태에 대비해야겠다는 생각에 라프타리아를 돌아본다. 그러자 라프타리아는 허리에 찬 검에 손을 가져간 채, 언제라도 뛰쳐나갈 수 있다는 듯 고개를 끄덕인다.

중과부적이지만, 이길 수단이 없는 건 아니다. 싹싹남에게는 미안하지만…….

딸깍, 하고 우리가 숨어있는 방의 문이 열리려 하고 있었다.

"제2왕녀를 찾았다!"

그런 목소리가 들려온다.

"나는 메르로마르크국 제2왕녀, 메르티 메르로마르크예요. 이렇게 많은 병사들을 데려오다니 이게 무슨 짓이죠?"

그것은 메르티의 목소리였다. 목소리에서 위엄까지 느껴질 만큼 똑 부러진 말투다.

나와 얘기할 때 같은 히스테릭한 목소리가 아니다. 뭐랄까, 의지가 느껴진다.

필로의 목소리가 들리지 않는 걸 보면 함께 있지는 않은 모양이다.

잠복해 있던 방의 문이 닫힌다.

어쩌지? 메르티가 들켰어. 당장 뛰쳐나가야 하는 거 아냐?

"방패의 악마는 어디 있나!"

병사가 메르티를 향해 고함친다.

"입 다무세요! 내가 누군지 알고나 그러는 건가요?"

"실례했습니다, 메르티 왕녀님."

척 하고 병사가 호들갑스럽게 차렷 자세를 취하는 소리가 들려왔다.

"아……."

라프타리아가 저도 모르게 목소리를 흘리려다가 황급히 입을 틀어막는다.

뭐지? 라프타리아의 표정이 눈에 띄게 창백해져 가고, 식은땀을 흘리며 떨고 있다.

"괘, 괜찮아?"

걱정스러운 마음에 목소리를 죽여 물어보니, 라프타리아는 여전히 바들바들 떨면서 고개를 끄덕인다.

하지만, 내 눈에는 전혀 괜찮아 보이지가 않았다.

"이런 곳에서 숨바꼭질을 하고 계셨습니까? 방패의 악마는 어디 있습니까?"

"안됐지만, 방패 용사님은 여기에는 안 계세요."

"호오……. 그게 무슨 말씀이신지?"

"방패 용사님께 내가 부탁했어요. 제발 나를 여기 두고 여기서 도망치라고. 내가 이 나라에 남아서 혐의를 풀어 주겠다고 말이에요."

오늘 얘기했던 방안을 실행하려는 건가? 너무 무모하다고!

"그렇습니까……. 일단 사리에는 들어맞는 것 같군요. 한마디로 메르티 왕녀님께서는 단독으로 여기에 남으셨고, 방패의 악마는 이미 여기를 떠났다는 말씀이죠?"

"네. 어디로 갔는지는 저도 전혀 짐작이 안 가네요."

"여봐라, 저택 안은 제대로 조사했나?!"

"아, 네! 안 보입니다!"

메르티에게 말을 걸던 이웃 도시 귀족은 혀를 찼다.

"그렇다면 하는 수 없군요. 메르티 왕녀님, 동행을 부탁드리겠습니다."

"알았어요."

그 외에도 뭔가 얘기를 나누는 것 같았지만, 그 목소리는 점점 멀어져 갔다.

뭐야, 이대로 메르티를 두고 가라고? 말도 안 되는 소리.

"나오후미 님."

"알았어."

우리가 서둘러 문을 열려 했을 때.

"방패 용사님은 여기엔 안 계세요!"

메르티가 한층 더 커다란 목소리로 소리쳤다.

보아하니 우리가 바로 근처에 숨어 있고, 지금 당장에라도 튀어 나가려 하고 있다는 걸 알아챈 모양이다.

크윽……. 지금 뛰쳐나가는 건 메르티의 의지에 거스르는 일이 된다는 건가.

"제가 직접 아버지께 진언을 드려서 방패 용사님의 혐의를 풀겠어요. 자, 어서 성으로 데려다 주세요."

"아뇨, 우선은 저희의 저택으로 가 주셔야겠습니다. 이야기는 그 뒤에 하도록 하죠. 모든 것은 신의 인도입니다."

메르티가 숨을 죽인다. 내 이럴 줄 알았다. 더 이상 참을 필요가 없다!

서둘러 문을 열어젖히려 했더니, 아까 그 메이드가 문을 틀어막듯 서 있었다.

"제발…… 메르티 왕녀님의 결단을 물거품으로 만들지 말아 주십시오. 그렇지 않으면 여기 영주님께서도 더 큰 벌을 받게 되십니다."

"어차피 내 결백을 증명하기만 하면———."

내 대답을 가로막듯, 메이드가 말을 잇는다.

"하다못해, 방패 용사님과 영주님이 무관한 사이라고 생각하도록 만들 수만 있다면……. 부탁드리겠습니다."

……그렇군. 싹싹남이 우리를 보호하고 있었다는 게 증명되면, 싹싹남은 그 자리에서 살해당할 가능성도 있다.

소수로 도망치니까 기민하게 대응할 수 있는 거다. 그 싹싹남과 관계자를 연관되게 할 수는 없다.

그러니 살아남을 수 있는 가능성을 조금이라도 높이기 위해서, 차후에 메르티를 회수하러 왔다는 식으로…… 영주와 내가 무관함을 증명해 줬으면 한다는 얘기다.

나는 배신당하는 것도, 배신하는 것도 싫다.

알 게 뭐야…… 하고 치부해 버리면 그만이겠지만, 싹싹남에게는 신세를 진 바 있다. 나에게 얽혀서 더 이상의 피해를 보게 만들 수는 없다.

"영주님께서 입수하신 정보입니다. 창의 용사님은 현재 꽤 떨어진 곳에서 방패 용사님을 수색 중입니다. 검과 활의 용사님은 이 부근에는 안 계시다고 합니다."

적은 모토야스뿐만이 아니었다. 진정 성가신 적은 국내의 귀족들이었던 것이다.

메이드가 천천히 문을 연다.

"필로는 어디 있지? 메르랑 같이 끌려간 건가?"

"방패 용사님과 함께 계셨던 금발 아이 말씀이시죠? 메르티 왕녀님과는 함께 계시지 않았습니다."

그 후로 우리는 싹싹남이 없는 저택 안에서 필로를 찾아다녔다.

나 참, 안 그래도 메르티가 끌려간 마당에, 그 꼬맹이까지 행방불명 상태라니.

그리고 필로가 어디 있었는가 하면, 저택 다락방에 숨어 있었다.

내가 부르는데도 계속 숨어 있으려고 하기에 최종 수단으로 마물문을 작동시켜서 강제로 끌어냈다.

가까이 있었던 게 불행 중 다행이군.

"뀨우……. 주인님 너무해~."

"사돈 남 말 하고 있네. 냉큼 나오지 않은 네가 더 너무해."

"맞아요, 필로. 도대체 뭘 하고 있었던 거예요!"

라프타리아가 꾸중했지만, 필로는 느긋한 얼굴로 대답했다.

"어라? 메르는 어디 갔어?"

"모르고 있었던 거야?"

"응? 뭔가 좀 소란스러워졌을 때, 메르가 갑자기 숨바꼭질을 하자고 해서 필로가 먼저 숨었어. 메르가 절대로 나오지 말라고 그랬어."

필로는 상황 파악을 못 하고 있는…… 모양이군.

메르티를 그냥 두고 국경 쪽으로 도망쳐서 그대로 타국으로 망명하면…… 이번 사건은 해결의 길로 접어들 수 있을지도 모른다.

메르티 역시 삼용교에게 넘어가면 목숨이 위험하다는 것 정도는 각오하고 있을 터였다.

메르티가 살아남으려면 그림자가 간섭해 주기를 기대하는 수밖에 없다. 아까 그 귀족이 지껄인 소리로 보아, 그 귀족 녀석은 삼용교의 입김이 닿아 있다고 봐도 무방할 것이다.

곧바로 제거되거나, 모토야스와 빗치에게 넘겨져 살해당하거나, 둘 중 하나다.

상대도 바보는 아니다. 메르티의 변명이 거짓말이라는 것 정도는 눈치채고 있을 것이다.

우리를 끌어내기 위해서 그렇게 행동한 거겠지……. 어쩌면 싹싹남을 고문할 수도 있고.

이대로 메르티를 버리고 도망치면 여왕과 만날 수 있는 가능성은 대폭 상승한다.

메르티는 우리가 도망칠 수 있도록 시간을 벌어 준 것이다.

나는…… 메르티가 만들어 준 도주의 기회를 어떻게 해야 할 것인지 고민했다.

버리고 가는 건 아니라는 식으로 변명하며 스스로의 목숨을 우선시할 것인가?

따지고 보면 메르티는 그 얄미운 빗치의 여동생이긴 하다. 하지만 메르티는 단 한 번도 나를 배신하지 않았다.

지금도 이렇게 우리를 살려 보내기 위해서 시간을 벌어 주었다.

그렇다면…… 내가 할 수 있는 일은 하나밖에 없다.

비록 목숨의 위험이 있다고 하더라도 나는 나를 믿어 준 사람에게 보답해야만 하는 것이다.

"필로, 지금부터 내가 하는 얘기 똑똑히 들어."

"응. 뭔데에?"

"메르티가 끌려갔어. 우리를 지키기 위해서."

"에?!"

필로는 상황을 파악하고, 퐁 하고 필로리알 퀸으로 변신해서 뛰쳐나가려 한다.

"기다려. 어딜 가려는 거야?"

"당장 메르를 구해주러 갈 거야!"

나는 싹싹남의 메이드에게 묻는다.

"혹시나 싶어서 확인해 보는 건데, 메르티는 어디로 끌려 간 거지?"

"이웃 도시 영주님의 저택일 것입니다. 그렇게 먼 거리가 아니니까…… 지금쯤 이미 도착하셨을 것입니다."

행상 일을 하면서 가 봤기에 알고 있었지만, 이웃 도시는 여기서 엎어지면 코 닿을 거리다.

그때는 얼굴마담으로 세워 놓은 라프타리아를 혐오하는 녀석들 때문에 장사가 안 돼서 채 하루도 되기 전에 나와야만 했었다.

들어갈 때도 이것저것 생트집을 잡혀서 고생했다. 게다가 나올 때까지…….

처음에는 딱히 의문을 느끼지 않았지만, 생각해 볼 수 있는 범위 안에서 상상해 보면 몇 가지 가설이 나온다.

하나는, 아인에 대한 차별이 심한 메르로마르크 국내에서도, 그곳이 유독 아인에 대한 차별이 더 심한 곳이라는 가능성.

나도 국내 정세에 대해서 그리 해박한 편은 아니지만, 전혀 불가능한 얘기는 아니다.

또 하나는, 이 도시의 영주와 이웃 도시 영주의 권력 차이.

확실히 이웃 도시 쪽이 훨씬 더 크다.

우리를 체류하게 해 준 영주가 다스리는 도시는 '촌락'과 별반 다를 게 없는 정도의, 비교적 작은 도시에 불과하다. 집안 같은 것까지 고려해 보면, 이 두 개의 이유 때문이라고 봐도 무방하겠지.

이웃 도시에 전해져 오던 전승이 떠오른다.

뭐라고 그랬더라. 과거의 용사가 괴물을 무찔렀다던가 봉인했다던가 하는, 그런 전승이다.

그 전승을 이 부근의 명물로 삼고 있었던 기억이 난다.

"그 저택 도면 같은 거 구할 수 없을까?"

"저희 중에 몇 번인가 가 본 적이 있는 자들이 있습니다. 그 사람들의 증언을 바탕으로 간단한 내부 지도를 만들어 보시는 게 어떨지요?"

그래, 들어가 본 적이 있는 자의 얘기라면 다소 참고가 되긴 하겠군.

그 결과, 나는 어느 정도 간략화된 지도를 만들 수 있었다.

귀족의 저택은 3층 건물로, 안뜰이 딸려 있다. 증언자의 말에 따르면 메르티는 아마 2층 안쪽에 있는 방에 갇혀 있을 거라고 했다.

"알았어. 신세 많이 졌어. 그럼 가자, 필로, 라프타리아."

"네!"

"응!"

이 저택의 주인인 싹싹남이 끌려가고 말았다.

가능한 한 더 이상 폐를 끼치지 않기 위해서는 어떻게 해야 하지?

관계자로 위장하는 것보다는, 우리 신분을 확실히 밝히고 메르티를 되찾으러 왔다는 식으로 나가는 수밖에 없겠군.

싹싹남이 우리한테서 메르티를 빼앗아갔다는 식으로 명분을 만들어야 할 것이다.

안 그러면 고문 끝에 목숨을 잃을지도 모른다.

……이 도시는 메르로마르크에서 보기 드문, 아인이 많은 도시다. 가능한 한 지켜 줘야 한다.

그 후로 우리는 메르티를 데려간 마차를 서둘러 뒤쫓았다.

"젠장……."

싹싹남의 도시에 사는 아인들은 살기등등한 분위기다. 이러니저러니 해도 인망 있는 영주이기는 했던 모양이다.

여기서 내가 신분을 밝히고 선도하면 상황이 좀 더 유리하게 흘러갈지도 모른다는 생각도 들었지만, 괜한 자들을 사건에 휘말리게 만드는 건 마음이 아프다. 게다가 싹싹남이 우리를 숨겨 주었다는 게 들통 나는 셈이니 본말이 전도된다.

나와 라프타리아, 필로. 이 셋이서만 가는 편이, 더 효율적으로 메르티를 구할 수 있으리라.

그렇게 해서, 우리는 필로를 타고 이웃 도시 성벽을 뛰어넘기에 이르렀다.

불행 중 다행이었던 건, 라프타리아의 위장마법과 야음 덕분에 손쉽게 잠입할 수 있었다는 것 정도?

"저 높은 곳에 있는 저택이야?"

도시의 고지대에 거대한 저택이 서 있다. 도시를 다스리는 영주가 살기에 적합한 위치겠군.

"네……. 저 저택이에요."

라프타리아가 가만히 고개를 끄덕이며 대답한다.

"왜 그래?"

"아무것도 아니에요."

라프타리아의 분위기가 이상하다.

"전에 왔을 때는…… 미처 못 알아챘었어요. 하지만, 아마 틀림없을 거예요."

"왜 그래, 라프타리아 언니?"

도시 성벽 위에서 귀족의 저택을 노려보는 라프타리아. 어째 긴박한 분위기다.

"야음을 틈타서 접근하는 게 좋겠어요. 안 그러면 큰일이 벌어질 테니까요."

라프타리아의 마법이 제대로 효과를 발휘한 상황에서, 필로의 다리를 이용해서 지붕과 지붕 사이를 넘어 저택으로 다가간다. 들킬 위험성도 있지만 이 어두운 한밤중에 지붕 위를 올려다보는 자는 얼마 되지 않는다.

"도시를 감시하고 있는 병사도 아직 눈치 못 챈 모양이군. 방패 용사에게 붙잡혀 있던 제2왕녀가 보호받고 있는 상황인데 말이야."

"아마도 그 귀족이 밤마다 남들에겐 말 못 할 짓을 하고 있기 때문일 거예요. 그러느라 나오후미 님이 온다는 얘기를 듣고도 미처 대처하지 못하고 있는 거겠죠."

"뭔가 아는 거라도 있어?"

"네. 이 도시는…… 다른 곳과는 달라요. 여기 귀족은 눈치 보지 않고 못된 짓을 하기 위해서, 일부러 감시망을 허술하게 짜 놓았으니까요."

"그거 혹시…… 노예 시절 얘기야?"

"네."

라프타리아는 가만히 고개를 끄덕였다.

이곳의 귀족이 바로 라프타리아를 고문해서 마음에 깊은 상처를 입혔던 녀석인가.

그런 녀석이 메르티를 붙잡으면 무슨 짓을 저지를지 짐작도 하기 싫군.

"얘기 들었지, 필로? 빨리 안 구하면 메르티가 힘든 일을 당할 거야."

"응! 무슨 일이 있어도 메르티를 구하고 말 거야!"

필로는 언덕에 있는 영주의 저택 주위에 있는 울타리를 뛰어넘는다.

"멍! 멍!"

경비용으로 사육된 마물들이 곧바로 이상을 감지하고 달려든다. 쉽게 말해 경비견이다.

이름은 가디아. 새까맣고 긴 털이 난 늑대 같은 마물이다.

등에는 소리 나는 기관 같은 게 달려 있다. 피리 달린 마물인 셈이다. 그 피리의 소리와 짖는 소리를 통해서 주위에 이상 발생을 알린다.

"시끄러워!"

"멍——."

달려오는 가디아를 필로가 재빨리 걸어차서 잠재웠다.

피리 소리를 내기도 전에 해치우다니, 작심하고 싸우는 필로는 무시무시하군.

"뭐야?"

소란을 듣고 경비원이 달려온다.

"이, 이건——. 윽!"

"죄송하지만, 좀 얌전히 있어 주셔야겠어요."

소란을 피우기도 전에, 라프타리아가 칼자루로 경비병의 복부를 찔러서 기절시켰다.

모든 동작들이 아주 손에 익은 느낌이다. 이러면 꼭 우리가 무슨 괴도 같잖아.

"주인님? 빨리 가자."

"어느 정도 약도를 그려 오긴 했지만…… 라프타리아, 그 것 말고 더 아는 거 있어?"

"제가 알고 있는 건…… 지하실뿐이에요."

"메르티가 거기에 있을 것 같아?"

라프타리아는 묵묵히 고개를 가로젓는다.

이곳의 귀족은 아인을 고문하는 취미를 가진 녀석이다.

아무리 그래도 메르로마르크 제2왕녀를 거기에 가두고

고문을 하기까지 할까? 그런 의문에는 고개를 가로저을 수밖에 없다.

어쨌거나 일단 잠입해 보지 않으면 아무것도 알 수 없다.

돌이켜 보면 이번 작전의 목적은 메르티를 되찾는 일이었던 것이다.

게다가 다른 용사도 없다. 국가의 병사 정도는 물리칠 수 있을 것이다……. 아마도.

그렇게 생각하고 있을 때, 경비병들이 저택 문밖으로 쏟아져 나가는 모습이 보였다.

"뭐지?"

"필로, 무슨 일인지 알 수 있겠어요?"

라프타리아의 질문에 필로가 발돋움을 해서 경비병들이 나간 방향을 살펴본다.

도시를 보호하는 성벽 쪽에서 횃불이 피어오르고, 도시 입구 부근에서 불길이 치솟고 있었다.

"으~응? 있잖아~, 뭔가 싸우는 것 같은데?"

"누가 누구와 싸우고 있지?"

"으~음, 아인들이랑 병사들?"

짐작이 간다. 싹싹남이 끌려갔다는 소식에 소동이 벌어지고, 영주를 따르는 일부 아인 모험가들이 쳐들어온 모양이다. 그리고 병사들은 내가 그들을 이끌고 있다고 착각한 것이리라. 이걸 이용하지 않는 건 너무 아까운 짓이다.

"마침 잘됐어. 모처럼 병사들이 제 발로 나가 줬잖아. 녀석들이 돌아오기 전에 정면 돌파해서, 메르티를 탈환한다!"

"오~!"

"네? 나오후미 님, 신중하게 행동하기로 하신 것 아니었나요?"

"병사들 정도는 지금 우리 실력으로도 제압할 수 있어. 게다가 저렇게 엉성하기 짝이 없잖아. 실력은 안 봐도 뻔해."

라프타리아와 필로는 아직 레벨이 40밖에 안 되고, 클래스 업이라는 의식을 거치지 않으면 이 이상 레벨을 올릴 수 없다는 건 사실이다. 하지만 파도 때의 꼬락서니를 보면, 국가의 병사들이 가진 전투 능력이 라프타리아나 필로를 웃돌 것 같지는 않았다.

당한 만큼 돌려준다. 이쪽의 저택을 급습당했으니, 마찬가지 방법으로 되갚아주면 된다.

"선수 필승이라는 말도 있어. 원래 우리는 이 나라를 탈출해서 여왕을 만나기 위해서 다른 용사들로부터 도망치고 있었던 거야. 그 용사들이 가까이에 없는 상황이라면 어느 정도 소란은 일으켜도 상관없겠지."

"그렇군요……. 알겠습니다."

"그럼 간다~. 에잇~!"

내 호령에 맞추어 필로가 선봉에 나서서, 귀족의 저택 창문을 깨부수고 침입한다.

"필로, 인정사정 봐 주지 마. 변신할 것 없이, 벽을 깨부술 기세로 돌진해!"

메르티가 어느 방에 붙잡혀 있을지 모르니, 그 점은 좀 조심해야겠지만.

도면이나 증언으로 미루어 보면 아마 2층에 있겠지만, 그 정보가 틀렸을 가능성도 있다.

"필로는 그대로 계속 날뛰고 있어. 그사이에 라프타리아랑 내가 메르티를 구해낼 테니."

"웅! 이얍~!"

필로가 복도 오른쪽으로 내달리는 동시에, 우리는 안뜰을 가로질러서 2층으로 향한다.

도중에, 안뜰에서 이상한 바위를 발견했다.

뭐지? 비석?

안뜰에 비석을 세우다니 참 별난 취미를 가진 귀족이군.

하긴, 지하실을 만들어 놓고 아인 노예를 괴롭혀대는 고약한 녀석이다. 그런 녀석을 무슨 수로 이해하겠는가.

콰쾅 우지끈 소리를 내며, 필로가 날뛴다.

자……. 이제 여기 귀족은 어떤 식으로 나오려나.

이 상황에서 녀석이 소란의 원인으로 생각할 수 있는 건, 하나는 방패 용사인 내가 메르티를 되찾기 위해 쳐들어왔을 가능성.

그 경우 귀족 녀석은 메르티를 인질로 삼겠지.

그리고 또 하나는 싹싹남을 연행한 것에 반발한 아인들의 폭동.

이 경우에는 싹싹남을 인질로 삼을 것이다.

우리는 아인들의 폭동에 편승한 형태다. 뭐, 날뛰고 있는 게 필로니까 금방 알아챌 수 있겠지만.

"나오후미 님! 이쪽이에요!"

라프타리아가 안뜰 건너편 복도 끝에 있는 방의 문을 가리킨다.

"여기에 지하실 입구가 있어요."

"메르티가 거기 있을까?"

"……아뇨. 하지만 아마도, 그 귀족에게 붙잡힌 노예 아이들이 있을 거예요."

"지금 우리가 그 애들을 구할 여유가 있을까? 구해줘 봤자 짐만 될 텐데?"

"그래도…… 저는……."

여기 붙잡혀 있다는 건 틀림없이 아인일 것이다.

나와 만나기 전, 라프타리아는 여기서 끔찍한 경험을 했었다.

괴로운 경험을 수도 없이 했다고 들었다. 옛날의 자신이나 동료들을 구하고 싶은 심정이 드는 것도 당연하리라.

우리 입장에선 그럴 여유가 없긴 하지만, 지금 이 기회를 놓치면 구할 수 있었던 목숨을 내팽개치는 꼴이 될지도 모른다.

라프타리아의 마음속에는 그런 생각이 있는 것이리라.

"알았어. 하지만 메르티를 구하는 게 먼저야. 적도 우리의 정체를 알고 있을 테니까."

"네!"

콰쾅 하는 소리가 나고, 2층을 우당탕 내달리는 소리가 울려 퍼진다.

필로……. 너 도대체 뭐 하고 있는 거야?

"메르으으으으으!"

필로의 목소리가 저택 안에 메아리친다. 응. 필로는 무적이군.

용사가 없는 지금 이 필로에게 맞설 수 있는 자는 이 저택엔 없다고 봐도 무방하다.

"침입자를 제거하라!"

경비병 몇 명이 달려와서 우리를 발견하고 경계 태세에 들어간다.

"바, 방패의 악마다! 빨리 영주님께 보고 드려!"

"라프타리아!"

"네!"

검을 뽑은 라프타리아가 경비병을 향해 내달린다.

나도 뒤를 따른다. 어리석게도 경비병은 갖고 있던 검을 내게 휘두른다.

현재 내가 변화시켜 놓고 있는 방패는 키메라 바이퍼 실드.

방패 용사인 내게는 공격력이 없다. 하지만, 그 대신 반격 능력은 있다.

키메라 바이퍼 실드에는 카운터 효과인 뱀의 독니(중)이 라는 것이 붙어 있다.

이것은 내가 상대방의 공격을 막아냈을 때, 키메라 바이 퍼 실드에 장착되어 있는 뱀이 움직여서 적을 물어뜯게 되 는 기능이다. 그 이빨에는 독을 흘려 넣는 효과가 있다.

"으, 뭐가 이렇게 단단해?! 뭐, 뭐야, 장식품이 움직였 어?! 크억!"

아니나 다를까, 나를 공격한 경비병은 뱀 장식에게 물려 서 고통에 발버둥 친다.

뱀의 독니(중)의 독에 당하면, 자칫 잘못하면 죽음에까지 이른다.

"지금 당장 내빼서 치료원에서 파는 해독제라도 사 먹는 게 좋을걸. 이대로 뒀다가는 죽을 텐데?"

내가 공격을 못 한다고 얕보니까 그런 꼴을 당하는 거라고.

"으윽……."

"젠장, 방패의 악마 자식!"

동료 경비병이 독에 쓰러진 경비병을 걸머지고 물러간다.

추격하는 건 어려울 거 없지만, 우리의 목적은 살상이 아 니다. 메르티 탈환이 우선이다.

싹싹남은 메르티를 보호하려 했던 것에 불과하다. 어디까지나 방패 용사와는 무관한 일……로 만들기에는 상황이 좀 어려워졌지만. 싹싹남을 따르는 아인들이 폭동까지 일으킨 것 같고.

그렇다 해도 일단 선언해 둘 필요는 있으리라.

경비병에게 달려들어서, 마치 악인인 양 연기를 하며 캐묻는다.

"자, 메르티 제2왕녀는 어디 갔지? 혹시라도 이웃 도시 귀족 같은 아무 상관도 없는 녀석을 소개할 생각은 말라고. 여기든 이웃 도시든, 우리는 메르티 제2왕녀를 되찾기만 하면 그만이니까!"

경비병을 위협해서 안내를 명령하니, 경비병은 필로와 통통한 귀족이 한창 눈싸움을 벌이고 있는 곳으로 우리를 데려갔다.

귀족은 메르티의 목에 칼을 들이대고 필로가 접근하지 못하도록 견제하고 있다. 바닥에는 그 싹싹남이 맥없이 축 늘어져 있다.

대충 상황을 보아하니…… 고문을 당했던 모양이군. 메르티의 눈동자에는 눈물 자국이 생겨나 있다.

취미 한번 고약한 녀석이군.

"영주님!"

"이 자식들! 누가 방패의 악마를 데려오라고 했나! 이 배신자 놈들!"

"말 한번 더럽게 하는 놈이군."

필로가 혼자 여기까지 와 있을 정도면 경비 따위 어차피 있으나 마나일 텐데 말이지.

"메르!"

"필로! 오면 안 돼. 나는…… 결심했어. 이 사람한테 부탁해서 아버지한테 데려다 달라고 하기로."

"그 녀석이 널 데려다 줄 거 같아?"

"……."

내 물음에 메르티는 입을 다문다.

뭐, 정신이 제대로 박힌 녀석이라면 쓰레기 왕에게 데려다 주는 걸 우선시하겠지만, 이 녀석은 메르티를 데려가면서 '신의 인도입니다.'라고 중얼거렸었다. 열성적인 교도일 가능성이 높다.

메르로마르크의 국교는 삼용교이고 녀석들은 내게 누명을 뒤집어씌운 주범이다.

만약에 메르티의 말마따나 왕은 아무것도 모르고 있었다면, 진상을 알았을 때는 어떻게 움직일까?

그 종교에 관련된 녀석이 순순히 메르티를 아버지에게 데려다 줄 리가 없다.

"핫핫핫! 이놈들, 한 발짝이라도 움직이기만 해 봐라. 메르티 제2왕녀의 목에 나이프가 박힐걸."

"한 발짝도 안 움직이면 되는 거지?"

"뭐야?"

"에어스트 실드."

메르티와 귀족 사이에 방패를 출현시키는 스킬을 발동시켜서 벽을 만든다.

"이런——."

"지금이야!"

"응!"

귀족과 메르티 사이에 방패가 생겨나는 바람에 귀족이 빈틈을 보이고, 그런 귀족에게 필로가 고속으로 달려들어서 날아차기를 날렸다.

"쿠헉!"

귀족은 필로의 발길질을 얻어맞고 벽으로 나동그라졌다.

"라프타리아!"

"네!"

라프타리아는 메르티에게로 달려가서 부상이 없는지를 확인한다.

"저 귀족은 네가 끝장내."

"나오후미 님⋯⋯. 마음은 더없이 감사합니다만⋯⋯ 우선은 메르티와 저분을 간호하는 게 먼저일 것 같아요. 저 귀족은 일단 필로 때문에 잠잠해져 있으니까요."

"정말 그럴까?"

"응……. 메르가 가까이 있어서 있는 힘껏 걷어차지 못했는데, 저 뚱뚱한 사람, 그럭저럭 강하기는 한 것 같아."

명색이 국가의 귀족이다. 클래스 업 정도는 한 상태겠지.

싹싹남 쪽으로 달려가서 일단 회복 마법을 걸어서 상처를 치료한다.

뒤이어 그를 부축해 일으키고 귓가에 속삭였다.

"폐 끼쳐서 미안하게 됐어. 우리는 어디까지나 서로 상관없는 사람들이야. 여기서 나와의 관계성이 발각당하면 본격적으로 고문을 받게 될지도 모르니까."

"처음부터 끝까지…… 신세만 지게 되는군요. 걱정 마십시오……. 저분은 애당초 저를 살려서 돌려보낼 생각도 없었던 것 같으니……. 정식으로 아인들을 처분할 수 있게 됐다면서 이 사태를 즐기고 있더군요."

"그랬군……."

"최대한 교섭은 해 보았습니다만……. 제발, 막아 주십시오. 부탁입니다."

나도 이대로 고분고분 물러날 생각은 없었다.

지금도 경비병이 잇달아 달려오고 있는 모양이다.

다만 메르로마르크의 귀족에게 손을 댔다가는 내 악행의 증거가 하나 늘어나는 셈이 된다는 게 마음에 걸린다.

렌이나 이츠키가 진실을 파악했기만을 기도하는 수밖에

없겠지만, 이 소동 때문에 그들까지 완전히 적으로 돌아서 버리면 환장할 노릇이겠군.

필로의 발차기에 나가떨어져 있는 귀족을 보고 경비병이 경악에 찬 비명을 지르고 있다.

싹싹남에 대한 응급처치를 마치고 일으켜 세운다. 그러자 싹싹남은 메르티를 향해 미소를 지어 보였다.

"메르티 왕녀님과 방패 용사님의 깊으신 정, 뼈에 사무치게 느꼈습니다. 역시 소문은 헛소문이 아니었군요……."

"나랑 같이 있으면 싸움에 말려들 거야."

동행자가 더 이상 늘어나면 곤란하다. 척 보기에도 전투 능력은 없어 보이고, 나도 만능은 아니다.

"알고 있습니다. 저도 제 연줄을 동원해서, 일이 수습될 때까지 숨어 지내는 수밖에요."

"그렇군."

"다행이에요."

폐를 끼쳤다고 생각했는데, 이렇게 대답해 주니 조금이나마 마음이 놓인다.

메르티와 싹싹남이 무사한 것을 확인한 라프타리아가, 필로에게 걷어차여서 나동그라진 귀족을 찌릿 쏘아본다. 눈매가 곤두서 있어서, 그녀가 진심으로 화가 난 상태라는 걸 나와 필로, 메르티도 느낄 수 있었다.

"크윽……. 나, 나에게 이런 짓을 하다니, 네놈들, 고문 정도로 용서받을 수 있을 거라 생각 마라! 목숨으로 죗값을 치르게 해 주마!"

"당신 손에 죽은 모든 아인들에게도 그렇게 말할 수 있겠어요?"

스윽 하고 허리춤에서 검을 뽑은 라프타리아가 살기를 내뿜으며 말했다.

"당연한 소리 아니냐. 녀석들은 사람이 아냐! 내 도시에 쳐들어오다니, 아주 죽고 싶어서 환장을 한 모양이군!"

"하긴 이럴 줄 알았어요……. 당신은 원래 그런 사람이었으니까."

"음? 네년, 나를 알고 있는 것 같군……. 맞아! 이제 생각났어. 예전에 팔아치웠던 노예였지!"

"네. 그때는…… 신세 많이 졌었죠."

"후후후……. 보아하니 방패의 악마 수하로 들어간 모양이군. 지금도 뇌리에 생생해. 네년의 우는 얼굴과 그 비명 소리. 오랜만에 만나 본 만족스러운 노예였지. 그렇단 말이지, 또 나한테서 절망을 맛보고 싶다 이거로군!"

"……아뇨."

라프타리아는 내 쪽을 돌아보고, 다시 한 번 귀족을 노려보았다.

라프타리아가 가진 검이 어렴풋한 빛을 뿜고 있다.

환영검(幻影劍)이라고 했던가. 라프타리아는 모습을 숨

긴 채 적 뒤로 우회해서 찌르는 공격을 사용하곤 하지만, 이번에는 그것과는 다른 무언가가 검에 깃들어 있는 것 같은 느낌이 든다.

"저는 나오후미 님에게 주의를 드릴 수 있을 만큼 잘난 사람이 아니에요. 그렇기에…… 나오후미 님의 복수를 부정하지 않았던 거예요."

그러고 보니 라프타리아는 내게 주의를 주기는 할지언정, 말리지는 않았었다.

천성이 다정한 아이인데 복수를 말리지 않는 걸 보고, 뭔가 이상하다고 생각했었다.

그랬었구나. 까맣게 잊고 있었다. 라프타리아에게도 복수하고 싶은 상대가 있었던 것이다.

그렇다면 나는 그 복수에 힘을 빌려주고 싶다.

힘이 되어 주고 싶다.

비록 그것이 도덕적으로 옳지 못한 일이라고 해도, 나는 라프타리아 편에 설 것이다.

그날, 라프타리아는 빗치와 모토야스, 쓰레기 왕, 모든 이들이 나를 규탄하던 그곳에서, 내 앞에 나서서 나를 지켜주었다. 구해주었다.

그런 라프타리아를 상처 입힌 녀석이다. 절대 용서할 수 없다.

"저는 나오후미 님처럼 누군가를 지켜줄 수는 없을지도

몰라요. 그 마을을 되찾고 싶다는 염원도, 이루어지지 못할 꿈이라는 걸 알고 있어요. 하지만——."

챙 하고 귀족에게 검을 겨누고, 라프타리아는 쏘아붙였다.

"지금 당신을 막지 않으면, 저나 리파나 같은 사람이 더 늘어나고 말 거예요. 그것만은 절대 용납 못 해요!"

"홋, 아인 주제에 내게 대들겠다는 거냐? 그거 좋지. 자신의 어리석음을 그 몸으로 맛보게 만들어 주마!"

귀족도 경비병에게서 채찍을 받아 들고 자세를 가다듬었다.

이 녀석……. 채찍사였던가.

게다가 저 채찍, 뭔가 엄청나게 섬뜩한 느낌이 든다. 이 느낌은 뭐지?

"주인님……. 저 채찍 왠지 싫어~."

필로가 메르티를 데리고 내 곁으로 다가온다.

"후후후……. 내 채찍은 오랜 세월 아인 놈들의 피를 빨아먹어 온 물건. 제아무리 방패의 악마라 해도 세상에 하나뿐인 이 채찍을 당해낼 수는 없을걸?"

우와, 저주받은 물건 같은 거였냐.

무턱대고 대미지를 감수했다가는, 저주 같은 추가 효과까지 얻어맞을 것 같은 물건이다.

그나저나 취향도 참 고약한 놈이다. 적뿐만이 아니라 사용자 자신까지 저주받을 것 같은 무기를 들고 다니다니.

"받아라!"

귀족이 광범위하게 채찍을 휘두른다.

나와 라프타리아는 몸을 숙여서 채찍 공격을 회피한다.

필로는 좁은 저택 안에서 상대의 공격을 회피하기 위해, 부득이하게 인간화해서 메르티를 보호했다.

싹싹남도 대충 분위기 파악을 한 듯 몸을 숙이고 있다.

젠장, 이런 좁은 실내에서 날뛰지 말라고.

"크헉……."

귀족이 휘두른 채찍이 경비병에게 명중한다.

경비병이 입고 있는 갑옷이 변형되고, 경비병은 피를 흘리며 쓰러졌다.

채찍 주제에 위력이 너무 강한 거 아냐? 저건 상당히 조심하지 않으면 위험하겠는데.

"여, 영주님?"

"뭘 하고 있는 거냐. 이 방패의 악마와 그 패거리들을 지금 당장 죽여라!"

"아, 넵!"

경비병이 우리를 향해서 돌격해 왔다.

검을 한껏 치켜들어서 라프타리아를 베려고 든다.

"저리 비키세요."

몸을 젖혀서 종이 한 장 차이로 검을 피한 라프타리아는, 경비병의 검에 스스로의 검을 맞대어 위로 쳐낸다.

그것만으로도 경비병의 검이 천장에 박혀 버렸다.

"아——."

경비병이 넋을 잃은 순간, 배에 발차기를 먹여서 날려 버리고, 귀족을 향해 내달린다.

"이놈들! 아무짝에도 쓸모없는 머저리들 같으니! 전장이었다면 벌써 죽었을 거다!"

귀족은 발끈해서 채찍을 휘둘러 라프타리아를 후려치려 시도한다.

라프타리아는 뻗어 오는 채찍을 회피하고, 다시 검을 겨누었다.

"큭……."

한 번은 피하는 데 성공했지만, 채찍은 실내의 테이블에 걸쳐서 라프타리아의 후방으로 우회하는 궤도를 그렸다.

재주도 좋은 녀석이군.

이런 비좁은 방에서 능숙하게 채찍을 사용하는 걸 보면, 채찍사로서의 경험도 풍부한 게 분명하다.

"어림없지! 에어스트 실드!"

그 궤도를 파악한 나는 라프타리아를 향해 날아드는 채찍을 저지한다.

"비켜라!"

큭……. 채찍이 내가 만들어낸 방패를 기점으로 다시 한 번 궤도를 꺾어서 라프타리아에게로 달려든다.

마치 살아있는 뱀 같은 움직임이다.

그 채찍이 라프타리아의 검에 휘감기고, 손을 옭아매려 한다.

라프타리아는 재빨리 검을 내던지고, 거리를 벌렸다.

"호오……. 결단력은 있는 모양이군. 하지만 맨손으로 나를 이길 수 있을 거라 생각하나?"

맨손이라……. 라프타리아는 완력도 제법 강하긴 하지만, 그것만 가지고 저 귀족을 이길 수 있을지는 의문이다. 이거 꽤 위험하겠는데.

귀족은 라프타리아가 떨어뜨린 검을 채찍으로 집어 들어서 휘둘러댔다.

라프타리아는 몸을 젖혀서 그 검의 공격을 회피하고, 허리에 차고 있던 또 한 자루의 검…… 마력검을 뽑아 들고 자세를 잡는다. 다만, 검은 아직 다 출현하지 않은 상태다.

마력검은 무기상 아저씨가 준 시제품으로, 마력을 검의 형태로 만들어내는 검이다.

"아직, 제게는 이게 남아있어요."

귀족이 히죽히죽 웃어대기 시작한다.

"그딴 장난감 검으로 뭘 할 수 있다는 거냐!"

하지만…… 넌 중요한 걸 잊고 있다고. 내가 잠자코 구경만 하고 있을 리가 없잖아!

"네 마음대로 될 줄 알고?!"

나는 뻗어 나가는 채찍을 붙잡는다.

손에 위화감이 느껴진다. 한 박자 늦게, 화르륵 하고 화상을 입은 것 같은 고통이 몰려온다.

역시 이건 저주 부류의 무기였군.

"내 채찍을 붙잡다니 어리석은 방패 용사로군!"

"흥. 이 정도는 끄떡없어."

화상을 입은 것 같은 고통은 있지만, 못 견딜 정도는 아니다.

"오히려 내가 이걸 붙잡고 있음으로써———."

"제가 공격할 수 있죠!"

라프타리아가 마력검의 검신을 출현시켜서, 귀족을 비스듬하게 베었다.

"이런."

귀족은 채찍을 뻗은 채 후방으로 펄쩍 뛰어서 마력검을 회피한다.

"제법 빠르기는 하군그래. 나보다는 못하지만."

퉁퉁하게 살찐 주제에 묘하게 강하잖아, 이 귀족.

경비병을 쓸어버린 일격만 봐도 그렇다. 그냥 이 녀석 혼자서 파도랑 맞서 싸워도 되는 거 아닌가?

메르티와 싹싹남에게로 눈길을 돌린다.

"저 사람……. 아버지와 마찬가지로, 옛날에 아인들과의 전쟁에서 활약했었다고 들었어."

그랬었군. 군인 출신이란 말이지. 그렇다면 전투에 대한 소양이 있는 것도 이상할 게 없다.

아인과의 전쟁에서 활약했을 정도라니, 지금껏 거의 마물 상대로만 싸워 온 우리보다 경험에서 훨씬 앞설 수밖에 없겠군.

"하지만 내 채찍을 봉쇄했다고 해서 이길 수 있을 거라 생각하지 마라!"

"그건 내가 할 소리야. 나는 보호하는 것밖에는 못하지만, 라프타리아는 얼마든지 너를 공격할 수 있으니까."

"흥. 천한 아인 따위를 수하에 두고 있는 정도로 우쭐대다니, 그딴 걸 두려워할 줄 알고?"

"라프타리아."

"네!"

라프타리아는 내 지시에 힘껏 고개를 끄덕이고, 검 끝에 손을 댄다. 그러자 라프타리아의 검이 아까보다 한층 더 강한 빛을 내뿜기 시작했다.

"필로!"

라프타리아가 필로를 향해 외친다.

"왜~애?"

"저 사람을 물리칠 수 있도록, 메르와 함께 마법을 사용해 주세요."

"알았어~. 메르, 어서 하자."

"아, 그치만……. 알았어."

메르티는 망설이듯 귀족과 우리를 번갈아 쳐다본다.

그러다가 한 번 고개를 끄덕이고, 결의를 다진 듯 의식을 집중시키기 시작했다.

"으음? 역시 방패 악마의 세뇌. 메르티 제2왕녀를 제 말처럼 부리다니."

"아뇨, 저는 세뇌 따위 당하지 않았어요. 저는…… 당신의 행위가 그릇된 것이라고 생각하기에, 이렇게 왕녀로서 당신을 단죄하는 거예요."

"어리석은……."

"그럼 필로도 힘을 낼게~."

"필로, 좁은 방에서 너무 강력한 마법을 쓰면 다른 사람들까지 말려들 테니까 조심해야 해."

"응. 알았어—!"

『힘의 근원인 내가 명한다. 다시금 이치를 깨우쳐, 저자에게 물 덩어리를 사출하라!』

"쯔바이트 아쿠아 샷!"

『힘의 근원인 필로가 명한다. 다시금 이치를 깨우쳐, 저자를 격렬한 진공의 칼날로 찢어발겨라!』

"쯔바이트 윙 커터!"

메르티와 필로가 거의 동시에 마법을 발동시킨다.

메르티의 손에서는 물 덩어리가, 필로의 손에서는 바람의 칼날이 출현해서 귀족을 향해 날아간다.

"흥!"

우오, 귀족 녀석, 채찍을 한 자루 더 꺼내 물 덩어리를 후려쳐서 떨어트리고, 필로의 마법은 회피해 버렸다.

"지금이에요!"

귀족이 회피하는 빈틈을 노리고 라프타리아가 귀족에게 검을 겨눈 채 내달린다.

"이 정도 공격에 당할 줄 알고!"

귀족이 라프타리아에게 채찍을 휘두른다.

어림없는 짓. 나는 채찍을 쥔 채로 앞으로 나서서, 귀족이 휘두른 또 한 자루의 채찍마저 붙잡아 버렸다.

"뭐야?!"

"에에에에에잇!"

내 움직임에 맞추어 라프타리아가 목소리를 쥐어짜며, 경비병이 떨어뜨린 검을 발로 주워 올리는 동시에 마력검을 투척해서 귀족의 가슴에 꽂았다.

마력검은 상대의 마력을 깎아내는 효과가 있다. 과거에 빗치를 실신시킨 적도 있었다. 그러니 효과는 분명히 있을 터.

"크윽……. 소용없다!"

"아뇨, 끝났어요! 야아아아아아아아아아아아아아압!"

푹 하는 소리가 나는가 싶더니, 검이 귀족의 어깨에 깊숙이 박혔다.

"크아아아아아아아아아아아아아아아아아아아아! 네 이년! 아인 주제에 감히 내게 부상을 입히고도 무사할 성싶으냐? 아인과의 전쟁에서 살아남은 이 몸을!"

"전쟁에서 아인과 싸웠다구요? 그런 말은 전장에서나 하시죠. 여기는 전장이 아니에요!"

"용서 못해! 무슨 일이 있어도 죽여 버릴 테다!"

"당신은 그저, 자신보다 약한 상대에게 분풀이나 하는 비겁자예요! 당신과 싸웠던 아인들은 어떤 사람이었죠? 제가 알기로는 여자나 아이들…… 하나같이 약한 사람들뿐이었어요! 그런 사람에게는, 싸움을 논할 자격 따위 없어요!"

그리고 그 기세 그대로, 라프타리아는 창문을 깨부수며 귀족을 밑으로 밀어 떨어트렸다. 동시에, 귀족에게 박혀 있는 검에서 손을 떼고 마력검을 뽑아낸다.

"하아아아아아아아아아아아앗!"

"네 이녀어어어어어어어어어어어어언!"

나는 양손으로 붙잡고 있던 채찍을 재빨리 놓고, 귀족이 떨어져 가는 광경을 바라보았다.

위험했다. 넋 놓고 있었으면 나까지 끌려갈 뻔했다.

"여, 영주님이 방패의 악마 패거리에게 패하셨다!"

경비병이 겁에 질린 듯이 도망쳐 간다.

"그날 보았던 깃발을, 저는 기필코 되찾고 말 거예요……."

그렇게 중얼거린 라프타리아는, 잠시 창밖의 하늘을 올려

다보다가 내 쪽으로 달려왔다.

"괜찮으세요?"

"응? 아아, 끄떡없어."

라프타리아를 치료할 때 썼던 성수가 아직 조금 남아있다.

이 정도 저주라면 금방 풀릴 것이다.

나는 깨진 창밖으로 저택 안뜰을 내려다본다. 안뜰에는 귀족이 드러누운 자세로 널브러져 있다.

아마 죽은…… 걸까?

라프타리아의 얘기에 따르면 아인 노예를 죽이는 악당이라고 하니, 그런 자의 말로라 생각하면 납득이 갈 만한 최후다.

"자, 그럼 이 혼란을 틈타서 도망치기로 할까."

"그 전에……."

"그래, 나도 알아."

붙잡혀 있을지도 모르는 아인 노예들을 구하자는 것이리라.

라프타리아가 그걸 원한다면 그 정도는 들어 줘야지.

나는 싹싹남 쪽을 돌아보며 부탁했다.

"여기 귀족은 아인 노예를 지하실에 감금하고 고문하는 취미를 갖고 있다는 모양이더군."

"이 나라에는 그런 귀족들이 많으니, 아마도……."

"여기서 아인 노예를 구해낸다고 해도, 우리는 쫓기는 몸이야. 쇠약해진 아인 노예를 데리고 도망쳐서는 오히려 피해만 더 늘어날 뿐이야. 무리한 부탁인 건 알지만 그들을 맡아 줄 수 없을까?"

상당히 무리한 부탁이라는 건 나도 잘 알고 있다.

하지만, 라프타리아의 소원을 이루어주기 위해서는 그 선택지밖에 존재하지 않는다.

"그 사실을 안 이상, 최선을 다해서 협조하겠습니다."

온화하게 웃는 싹싹남.

지금까지는 거짓말을 하고 있지 않은 것 같으니 부탁하는 수밖에 없겠군.

"걱정 마십시오. 제 협력자들 중에는 아인 분들이 많으니, 기꺼이 힘을 빌려줄 테니까요."

"그렇다면 다행이지만 말이지."

우리는 그길로 라프타리아의 안내에 따라 지하실로 발걸음을 옮겼다.

자물쇠가 잠겨 있는 문이 있었지만, 그 문도 필로의 강력한 발차기에 맥없이 부서졌다.

안으로 들어서는 순간 악취 때문에 코를 틀어막고 싶은 충동에 휩싸인다.

나는 그것이 노예상의 텐트 안에서 느껴졌던, 불길하기 짝이 없는 죽음의 냄새임을 직감할 수 있었다.

이건…… 장난이 아니군.

"뭔가 느낌이 기분 나빠……."

필로가 얼굴을 찌푸린 채 따라온다.

메르티는 겁에 질린 채로, 그러면서도 모든 것을 받아들일 결의를 다진 듯 따라오고 있었다.

"이 앞쪽이에요."

어둠침침한 지하실로 들어서자 각양각색의 고문 도구, 그리고 백골로 변한 시체가 나뒹굴고 있었다.

여기서 얼마나 많은 희생자가 발생한 걸까.

그렇게 생각하고 있을 때, 라프타리아는 방 한쪽 구석에 있는 백골 시체 앞에서 양손을 모으며 기도하고 있었다.

"라프타리아?"

"이 아이는…… 마을에서 같이 살았던 여자아이였어요. 이름은 리파나였는데, 저기……."

라프타리아는 서글픈 듯 그 아이의 백골 시체를 보면서 고개를 숙였다.

친구……였던 것이리라.

"리파나는 밝고 명랑한 아이였는데…… 특히 옛날얘기를 좋아했어요."

그 얘기를 듣는 메르티의 얼굴에 고통이 어렸다.

메르티는 이 나라의 왕녀니까. 이런 비참한 현실을 보고 나면, 뭔가 느끼는 바가 있을 수밖에 없겠지.

파도 때문이라면 변명의 여지라도 있겠지만 이건 상황이 다르다.

세계의 혼란에 편승해서 횡포를 부리고 있는 것에 불과하다. 정말이지 이 나라 녀석들은 제정신 박힌 놈이 없다.

"저 같은 애보다 훨씬 여성스럽고 다정한 아이였어요……."

"그랬구나……."

라프타리아의 친구가 이렇게 최후를 맞았다니…… 슬픈 기분에 빠져든다.

인연이 있었다면 살아있는 동안에 만날 수도 있었을까…….

"방패 용사님 같은 사람과 결혼하고 싶다는 꿈을 갖고 있었어요."

"……."

하지만 그 꿈은 이루어지지 않고, 이런 싸늘한 곳에서 절명했다……. 그렇게 생각하니, 그 귀족에 대한 증오가 솟구쳐 오른다.

살고 싶다고 얼마나 염원했을까.

단지 아인이라는 이유 때문에 지옥 밑바닥에서 고통받다가 살해당했다.

그 기분이 어떠했을지, 상상도 가지 않는다.

이 아이들에 비하면 나는 그나마 나은 편일지도 모르지만, 한 가지 확실한 게 있다.

──원수는 갚았다.

"어쩌지? 데려갈까?"

하다못해 뼈라도 수습해 가서 어딘가에 매장해 주는 것이 좋으리라.

"네. 이런 곳에 두는 건 너무 가엾으니까요."

"그러지."

우리는 조용히 뼈를 주워서 보따리에 담기 시작했다.

"노예는 찾았나?"

"네, 있었습니다."

안쪽에서 싹싹남이 대답한다.

뼈 수습을 마치고, 우리는 방 안쪽에 있는 아인 노예에게로 간다.

온몸이 상처투성이다. 상당히 끔찍한 고문을 받은 모양이다.

눈이 죽어 있다.

강아지 같은 귀가 달린 노예다. 열 살 남짓 되는 남자아이 같다.

생김새는 남자치고 상당히 곱상하다고 느낄 만한 외모다. 남자애들 중에는 열 살 정도까지도 여자애랑 별반 다를 게 없는 애들도 있는 법이니까.

"형들은 누구야……?"

"그 목소리는…….."

"누나는 누군데?"

"아는 녀석이야?"

"네. 키르 군, 맞지?"

"누나 누구야? 내 이름을 어떻게 알아?"

"잊어버렸어? 좀 크긴 했지만, 내 이름은 라프타리아야."

"뭐?!"

키르라는 이름의 남자아이는 놀란 듯 고개를 들었다.

"거짓말 마. 라프타리아는 나보다 키도 작고, 누나 같은 미인도 아니었는걸. 귀엽게 생겼다고는 생각했지만⋯⋯."

키르는 마치 이미 죽은 사람에 대해 얘기하는 것 같은 말투로 뇌까린다.

"보나 마나, 아는 사람인 척을 하라고⋯⋯ 명령을 받은 거겠지. 또 날 속이려고!"

눈빛이 탁하다. 절망에 짓눌린 얼굴이다. 옛날의 라프타리아를 방불케 한다.

"그럼 내가 진짜 라프타리아라는 걸 증명해 줄게. 그 사건이 있기 두 달 전, 키르 군은 아버지 생일 선물로 드릴 예쁜 조개를 찾으러 바다에 들어갔다가 물에 빠졌고, 그걸 사디나 언니가 구해줘서⋯⋯."

어린 시절의 추억담인가. 훈훈한 얘기로군.

확실히 이런 얘기는 실제로 경험한 라프타리아만이 할 수 있는 얘기다.

키르라고 했던가. 이 녀석도 이제 라프타리아가 진짜라는 걸 이해하겠지.

"어?! 진짜…… 라프타리아야?"

키르는 라프타리아의 전신을 뚫어지게 쳐다보며, 어리둥절해하는 얼굴로 물었다.

"맞아. 그리고, 근처 평원에서 독버섯을 먹고 배탈이 나서 다른 애들한테 안 들키려고 숨어 있었던 적도 있었지? 내가 찾아냈더니, 다른 애들한테는 절대 비밀이야! 라고 그랬었잖아. 바들바들 떨면서——."

"와! 응! 믿을게! 누나가 라프타리아라고 믿을게!"

그제야 키르라는 노예는 라프타리아가 진짜라는 걸 인정했다.

"라프타리아, 왜 그렇게 커진——, 미인이 된 거야?"

아무리 아인은 레벨이 오르면 몸도 어른이 된다는 걸 알고 있었다 해도, 실제로 보면 놀랄 수밖에 없으리라.

나 역시도, 그 조그맣던 라프타리아가 이렇게 커졌을 때는 놀랐었으니까.

게다가 같은 마을에서 자라 온 사이라면 더더욱 그렇겠지.

"있잖아. 난 지금, 방패 용사님인 나오후미 님의 노예로 있어."

"뭐?!"

키르라는 이름의 아인 노예가 나를 쳐다본다.

다만, 심하게 쇠약해진 때문인지 시선이 불안정하다. 초점이 안 맞는 거 아냐?

나는 몇 가지 치료약을 꺼내서 복용시키려 했다.

"마…… 만지지 마!"

"조용히 하고 좀 진정해. 조금이나마 안정될 테니까."

이제 영양제를 주면 되려나. 원래는 이런 곳에서 허비해선 안 된다는 건 알고 있지만, 위기에 빠진 녀석이 눈앞에 있을 때는 구해주는 게 도리겠지.

나는 소문처럼 성인군자 수준으로 다정한 녀석은 아니지만, 라프타리아의 친구라면 얘기가 다르다.

"우……."

키르는 처음에는 거부했지만, 이제 체념한 듯 마지못해 약을 먹었다. 내 방패에는 여러 가지 신비한 효과가 있다. 이를테면 약의 효과가 상승한다거나 하는 식으로. 약효는 머지않아 발동했다. 이 방패, 이런 상황에서는 정말로 쓸 만하단 말이지.

조금이나마 상태가 나아졌는지 안색에 핏기가 돌아오기 시작한다.

회복마법도 만능은 아니니까 상처는 많이 회복되었지만, 떨어진 체력까지는 회복시키지 못한다. 이제 목숨을 건졌다는 걸 실감했기 때문인지, 키르는 힘이 다한 사람처럼 털썩 쓰러져서 코를 골기 시작했다.

"우리 나라는 이런 짓을 용납해 왔던 거군요."

메르티가 고통 어린 목소리로 중얼거렸다.

"저는 외국에서 어머니가 하는 일들을 지켜봐 온 덕분에, 아인도 사람이라는 걸 예전부터 이해하고 있었어요. 그치만…… 저는 용서 못해요."

"좀 더 히스테릭하게 '이런 건 절대 용서 못해!' 라고 소리치면서 화내라고. 메르티답게."

"그건 진짜 내가 아니라구! 나오후미는 나를 어떤 애라고 생각하고 있는 건데?!"

메르티는 퍼뜩 정신이 든 듯 입을 손으로 가린다.

"히스테릭하게 얼굴이 새빨개진 채로 화내는 애로 알고 있는데."

"뭐가 어째?!"

"자, 여기서 계속 눌러앉아 있을 수는 없지. 가자고."

싹싹남이 자기가 키르를 업겠다고 나섰으므로, 우리는 그에게 키르를 맡기고 그 자리를 떠났다.

지하실 계단을 오르면서 얘기한다.

"우선 도시에서 나가는 게 최우선이야. 이 많은 사람들이 다 필로의 등에 탈 수는 없으니까."

평소에 세 명이 타는 것만 해도 비좁은 마당이다. 다섯 명이나 타는 건 터무니없는 짓이다.

"귀족님과 키르 군과 메르를 먼저 필로에 태워서 보내는 건 어떨까요?"

"그것도 괜찮겠군."

외벽을 넘어서 도시 밖으로 나가면 괜찮을지도 모르겠다.

도시 입구 쪽에서는 소동이 벌어진 상태이고, 이걸 어쩌면 좋담.

그렇게 생각하며 바닥을 보니 저택 안뜰 쪽으로 혈흔이 뻗어 있었기에…… 무심코 그 핏자국을 시선으로 좇는다.

"응?!"

"왜 그러세요?"

내가 말없이 안뜰 쪽을 가리키자, 라프타리아도 이해하고 고개를 끄덕였다.

"후, 후하하하……. 이렇게 된 이상, 수단 방법을 안 가리고 네놈들을 죽여 버려야겠다!"

2층에서 떨어져 죽은 줄 알았던 귀족이 섬뜩한 미소를 지으며 서 있었다.

젠장! 뭐 저렇게 끈질긴 놈이 다 있어?

귀족은 어깨에서 피를 흘리며 안뜰 비석을 향해 뭔가 마법을 영창하는 중이었다.

위험하다. 이 키르라는 노예는 아직 저 귀족의 노예다. 노예문으로 죽일 수도 있다.

어쩌지……? 힘들게 구한 라프타리아의 옛 친구다. 죽어 버리면 의미가 없다.

하지만 노예문이라면 굳이 주문을 외울 필요 없이, 명령을 하거나 스테이터스 마법의 항목을 조작해서 직접 죽일 수도 있을 터였다.

그렇다면 뭔가 다른 걸 하려는 건가?

"저건…… 빨리 막아야 합니다!"

싹싹남이 초조한 말투로 우리에게 말했다.

"왜 그래?"

"방패 용사님은 이 도시의 전승을 모르고 계십니까?"

"뭔가를 퇴치했다던가 봉인했다던가 하는 얘기는 들었는데."

"네. 과거의 용사님이 봉인하신 마물의 봉인이 이 도시에 있다고 알려져 있습니다."

엄청나게 불안한 예감이 몰려드는데.

"설마……."

"네. 그 마물을 봉인하고 있는 비석이, 대대로 이 도시 귀족들에게 전해져 내려오고 있습니다. 그리고——."

그다음 내용은 안 들어도 알 수 있었다. 저 귀족이 봉인을 풀려 하고 있는 것이다.

"너희는 물러나 있어."

"네."

싹싹남과 키르를 안뜰에서 쫓아내고, 우리는 비석의 봉인을 풀려 하는 귀족에게 다가간다.

"이제야 왔구나, 방패의 악마 놈!"

광기 어린 눈동자로, 귀족이 소리 높여 외쳤다.

"무슨 봉인을 풀려는 건지는 모르겠지만 당장 그만둬."

라프타리아와 필로가 전투태세에 들어간다.

아까 같은 비좁은 방이 아니니 자유롭게 싸울 수 있다.

"이미 늦었어. 네놈만 여기에 얼씬거리지 않았더라면, 이 도시는 평화롭게 지낼 수 있었어!"

"평화는 무슨……. 네놈이 멋대로 메르티를 끌고 가지 않았더라면 이런 일이 벌어지지도 않았을 텐데!"

"모든 게 다 네놈 탓이다, 방패의 악마 놈!"

"약한 자들을 짓밟고 올라간 비겁자의 헛소리 따위는 들을 가치도 없어."

그나저나, 저 비석에 뭐가 봉인돼 있는지는 모르겠지만 빨리 저지하는 게 좋겠군.

쓸데없이 말다툼을 하다가는 쓸데없는 싸움을 하는 신세가 될 테니까.

나 이외의 용사들이라면 물리쳐서 좋은 소재를 입수할 수 있다면서 기꺼이 싸울 것 같지만, 자는 아이를 깨우는 짓을 할 필요는 없다.

"내가 비겁하다니 말도 안 되는 소리! 나는 아인이라는 하등한 생물을 죽이는, 정의로운 존재란 말이다."

틀렸어……. 이해할 수 있는 녀석이 절대 아냐.

나도 얄미운 녀석이 따끔한 맛을 보는 걸 보면 기뻐하곤 하니까 어느 정도 이해할 수 있지 않을까 하는 생각도 했었지만, 그렇다고 상대가 죽기까지 바라지는 않는다.

그리고 그 상대가 개인이라면 모를까, 단지 아인이라는 이유로 종족 전체를 차별하는 식의 의식은 이해할 수 없다.

어쨌거나 이 녀석은 무슨 일을 저지를지 모르는 놈이다.

······저 비석을 보고 있자니 조바심이 솟구친다. 한시라도 빨리 저지해야 한다.

나는 한 발짝 앞으로 나서서, 귀족을 포박하기 위한 스킬을 구사하려 했다.

그 직후, 빠직하는 소리와 함께 비석이 깨지고 무너져 간다.

"뒷일은 나도 모른다. 방패의 악마 놈을 죽이기만 하면, 나는 신의 축복을 받게 될 것이다! 하하하하하!"

귀족이 망가진 장난감처럼 소리 높여 웃는가 싶더니, 우르릉 하는 소리와 함께 지축이 뒤흔들리기 시작했다.

"뭐지?"

"자! 모든 것을 파괴하라! 봉인된 괴물이여! 방패의 악마를 섬멸하는 거다!"

저택 부지 상공에서 자주색 빛이 쏟아지고 있다.

위쪽을 보니, 마치 파도 때의 균열처럼 봉인된 무언가가 모습을 드러내는 순간이었다.

"주인님!"

필로가 모든 깃털을 곤두세운 채 위쪽을 노려보고 있다.

"뭐, 뭔데?"

날카로운 발톱을 가진 파충류의 발 같은 것이 균열로부터 서서히 모습을 드러낸다. 뒤이어 전체가 단단한 피부로 뒤덮인 몸통이 출현하고, 마지막으로 희번덕거리는 커다란 눈, 금속이라도 찢어발길 수 있을 것 같은 턱을 가진 머리가 균열 속에서 나타나서, 그 정체를 판명할 수 있게 되었다.

거기서 나타난 것은, 20미터가 넘는 덩치를 지닌…… 거대한 육식공룡 같은 괴물이었다.

3화 타이런트 드래곤 렉스

"어, 어이……."

별안간 공중에 출현한 공룡. 드래곤이라기보다는 공룡으로서의 특징이 두드러지는군.

구체적으로 말하자면 티라노사우루스 렉스를 좀 더…… 흉악한 분위기로 확대한 느낌이다.

괴수 같은 분위기가 아니다. 완전한 공룡에 가깝다. 그런 녀석이…… 공간의 균열로부터 느닷없이 나타나서 저택 부지 위로 떨어져 내리는 순간이었다.

"핫핫핫! 우리의 신에게 영광 있으라!"

거대한 공룡의 무게에 저택이 붕괴되어 간다. 그 속에서 귀족은 눈 안 가득 광기를 머금은 채 공룡에 짓밟혔다.

마지막 순간까지 미친 녀석이었군. 그나저나 이런 성가신 짓을 저지를 줄이야. 저런 괴물을 무슨 수로 물리치라는 거야?

"전원 일시 후퇴! 필로, 무슨 말인지 알지?"

"응!"

필로가 안뜰 문 너머에 숨어있던 싹싹남과 키르를 황급히 등에 태우고 내달린다.

나, 라프타리아, 메르티는 일사불란하게 안뜰을 달려서 저택 출구를 향해 도망쳤다.

"GYAOOOOOOOOOOOOOOOOOOOOOOOOOOOO!"

거대한 공룡이 날뛰어 대니, 저택은 맥없이 파괴된다.

"아무리 이세계라고 해도, 공룡 같은 것까지 있는 거냐!"

지금까지 안 보였으니 당연히 그런 건 없을 거라고만 생각했었다.

하지만 냉정하게 생각해 보면, 드래곤이 있을 정도니까 공룡이 있는 것 정도는 딱히 이상할 것도 없는 일이다.

드래곤과 공룡은 따지고 보면 비슷한 카테고리에 속하니까.

"왜 나오후미 하나 죽이자고 이렇게까지 하는 거야?!"

"그러게 말이다. 수단 방법을 좀 가려 가면서 설칠 것이지…….."

방패 용사에게 패배하지 않을 수만 있다면, 도시 하나쯤 희생시키는 것도 불사하겠다는 건가?

요컨대 방패 용사에게 패배하는 것=죽음보다도 괴로운 것……. 도대체 내가 얼마나 밉기에 이렇게까지 하는 거냐.

"어서요! 이대로 있다가는 따라잡히겠어요!"

라프타리아의 말이 옳았다.

"필로."

"왜~애?"

"전원을 다 태울 수 있도록 더 크게 변신해."

"나오후미, 아무리 그래도 그건 너무 무리한 부탁이잖아."

"아니, 아니, 난 필로라면 할 수 있을 거라고 믿어."

"에? 필로, 할 수 있어?"

"하긴…… 필로라면 할 수 있을 것 같기는 하네요."

싹싹남과 키르를 태운 필로가 우리 옆을 지나쳐 달려가려던 참이었는데…….

"에…… 그건 좀 무리~. 필로도 그렇게까지 커질 수는 없는걸."

"그래?"

뭐, 하긴 그렇겠지.

"더 커지면 할 수 있겠지만."

"그럴까?"

설마 아직도 성장기인 건가?

"그것 봐, 무리라잖아."

"그래도 할 수 있는 편이 나을 것 같지 않아?"

"GYAOOOOOOOOOOOOOOOOOOOOO!"

메르티가 뒤를 돌아보았다가 내 쪽으로 돌아선다. 그리고 연신 고개를 끄덕였다.

공룡은 움직이는 사냥감인 우리를 발견하고 뒤쫓아 오고 있다.

잡담이나 하고 있을 때가 아닌걸. 이러다가는 공룡의 먹잇감이 되고 말겠어.

공룡이 쿵쿵 지축을 뒤흔들면서 쫓아오는 이 광경은…… 마치 영화의 한 장면 같다.

실제로 저 무지막지한 중량에게 쫓기다 보니, 마치 지진 속을 달리는 것처럼 발밑이 후들거린다.

아하, 그런 영화 속에서 자빠지는 자들의 감각을 이제야 깨달았다.

뛰어서 도망치기만 하는 것도 이렇게 어려울 줄이야. 넘어지기라도 하면 끝장이겠군.

지금까지는 장애물인 저택을 부수면서 쫓아오고 있는 탓에 그럭저럭 도망칠 수 있었지만, 저택이 다 부서지고 나면 필로에 타지 않고는 도저히 도망칠 수 없을 것 같다.

"어쩌지? 싸워야 하나?"

"여기서?! 여기는 도시 안이라구! 얼마나 많은 피해가 발생할지 알기나 해?"

"그야 그렇지만……."

이길 수 있을지 없을지는 모르지만, 도망만 쳐서는 해결이 안 될 것 같다.

"뭐, 피난을 하든 유도를 하든, 사람들이 없는 곳에서 싸워야 한다는 게 상식이긴 하지."

막 저택에서 나오는 순간, 지나던 사람들이 비명을 지르며 공황 상태에 빠졌다.

이건 혹시, 내가 지금 나타나는 바람에 이것도 방패의 악마가 저지른 악행으로 취급되는 걸까?

큰일인걸. 렌과 이츠키가 제대로 조사하게 되면 변명할 수 없는 증거가 된다.

공룡은 먹잇감을 놓친 듯 두리번두리번 주위를 둘러보고 있다.

혼란을 틈타서 따돌리는 데 성공한 것 같긴 하지만…… 어째선지 공룡은 우리 쪽을 쳐다보고 있다.

불길한 예감. 아, 이름은 판명됐다. 타이런트 드래곤 렉스가 이름인 모양이다.

공룡의 가슴 언저리가 어째 어렴풋이 빛나고 있고, 필로의 복부도 마찬가지로 빛나고 있다.

"이봐……. 필로."

"왜~애?"

"네 배가 빛나고 있는 것과 저 괴물이 이쪽을 쳐다보고 있는 것 사이에 뭔가 인과관계가 있는 것 같지 않아?"

"으~응……. 있잖아, 저 도마뱀은 필로를 노리고 있는 것 같아~."

"그럼 필로, 저 녀석을 유도해서 이 도시 밖으로 나가."

"에? 나오후미, 설마 필로를 버릴 생각이야?"

"아니, 그게 아니라 저 괴물을 사람들 없는 곳으로 유도하고 돌아오라는 얘기야."

"필로를 노리고 있다면서? 그럼 끝까지 쫓아오는 거 아냐?"

"……하긴, 그렇지."

필로의 준족이라면 괜찮을 거라고 생각했지만, 아무리 그래도 미끼로 쓰는 건 곤란하겠지.

"싫어~! 주인님이랑 같이 있는 게 좋아~."

"나오후미 님, 너무 무리한 명령을 하시면 안 돼요."

"그야 그렇긴 하지만……."

"방패 용사님도 고생이 많으시군요."

싹싹남이 강 건너 불구경 하듯 말한다.

"어쨌거나, 저 녀석이 필로를 노리고 든다면, 사람들 없는 도시 밖으로 유도한 뒤에 싸우는 수밖에 없겠지."

도시 안에서 싸우면 얼마나 많은 피해가 발생할지 상상도 안 간다.

여기서 가장 가까운 출구는……. 응, 의외로 가깝군. 필로의 다리라면 성벽을 뛰어넘을 수도 있고.

"그러니까 우리는 도시의 안전을 위해 녀석을 도시 밖으로 유도할 생각이야. 너희는 어쩔 거지? 가능하면 따로 움직였으면 하는데."

싹싹남과 메르티에게 묻는다.

키르는 의식을 잃은 상태라 의견을 확인할 길이 없지만, 이대로 데려가는 건 불가능하다.

"저는 이 아이와 함께 도망칠 생각입니다……. 그 전에 피난 유도를 해야겠지만요."

"할 수 있을 것 같아?"

"제 도시에서 아인 분들이 와 계시는 것 같으니, 문제는 없을 겁니다."

싹싹남은 그렇게 말하고 필로에게서 내린다.

"여기서 버리고 가는 꼴이 된 것 같아서 미안해."

"별말씀을요. 제가 용사님께 수고를 끼쳐 드리는 바람에 일이 이렇게 된 겁니다. 그러니 마음 쓰지 마시길."

"그래? 그렇게 생각한다면 다행이지만……. 메르티는 어쩔 거지?"

"당연히 나오후미랑 같이 가야지."

잠복을 위해서는 싹싹남의 저택 쪽이 좋을 것 같기도 하다. 처음에는 그쪽을 통해서 쓰레기 왕에게 갈 수 없을까 하고 모색하기도 했으니까……. 하지만 결국 이렇게 싹싹남보다 강한 권력을 가진 녀석에게 붙잡히면 메르티의 목숨이 위험해지니, 위험성 면에서는 우리와 함께 다니는 것과 별반 다를 게 없는지도 모른다.

"그럼 결론은 난 거군."

"우…….."

키르가 신음하며 눈을 떴다. 의식이 몽롱한지 눈의 초점이 제대로 맞지 않는 것 같다.

라프타리아를 향해 힘없이 손을 뻗으려 한다.

"키르 군, 사태가 심각해지기는 했지만, 우리가 유인할 테니까, 꼭 살아남아야 해."

"라프타리아……. 안 돼. 가면 안 돼……."

"키르 군. 걱정 마. 나는 내가 해야만 할 일을 하기 위해서 가는 거야. 그리고…… 기필코 그 깃발을 다시 되찾고 말 테니까, 기다려 줘!"

그러면서, 라프타리아는 예전에 내가 만들어줬던 브레이슬렛을 벗어서 키르의 팔에 끼워 준다.

"어서 가요, 나오후미 님. 더 이상의 피해를 막기 위해서."

"그래……. 저 팔찌, 그냥 줘도 괜찮겠어?"

"그건 오히려 제가 나오후미 님께 여쭤보고 싶은 말이에요. 죄송해요."

"아니, 저건 라프타리아 거야. 어떻게 하든, 그건 네 마음이야."

저건 아마 라프타리아에게 있어 약속의 징표 같은 물건이리라. 그렇다면 내가 왈가왈부할 이유 따위는 없다.

"키르 군, 잘 있어……."

"안 돼, 라프타리……."

"GYAOOOOOOOOOOOOOOOOOOOOOOOOOOOO!"

타이런트 드래곤 렉스의 포효가 고막을 찢어발긴다.

우리는 곧바로 내달려야 했으므로, 키르의 말을 끝까지 들을 수가 없었다.

"그럼, 가자!"

"네!"

"라저~!"

일제히, 저마다의 행동을 개시했다.

공룡은 침묵을 깨트리듯 움직여서 우리를 추격하기 시작한다.

싹싹남 일행 쪽은 안중에도 없다.

우리는 필로의 등에 올라타서 시가지를 내달렸고, 성벽을 뛰어넘었다.

"GYAOOOOOOOOOOOOOO!"

타이런트 드래곤 렉스는 거침없이 우리를 쫓아와서, 성벽을 파괴해 버렸다.

달밤의 초원을 달린다. 뒤쪽에는 연기가 피어오르는 도시.

응. 내 탓이 아니다. 내 잘못이 아니라고 믿고 싶다.

"역시 필로를 쫓아오고 있네요."

"그러게 말이야."

"나오후미, 빨리 안 도망치면 따라잡히겠어!"

"나도 알아. 필로, 속도를 더 올려!"

도시로부터 최대한 멀리 떨어져서 싸우고 싶다.

싸움에서 이긴다고 쳐도 적이 도시 쪽으로 도망쳐 버리면
피해가 증대될 수도 있으니까.

그렇게 생각하며 거대 공룡을 유인한다.

"이 정도면 됐으려나."

어느덧 마을이 아주 작게 보일 정도로 충분한 거리를 벌
렸다.

"그럼 이제 슬슬 전투에 들어간다. 다들 준비됐어?"

"네. 언제든 싸울 수 있어요."

"나오후미랑 같이 다니다 보면 목숨이 몇 개가 있어도 남
아나지 않을 것 같아."

"필로도 알고 있지?"

"응, 필로 열심히 싸울게!"

"좋아!"

내 구령과 함께 필로가 발걸음을 멈추고 돌아선다.

타이런트 드래곤 렉스는 지축을 뒤흔들면서 이쪽을 향해 달려오는 중이었다.

입에서는 하얀 입김이 뿜어져 나오고, 날카로운 이빨 사이에는 침이 늘어져 있다.

저 이빨에 물리면, 아무리 방패 용사인 나라고 해도 버텨 내기 힘들지도 모르겠군.

잡아먹혀 줄 생각은 없다. 우리는 필로에서 내려서 전투 태세에 들어갔다.

"GYAOOOOOOOOOOOOOOOOOOOOOOOOO!"

타이런트 드래곤 렉스는 달려온 속도를 그대로 유지한 채 우리를 물어뜯으려고 든다.

"어림없지! 에어스트 실드!"

나는 우리를 물어뜯으려 하는 타이런트 드래곤 렉스 앞에 마법의 방패를 출현시킨다.

예전에 드래곤 좀비와 싸웠을 때의 기억을 떠올린다.

그때도 그럭저럭 잘 싸웠으니까, 이번에도 어떻게든 넘길 수 있으려나?

뽀각 하는 소리와 함께 내가 스킬로 만들어낸 마법 방패 가 맥없이 부스러져 버렸다.

그래도 약간의 빈틈이 생겼다.

"에~잇!"

앞장서서 공격한 것은 필로였다.

타이런트 드래곤 렉스의 턱을 아래에서 위로 있는 힘껏 걷어찬다.

게다가 철제 발톱을 끼고 있는 상태이니, 드래곤 좀비와 싸울 때보다 위력이 향상된 상태다.

하지만 필로의 발차기를 얻어맞고도, 타이런트 드래곤 렉스는 드래곤 좀비처럼 나가떨어지지는 않았다.

"우와……. 딴딴해~."

"조심해!"

필로는 저번에도 발차기를 날린 후에 빈틈을 보였다가 드래곤 좀비에게 잡아먹힌 적이 있었다. 그때는 드래곤 좀비에게 이빨이 없고 내장도 썩어 버린 상태여서 살아남았지만, 이번에는 상황이 다르다.

"응!"

발차기를 날리는 것과 동시에 도약해서 거리를 벌린 필로는, 특유의 준족을 살려서 타이런트 드래곤 렉스의 가랑이 사이를 빠져나가 복부에 발차기를 날린다.

전에 싸웠을 때보다 기술이 향상되어 있다.

"쯔바이트 아쿠아 슬래쉬!"

메르티의 마법이 타이런트 드래곤 렉스를 향해 날아간다.

고밀도로 압축된 물의 칼날이 날아갔다.

"에에잇!"

라프타리아도 급속도로 접근해서, 마력을 불어넣은 검으

로 베어 올린다.

하나같이 말끔하게 베어낸 듯 사삭 하는 경쾌한 소리가 들렸지만…… 상대가 커도 너무 크다 보니, 치명상과는 거리가 먼 것 같았다.

"주인님, 발판!"

"알았어! 에어스트 실드! 세컨드 실드!"

마법의 방패 두 개를 타이런트 드래곤 렉스 주위에 발생시킨다.

내 스킬로 만들어낸 마법 방패의 지속 시간은 15초. 솔직히 말하면 짧게 느껴지는 시간이지만, 움직임이 빠른 필로 입장에서 보자면—.

"에잇! 야압! 호오!"

마법의 방패를 발판 삼아, 타이런트 드래곤 렉스에게 잇달아 발차기를 날리며 누비고 다닌다.

"GYAOOOOOOOOOOOOOOOOOOOOOO!"

이쯤 되니 꽤 아팠는지, 타이런트 드래곤 렉스는 분노에 찬 포효를 내지르며 머리와 꼬리를 난폭하게 휘둘러대기 시작했다. 필로는 그 공격에 얻어맞기 전에 모조리 회피했다.

오히려 위험한 건 라프타리아 쪽이다.

내가 앞으로 나서서 타이런트 드래곤 렉스의 꼬리를 막아낸다.

"큭……."

"나, 나오후미 님!"

상당히 묵직하다. 아주 못 견뎌낼 정도는 아니지만, 꼬리의 공격에 이 정도 충격을 입을 정도인 걸 보면, 이빨에 물렸다가는 버텨낼 수 없을지도 모르겠다.

큰일인데.

적의 움직임이 워낙 둔중해서 지금까지는 그럭저럭 싸우고 있지만, 상대방을 쓰러트릴 수 있을 정도의 결정타를 먹이기에는 위력이 턱없이 부족하다.

필로가 농락해 주고 있기는 하지만, 그 필로조차도 결정타를 먹이지 못하고 있는 실정이니, 라프타리아로서는 더더욱 버거울 테고.

메르티의 마법도 그다지 기대할 만한 위력은 아니다. 지금도 필로를 지원하기 위해 엄호사격을 하듯이 마법을 내쏘고는 있지만, 치명타에는 이르지 못하고 있다.

이것이 진짜 게임 속이었더라면, 시간이 얼마가 걸리든 꾸준히 체력을 깎아내다 보면 언젠가는 쓰러질지도 모르지만…… 애석하게도 이건 게임이 아니다.

상황이 불리해진 걸 알면 마물은 도망칠 것이다. 물론 우리 입장에서는 도망쳐 주면 고마울 수도 있지만, 문제는 그 도망친 방향이 사람들이 거주하는 도시일 경우다.

게다가 꼬리 공격을 막아내면서 느낀 거지만, 공격력이 상당하다. 나 이외의 다른 사람이라면 견뎌낼 수 없을지도 모른다.

최악의 경우, 분노의 방패에 기대는 수밖에 없다. 그걸 쓰면 이빨 공격도 견뎌낼 수 있을 테고 반격하는 능력도 있다.

분노의 방패라는 것은 내가 가진 방패 중에서도 가장 강력하고, 그만큼 위험한 방패다.

이 세계에 대한 나의 증오에 의해 출현한 방패로, 필로가 드래곤 좀비에게 죽었다고 착각했을 때 처음으로 사용했었다.

그것을 사용하면 내 의식은 분노에 휩쓸려서 마구 날뛰게 된다.

그 때문에 나를 구하려던 라프타리아에게 무거운 저주를 걸고 말았다.

사용하면 강력한 힘을 얻을 수 있는 반면, 그 대가도 큰 방패다. 안이하게 사용해서는 안 될 물건이다.

하지만 지금까지 그것 덕분에 절체절명의 상황에서 목숨을 건져 왔던 것도 사실이다.

"난 괜찮아."

"네……. 그럼 갈게요!"

"조심해야 해."

"네!"

라프타리아가 타이런트 드래곤 렉스를 향해 검을 휘두른다.

하지만 역시 결과는 신통치 않다.

필로도 선전을 펼치고 있지만 그것도 언제까지 계속될지 보장할 수 없다. 스태미나에는 한계가 있는 법이다.

타이런트 드래곤 렉스의 스태미나가 어느 정도일지는 모르지만, 적어도 우리보다는 높을 게 분명하다.

이대로 가다가는 결국은 이쪽의 빈틈을 찔려서 치명적인 상황에 빠질 위험이 크다.

……그걸 쓸 수밖에 없는 건가?

드래곤 좀비의 핵을 흡수시킨 영향으로, 분노의 방패는 Ⅱ로 그로우 업을 이루었다. 그 영향 때문인지, 분노의 방패 Ⅱ를 사용하면 드래곤 좀비의 핵을 먹은 필로까지 날뛰는 사태가 벌어지고 만다.

도 아니면 모 식의 도박에 걸어 보는 수밖에…… 없다.

"나오후미."

"왜 그래?"

전선에 나서 있는 나에게 메르티가 말을 건다.

후방에서 엄호사격을 하는 입장 덕분에, 우리가 미처 보지 못한 무언가를 발견하기라도 한 걸까?

"어째 주위 분위기가 좀 이상한 것 같아."

"응?"

메르티의 말에 주위를 둘러본다.

그러자, 멀리서 그아그아 하는 울음소리가 들려왔다.

뭐지?

주위에는 언제부턴가 반딧불 같은 빛이 날아다니고 있다.

"으~응?"

필로가 청각을 집중하듯이 날개를 귀에 가져다 대고 있다.

"왜 그러지?"

"있잖아~, 금방 갈 테니까 거기서 기다리라고 그러는데?"

"누가?"

"글쎄~?"

타이런트 드래곤 렉스와 싸우고 있는 사이에 무슨 일이 일어나고 있는 거지?

그렇게 생각하고 있으려니, 타이런트 드래곤 렉스도 상황을 파악한 듯 주위를 두리번거리기 시작했다.

"나오후미."

"왜 그래?"

"결계를 치고 있는 것 같아."

"결계?"

"응. 나오후미 눈에도 보이지 않아? 멀리에 안개 같은 게 감돌고 있잖아?"

나는 시선을 먼 곳으로 돌려 본다. 그러자 짙은 안개가 낀 것처럼 시야가 가로막혀 있음을 알 수 있었다.

"저건 아마 엄청난 고위 결계일 거야."

"그건 또 뭔데?"

"'방황의 숲'이라는, 전설이 살아 숨 쉬는 숲이 있어. 거기에는 옛 용사 시대에 모인 무기들이 잠들어 있다고 해. 하지만 거기에는 사람들이 접근할 수 없도록 마법의 안개가 끼여 있다는 거야."

"아는 것도 많군."

"어머니가 전승을 좋아하셔서 방황의 숲에 가 본 적이 있었어. 그때의 안개와 완전히 똑같은 부분이 있는걸. 나도 깜짝 놀랐어."

한마디로 그건가? 지금 여기서 도망쳐도 완전히 빠져나갈 수는 없다는 거?

"저 안개에 들어가면 자기도 모르게 원래 자리로 돌아오게 돼 있어……. 아마 우리는 누군가가 친 결계 속에 갇힌 걸 거야."

갇혔다니……. 엄청나게 불온한 분위기다.

쓰레기나 빗치가 암살자를 보내 놓고, 타이런트 드래곤 렉스와 싸우고 있는 우리가 죽기를 기다리고 있는 광경이 뇌리에 떠오른다.

다시 말해, 이제 도망칠 길은 사라졌다는 거다.

주위를 둘러본다. 초목들이 어렴풋이 신비로운 빛을 내뿜고 있다.

도대체 무슨 일이 일어나려는 거지?

그때, 대량의 필로리알들이 이쪽을 향해 달려오는 모습이 보였다.

주위 사방이 필로리알들로 가득하다. 이 모습은 트라우마로 남게 될 것 같다.

"우와아……. 필로리알이다."

메르티가 눈을 초롱초롱 빛내며 기뻐하고 있다.

이 필로리알 바보 자식! 지금이 기뻐하고 있을 때냐?!

"GYAOOOOOOOOOOOOOOOOO!"

그 광경을 본 타이런트 드래곤 렉스가 포효를 내지르며 공격을 재개했다.

크으……. 이렇게 된 이상 싸우는 수밖에 없다.

분노의 방패로 바꾸기 위해, 방패에 손을 드리운다.

『안 돼.』

방패에 가져가려던 손이 빠직하는 고통과 함께 튕겨 나간다.

자세히 보니 방패에 어렴풋한 빛이 모여들어 있다.

하지만 방패를 바꾸는 데 꼭 손을 얹어야 하는 것은 아니다.

나는 다시 분노의 방패로 변경을 시도해 보았다.

하지만…….

──간섭에 의해, 변경이 방해받고 있습니다.

이런 아이콘이 시야에 떠올라서, 분노의 방패로 변경할 수 없었다.

다만, 잔여 시간이 표시되어 있으니, 그 시간이 지나면 바꿀 수 있을 것이다.

"누, 누구냐!"

낯선 목소리에 의해서 분노의 방패로의 변경을 저지당하고 말았다.

나를 방해하다니, 도대체 무슨 꿍꿍이로 이러는 거야?!

『걱정하지 말고 기다려. 그 힘에…… 의존하지 않아도 되니까.』

"큭……."

"에잇~!"

필로가 타이런트 드래곤 렉스의 턱에 발차기를 날리고 착지, 곧바로 나와 라프타리아를 짊어지고 메르티 쪽까지 도망쳤다.

"왜 그래?"

"응? 도망치라는 말을 들었는데?"

내 귀에는 안 들렸는데. 아마 아까 그 목소리인가.

필로리알들이 우리를 둘러싸고 있다. 그 수는 헤아릴 수 없을 정도다.

어둠 속에서 빛나는 필로리알의 눈이, 헤아리기조차 싫어질 만큼의 존재감을 뽐내고 있다.

도대체 무슨 일이 벌어진 거야?

유력한 가능성을 생각해 보자면, 필로리알의 구역 다툼. 타이런트 드래곤 렉스를 집단 사냥하려 하고 있는 걸까?

아니면 필로의 침입에 의해 발생한 구역 다툼인가?

필로리알 무리가 마치 모세의 기적처럼 두 갈래로 갈라졌다.

"그아──!"

그 너머에서 한 마리 필로리알이 유유자적하게 이쪽을 향해 걸어온다.

외모는 평범한 필로리알. 색깔은 하늘색, 어쩐지 필로리알 형태일 때의 필로와 비슷해 보인다.

키는 약 2미터 정도. 타조처럼 생긴 외모는 필로리알의 공통된 특징이다.

다만, 필로에 비해서 깃털이 많은 것 같은 인상이 느껴진다. 그리고 머리의 화려한 장식깃이 눈에 띈다.

필로의 깃털은 분홍색과 흰색을 기조로 하고 있지만, 저 필로리알은 하늘색과 흰색. 다만, 하늘색인 부분이 더 많다.

뒤에는 뭔가 화려한 마차를 끌고 있고…… 마차 위에는 뭔가 보석이 박혀 있다.

어째 낯이 익은 보석 같은데……. 저걸 어디서 봤더라?

문득 방패를 쳐다본다. 그러자 마차에 박혀 있는 보석과 같은 모양의 보석이 거기에 있었다.

"아, 그때 그 필로리알이야!"

"아는 녀석이야?"

"응. 나오후미 일행이랑 만나기 전에 만났었던 필로리알이야."

"호오……."

뭔가, 한 무리의 보스라는 느낌이 물씬 풍기는 위엄이다.

필로 같은 얼빠진 느낌은 전혀 없단 말이지.

타이런트 드래곤 렉스도 그 점을 이미 파악한 듯, 경계하는 기색이 역력하다.

당장에라도 물어뜯으려는 것 같기도 하지만, 상대방이 어떻게 나올지를 지켜보고 있는 것 같은 느낌도 든다.

"와아……. 되게 멋있다. 부러워~."

필로가 초롱초롱 빛나는 눈망울로 마차를 쳐다보고 있다.

난 싫어. 저런 건 졸부들이나 타는 거라고.

저런 걸 탔다가는 무슨 소리를 듣게 될지 상상도 하기 싫다.

"그아!"

마차와 필로리알을 잇고 있던 줄이 저절로 끊어지고, 필로리알이 앞으로 나선다.

다른 필로리알이 그 마차를 후방으로 끌고 갔다.

"뭐야? 이거 무슨 일이 벌어진 거야?"

"그에에에에에에에에에에에에에에에!"

마차를 끌고 있던 필로리알이 우렁차게 울자 주위에 있던 식물들이 녹색으로 빛나고, 바람이 불어 오른다.

도대체 무슨 일이 일어나려는 거지?

어느덧 마차를 끌던 필로리알이 검은 실루엣으로 변해 부풀어 오르기 시작한다.

크다…….

무럭무럭 부풀어 오르는 실루엣. 아마 변신을 하고 있는 것 같긴 하지만, 필로의 변신과는 비교도 할 수 없을 만큼 커다란 변화다.

처음의 생김새는 보통 필로리알과 별반 다를 게 없었는데, 지금은 그 키만 해도 6미터를 가뿐히 넘는다.

그리고…… 타이런트 드래곤 렉스와 비슷한 정도로 커졌을 무렵에야 성장을 멈추었다. 그 외모는 마물 형태의 필로와 거의 똑같았다.

"와아……. 진짜 크다!"

흥분을 감추지 못하는 기색으로 메르티가 중얼거린다.

흰색과 분홍색으로 이루어진 필로와는 달리, 그 필로리알 퀸은 흰색과 하늘색이다.

가장 큰 차이는, 필로의 머리에는 없는, 왕관 같은 장식깃이라 할 수 있으리라.

"오래 기다리게 해서 미안해. 용사님과…… 필로리알을 좋아하는 아가씨."

거대 필로리알 퀸은 자연스럽게 말하고 나서 타이런트 드래곤 렉스 쪽을 쳐다본다. 목소리가 필로와 상당히 비슷하

다. 필로보다는 톤이 약간 낮은 정도일까?

"말했어!"

"말할 줄 아는 건 필로도 마찬가지잖아?"

"그건 그렇지만!"

"후와아아아……. 진짜 크다."

"그, 그러게 말이야……."

우리가 아연실색해 있으려니, 거대 필로리알 퀸은 한 발짝 앞으로 나서서 타이런트 드래곤 렉스와 대치한다.

"보아하니, 단순히 용제(龍帝)의 조각이 체질에 맞지 않아서 거대화한 마물 같아."

그렇게 중얼거린 거대 필로리알 퀸이 타이런트 드래곤 렉스에게 말한다.

"지금 당장 그 조각을 넘겨준다면, 목숨까지는 빼앗지 않을게. 당장 떠나도록 해."

거대 필로리알 퀸의 목소리에 타이런트 드래곤 렉스는 적의가 담긴 포효를 내지른다.

당장 물어뜯어 버릴 기세로 달려들었다.

"할 수 없구나."

거대 필로리알 퀸이 다리를 들어서 타이런트 드래곤 렉스를 찬다.

그렇다……. 어디까지나 가볍게 찬 것처럼 보였을 뿐이었다.

그런데도 타이런트 드래곤 렉스는 마치 힘껏 걷어차인 공처럼 나가떨어졌다.

쿵 하고 땅바닥에 떨어진 타이런트 드래곤 렉스는 부들부들 떨면서 일어섰다.

그리고 곧바로 1회전해서, 강인한 꼬리로 거대 필로리알 퀸의 얼굴을 후려치려 한다.

"어설퍼."

거대 필로리알 퀸이 척 하고 한쪽 날개로 공격을 막아내자, 타이런트 드래곤 렉스는 분노에 찬 포효를 내지르며 이빨이 돋아난 거대한 입을 벌려 상대방을 물어뜯으려 한다.

"이얍!"

거대 필로리알 퀸이 그 턱을 겨누고 발차기를 날렸다.

장난감처럼 1회전하며 뒤로 나자빠지는 타이런트 드래곤 렉스.

승부에 쐐기를 꽂듯이, 거대 필로리알 퀸은 적의 옆구리를 걷어찬다.

그 거구가…… 공중에 떠올랐다!

"이얍이얍이얍!"

거대 필로리알 퀸은 유유히 도약해서는, 공중에서 타이런트 드래곤 렉스에게 연속 발차기를 날리고 있었다.

뭐야, 저거?! 게이머의 안목을 가진 나는 알 수 있다. 지금 저건, 상대가 떨어지지 않도록 연속 콤보를 넣고 있는 거다!

마치 대전 액션 게임 같다. 공중 콤보 같은 느낌이다. 저러면 나도 모르게 머릿속으로 콤보 수를 헤아리게 되잖아! 참고로 지금까지 35HIT! 라고 머릿속에 표시되어 있다.

이 한 장면만 봐도 알 수 있을 만큼의 실력 차이……. 이거 완전히 압도적인 거 아냐?

이윽고 콤보가 끝나고, 타이런트 드래곤 렉스는 땅바닥에 털썩 곤두박질쳤다가, 비틀거리며 간신히 일어선다.

그리고 느닷없이 전방에 거대한 마법진을 만들어냈다.

"덩치에 안 맞게 마법을 쓰려는 거야?"

거대 필로리알 퀸이 경계 태세를 취한다.

타이런트 드래곤 렉스가 마법을 영창하는가 싶더니, 커다랗게 숨을 들이쉬고는 거대한 불꽃을 내뿜었다.

장난이 아니다. 그 불꽃의 열량은 멀리 있는 우리에게까지 전해져 올 정도다.

정통으로 얻어맞았다간 분노의 방패로도 감당하기 힘들었을지도 모른다.

타이런트 드래곤 렉스가 내뿜은 불꽃이 거대 필로리알 퀸을 향해 날아간다. 아무리 거대하다고 해도, 정통으로 얻어맞으면 통구이가 될 게 뻔하다.

"허술해……."

거대 필로리알 퀸은 손 같은 날개를 앞으로 내뻗는가 싶더니, 마법의 장벽 같은 것으로 거대한 화염 마법을 막아내서 튕겨낸다.

그나저나 이건 도대체 뭐지? 괴수 대결전인가? 이러면 우리는 완전히 구경꾼 신세가 될 수밖에 없잖아.

"짧게 끝내 줄게."

거대 필로리알 퀸은 양 날개를 앞으로 들어서 자세를 취한다.

저거…… 어째 눈에 익은 자세인데.

그렇게 생각한 순간, 거대 필로리알 퀸의 모습이 흐릿해지는가 싶더니, 어느새 타이런트 드래곤 렉스의 등 뒤에 나타난다.

응. 필로가 사용하는 비장의 카드, 하이퀵이라는 마법공격이다.

"GYAAAAAAAAAAAAAAAAAAAA————————!"

뭔가가 찢어발겨지는 소리가 잇달아 울려 퍼지고, 타이런트 드래곤 렉스는 산산조각이 나서 절명했다.

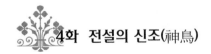

4화 전설의 신조(神鳥)

거대 필로리알 퀸은 산산이 찢어발겨진 타이런트 드래곤 렉스의 파편 속에서 반짝이는 무언가…… 핵석(核石)을 집어 들고 우리 쪽을 돌아본다.

"늦어서 미안해."

"……."

말문이 턱 막힐 지경이었다.

필로조차도 이렇다 할 대미지를 입히지 못했던 거대 괴물을, 마치 벌레라도 잡듯 손쉽게 해치워 버린 거대 필로리알 퀸의 모습에.

"커다란 필로리알이다……."

메르티가 초롱초롱한 눈으로 바라보고 있다. 너도 참 표정이 다양한 녀석이군.

나를 대할 때는 사사건건 히스테릭한 표정, 나 이외의 다른 사람과 얘기할 때는 예의 바르면서도 고상한 태도, 필로니 필로리알을 대할 때는 호기심 왕성한 그 또래다운 반응이다.

"방패 용사님 맞지?"

"그, 그래."

우러러봐야 겨우 시야에 담을 수 있을 만큼 거대한 덩치에 위축되지만, 질문을 받은 이상 대답하는 수밖에 없다.

만에 하나 상대가 적대해 온다면 승산이 있을지 장담할 수 없고, 오히려 내가 승리하는 걸 상상하기도 힘들 정도다.

게다가 아까 메르티가 한 얘기에 따르면 결계까지 쳐져 있는 것 같으니, 도망칠 수 있으리라는 보장도 없다.

상대가 필로리알이라는 걸 고려하면 필로를 타고 도망친다고 해도 따라잡힐 가능성이 상당히 높다.

"나한테 무슨 용건이지?"

"하고 싶은 얘기가 이것저것 많아. 하지만 이런 모습으로 얘기하는 건 실례겠지. 잠깐만 기다려 줘."

거대 필로리알 퀸이 눈을 감고 의식을 집중하는가 싶더니, 조금씩 사이즈가 작아져 가고, 이윽고 양 날개로 몸을 감싸는 듯하다가…… 날개를 펼쳤다.

거기에는 필로와 비슷한 몸집의, 등에 날개가 달린 여자아이가 서 있었다.

머리카락 색깔은 은색, 하늘색이 약간 섞여 있는 것 같은 느낌이다. 헤어스타일은, 이런 걸 숏 보브라고 하던가?

다만 머리 위에 한 가닥 삐죽 튀어나온, 이른바 바보털이라 불리는 머리카락이 눈에 띈다.

눈동자 색깔은 빨간색, 필로에 비해서 패기가 없는 것 같은 느낌이다.

이목구비는 필로에 못지않게 가지런하다.

복장은, 흰색과 빨간색으로 이루어진 고딕 드레스 같은 옷.

인간형 필로의 옷은 흰색과 파란색이다 보니, 저도 모르게 비교하게 된다.

"그럼 자기소개부터……. 온 세계 필로리알들을 통괄하는 여왕을 맡고 있는, 피트리아야."

꾸벅 고개를 숙이는 그 동작이 말투와는 딴판으로 어린애 같은 느낌이 든다.

뭐랄까. 그저 인간의 모습으로 변신해서 얘기하고 있는 것뿐인데, 억지로 어른스럽게 구는 어린애처럼 느껴진다고 나 할까.

"피트리아? 그건 전설에 나오는 필로리알의 이름인데."

메르티가 경악에 찬 표정으로 말한다.

"그래?"

"틀림없어. 과거에 파도가 도래했을 때 소환됐던 사성용 사의 손에 길러졌다는, 전설의 필로리알이야."

"과거라……. 얼마나 전의 일인지는 모르지만, 대대손손 그 이름을 물려받았다거나 한 거겠지?"

나와 모토야스 등이 처음 소환되었을 때도 옛 시대에 일어났던 파도 운운하는 얘기를 들었던 기억이 있다.

그걸로 미루어 보면, 그건 아주 오랜 옛날 얘기고, 눈앞에 있는 건 그 얘기 속의 장본인……은 아니겠지, 설마.

필로리알을 통치하는 여왕들이 대대손손 그런 이름을 써 왔던 것이리라.

그게 아니라면 이 녀석은 대체 몇 살인데?

"지금도 옛날에도, 이 피트리아라는 이름을 쓰는 건 한 명뿐이야."

피트리아는 담담하게 말한다.

위엄 같은 것도 느껴지지만, 이따금 필로 같은 얼빠진 구석이 있는 것 같기도 하다.

"그럼 넌 오랜 옛날부터 계속 살아왔다는 얘기야?"

"응."

서슴없이 대답한다. 뭐, 필로를 보면 그것도 아주 일리 없는 얘기는 아닌 것 같지만.

태어난 지 단 며칠 만에 이렇게까지 커졌으니까.

필로가 저 정도 거구로까지 성장하면 먹이는 어떻게 마련해야 할까.

안 그래도 필로의 식비 때문에 골머리를 앓고 있는 상황이다. 여기서 지출을 더 늘릴 수는 없다. 만약에 그렇게 되면 필로를 버리고 가는 수밖에 없겠군.

물론 필로에게 들인 돈을 생각하면 그 생각을 실제로 실행에 옮길 수는 없겠지만.

"주인님, 뭔가 이상한 생각 하고 있지?"

"그러게 말이에요. 그 얼굴은 엉뚱한 생각을 하시는 얼굴이에요."

"잘도 알아채네. 나는 전혀 못 알아보겠는데."

"언젠가 아시게 될 거예요."

구경꾼들이 시끄럽군. 남의 생각을 멋대로 읽지 말라고.

"필로가 저렇게 커지면 버릴 수밖에 없겠다는 생각을 하고 있었어."

"피이~!"

"버린다구?! 무슨 그런 끔찍한 생각을 하는 거야?! 게다가 아까는 더 커지라고 억지 주문을 했던 주제에?!"

"그래도 정도라는 게 있잖아. 저런 거구를 먹여 살릴 식비는 없다고!"

"나오후미 님……. 아무리 그래도 저렇게까지 커질 리는……."

"태어난 지 며칠 만에 필로가 얼마나 성장했었는지 떠올려 보라고. 2차 성장 같은 걸 하면 저렇게 될지도 몰라."

"……."

"라프타리아 양. 왜 입을 다무시는 거예요?!"

메르티가 라프타리아의 손을 부여잡고 주의를 준다.

가능성이 없는 얘기가 아니라서 무서운 거라고.

"아무리 그래도 이 정도까지 성장하려면 시간이 걸릴 테니까 걱정 마."

피트리아가 미안한 듯 손을 들며 우리에게 가르쳐준다.

"아아, 그렇단 말이지?"

"필로리알의 평균 수명으로 따져서, 수십 세대 정도는 걸릴 테니까."

일단 마음이 놓이는군. 필로가 2차 성장을 거쳐서 산처럼 거대해져 버리면 곤란했을 테니까.

그나저나, 그건 다시 말해 피트리아 자신은 그만큼 오래 살았다는 얘기가 되잖아.

"그럼 방패 용사님 일행도…… 자기소개를 해 줘."

으음……. 하긴 그렇지. 상대방도 이름을 댔으니 우리도
자기소개를 해야 한다는 거지?

"난 이와타니 나오후미야. 이와타니가 성이고 나오후미가
이름이지. 내가 방패 용사라는 건 굳이 말 안 해도 알겠지?"

"응."

피트리아는 뒤이어 라프타리아 쪽으로 시선을 돌린다.

"라프타리아라고 해요. 잘 부탁드려요."

"잘 부탁해."

"필로는 필로라고 해."

필로가 곧바로 자기소개를 한다.

피트리아는 필로를 뚫어지게 쳐다보는가 싶더니, 메르티
쪽으로 시선을 돌린다.

"전에도 만났었지? 필로리알을 좋아하는 사람, 그때는
나를 지켜 줘서 고마워."

"네……. 제 이름은 메르티 메르로마르크라고 해요."

"그럼, 메르땅이라고 부를게."

메르땅……. 끔찍한 센스로군.

내 세계의 일본에도 이름 끝에 '땅'을 붙이려는 녀석들이
있는데, 그 녀석들이 연상된다.

뭐, 굳이 따지자면 나도 그 녀석들과 한패로 여겨지는 중

증 오타쿠이긴 하지만.

"메르땅이라니……. 잘 부탁드려요."

그것 봐. 메르도 난감해하는 표정이잖아.

"피~."

어째 필로가 피트리아로부터 메르티를 보호하듯이 앞을 막아서고 있다.

질투하는 건가? 친한 친구가 다른 친구랑 얘기하는 게 마음에 안 드는 모양이다.

필로, 그런 게 오히려 훗날에 불화의 씨앗이 돼서 친구를 잃게 되는 법이라고.

내 생각이 너무 지나친 건가? 내가 플레이했던 전설의 트라우마 게임에 나오던 한 장면 같은데 말이지.

……이대로 잠자코 있으면 시끄러워질 것 같으니까 얘기를 진행시키자.

"그래서? 저 공룡 같은 거대한 마물…… 타이런트 드래곤 렉스를 물리쳐준 것에 대해서는 감사를 표하겠지만, 우리 앞에 나타난 용건이 뭐지?"

"우선 경위를 설명해야겠지만, 그보다 이런 곳에서는 마음 놓고 얘기할 수가 없어. 안내할 테니까 이리로 와."

그러면서 피트리아는 마차를 가리킨다. 우리를 태우고 어딘가로 데려갈 생각인가?

"아니, 그 전에……."

"뭐지?"

피트리아가 고개를 갸웃거린다.

나는 타이런트 드래곤 렉스의 시체에 시선을 보낸다.

그러자 사정을 파악한 듯, 피트리아는 미간을 찌푸렸다.

"사성용사가 드래곤에 관련된 걸 무기에 집어넣는 건 싫어…….."

그러고 보니 필로리알과 드래곤은 서로 앙숙이라고 했던가. 보아하니 그런 인식은 필로리알의 여왕이라도 예외가 아닌 모양이다.

하지만 알 게 뭔가. 나는 강해지는 일에 대해서는 탐욕스러운 놈이다.

하물며 그렇게 강력했던 타이런트 드래곤 렉스의 소재를 무시할 수는 없는 노릇이다.

"투덜거려도 소용없어."

"……알았어. 그럼 내 권속들에게 시켜서 가져가도록 할게. 어서 마차에 타."

"내장류도 가져다줄 수 있겠어? 필로리알은 식탐이 장난이 아니니까 말이지. 뼈만 남아있으면 곤란하다고."

"그럼 마음대로 해."

"고마워."

"나오후미. 너무 쪼잔한 거 아냐?"

"멋대로 지껄이시지."

나는 산산조각 난 타이런트 드래곤 렉스의 시체를 방패에 먹인다.

살점과 뼈, 비늘, 뿔, 이빨, 그리고 내장 기타 등등. 그러자 새로운 방패가 나타난다.

하지만…… 아무래도 해방하기 위한 조건, 즉 필요 레벨이 부족해서 새로운 방패를 해방할 수는 없었다.

확실히 타이런트 드래곤 렉스는 우리 입장에서는 상당히 강한 부류였으니까. 아직 드래곤 좀비의 소재에서 나온 새로운 방패들도 해방시키지 못한 상태이니 당연한 일이지만.

"준비 다 끝났어?"

피트리아가 담담한 말투로 묻는다.

"그래……."

"필로라고 했던가? 자, 너도 인간형으로 변신해서 마차에 타."

"에~, 필로는 타는 것보다 끌고 싶어."

"이 마차는 피트리아 거니까 안 돼."

그건 절대 양보 못 하겠는지, 피트리아는 어린애처럼 거부했다.

역시 아무리 잘난 척을 해도 본성은 필로와 다를 바가 없는지도 모르겠다.

"우~."

"필로, 피트리아 씨한테 그렇게 떼쓰면 못써."

"알았어~."

필로는 마지못해 인간형으로 변신한다.

이거야 원……. 그렇게 해서 우리는 피트리아가 가진, 묘하게 화려한 마차에 올라탔다.

내부는 생각 외로 넓은데. 그나저나…… 마차에 타고 이동이라.

주위에는 필로리알들이 대군을 이루고 있다. 함부로 움직이면 눈에 띌 것 같은데.

뭐, 피트리아가 결계를 치고 있다는 모양이니까 사람들은 접근할 수 없을 테지만.

여기에 내가 있다는 걸 모토야스가 알면 당장에라도 쫓아올 것 같다.

"포털──."

피트리아가 마차 밖에서 손잡이를 붙잡고 뭔가를 외쳤다.

그 순간, 주위의 모습이 일변했다.

"헤?"

"어라?"

"이, 이건 대체 뭐예요?!"

"괴, 굉장해."

뭐야? 이거 뭔가 무시무시한 힘을 갖고 있는 것 같잖아.

"전이인가?"

게임 속에서라면, 미리 지정해 둔 곳으로 전이하는 이동

마법 같은 게 존재한다. ·

유명한 게임이라면 대개는 존재하는 것이다. 이 세계에도 그런 게 있었군.

그렇다고는 해도…… 지금까지 들어 본 적이 없는 걸 보면 상당히 희귀한 마법이리라.

전설의 필로리알……. 확실히 그 편린을 본 것 같은 기분이다.

"여기에서라면 찬찬히 얘기할 수 있을 것 같아."

우리는 마차에서 내려서 주위를 확인한다. 어두워서 잘 보이지는 않지만, 숲 속인 것 같다.

숲 속에 있는 집락? 아니, 유적의 잔해인가?

유적이라기보다는…… 붕괴된 폐허를 연상케 한다.

성터처럼 돌담이 남아 있고 곳곳에 돌로 만들어진 집이 있다. 돌담이며 집은 식물에 침식당해 있는데, 그 뿌리의 깊이로 미루어 보아, 상당히 오랜 시간 방치되어 있는 것 같다.

그 너머에는 숲이 펼쳐져 있는 것 같다.

파르스름한 안개가 끼어 있어서 시야가 비좁다. 나무들도 우거져 있는데, 하나같이 비슷한 모양을 하고 있어서, 일단 한번 들어오면 빠져나오기도 어려울 것 같다.

"여긴……."

"첫 번째 용사가 지켰던 나라의 흔적이라고 알려진 곳……

이라는 모양이야."

"엄청나게 애매한 표현이군."

"피트리아가 태어나기 전부터 있었던 곳이니까. 일단은 우리가 관리하고 있어."

"여기가 필로리알의 성지야?"

메르티가 눈동자를 초롱초롱 빛내며 피트리아에게 묻는다.

"반쯤은 정답. 필로리알의 본거지는…… 사람을 데려오 면 안 되니까."

"그렇구나."

"숲이군."

"응."

"후줄근해~."

"역사가 느껴지네요."

"모든 건 표현하기 나름이군."

후줄근하다와 역사가 느껴진다……. 필로와 라프타리아 의 표현이지만, 같은 사물을 본 감상으로서 충분히 일관성 이 있는 표현이다. 안개가 짙어서 잘은 모르겠지만.

그나저나 안내한다면서 전이를 쓰다니. 편리한 능력이 군. 돌아갈 때는 어떻게 하려나?

"이봐, 올 때 전이로 데려다 줬으니까, 갈 때도 전이로 똑 같은 위치에 내려 줘야 해."

운이 좋으면 모토야스 일행을 따돌릴 수 있다. 잘하면 메르티의 어머니인 여왕의 힘을 빌리지 않고 아인의 나라로 도망치는 것도 가능할지 모른다.

"이제 막 왔는데 돌아가는 것부터 물어보시는 거예요?"

"그리 오래 머물 생각은 없어."

"에~."

메르티가 볼멘소리를 해댄다.

뭐야. 필로리알이랑 얘기하는 게 그렇게나 좋냐?

될 수 있으면 짧게 끝내고 싶은데 말이지. 어찌 됐거나 우리는 결국 쫓기는 신세니까.

"일단…… 느긋하게 쉬다 가도록 해."

피트리아가 손을 들자, 어디서 나타난 건지, 짐차에 장작을 실은 필로리알이 어디선가 나타나서 장작을 쌓고는, 불을 뿜어서 모닥불을 피운다.

뭐, 하긴 여기라면 필로리알 이외의 적은 나타나지 않을 테니까.

그리고 그 필로리알들 역시 우리를 초대해서 쉴 공간을 마련해 주고 있으니 심하게 경계할 필요는 없을 것 같다.

밤도 깊은 시간이다. 쉬면서 얘기를 하는 게 좋을 것 같군.

"알았어. 확실히 거기서 쉬는 것보다는 여기서 야숙을 하는 편이 안전해 보이니까. 그럼 모두, 피트리아의 말대로 휴식을 취하자고."

"네~에!"

"여러모로 피곤한 하루였어."

"그러게요……. 키르 군 쪽은 괜찮을까요?"

"우리가 걱정해 봤자 소용없는 일이야. 피난 유도 같은 걸 하다가는 우리가 붙잡힐 테니까."

"네……."

우리는 모닥불 앞에서 저마다 휴식을 취하기 시작했다.

타이런트 드래곤 렉스의 살점 일부를 식사용으로 가져왔다.

조리 도구를 꺼내서 대충 요리를 시작한다.

다행히 우물 쪽은 아직 사용할 수 있는 것 같으니 물을 이용해서 수프도 만들 수 있겠군.

"그럼 대충 밥이라도 먹자고."

나는 음식을 만들어서 라프타리아 등 동료들에게 대접한다.

"……."

피트리아가 검지를 입에 문 채 부러움 가득한 시선으로 빠안——히 쳐다보고 있다.

전이한 덕분에 숫자가 줄어 있긴 하지만, 함께 온 부하 필로리알들도 마찬가지였다.

크윽……. 먹기가 좀 불편한데.

"저기…… 나오후미?"

"나오후미 님, 시선이 너무 많아서 먹기가 불편하네요."

"나도 마찬가지야."

"으~응? 그런가~?"

라프타리아와 메르티도 같은 느낌인 듯, 두리번두리번 주위를 쳐다보고 있다.

필로는 자기는 알 바 아니라는 듯 와구와구 먹어치우고 있지만.

"너도 먹을래?"

"그래도 돼?"

"그 거구를 유지하는 데 충분할 만큼의 양은 없어."

"괜찮아."

그렇게 피트리아를 식사 자리로 불렀더니, 이번에는 부하 필로리알들이 그아그아 울어대기 시작했다.

"조용히 해."

주위 필로리알들은 피트리아의 권위적인 한마디에 입을 다물었지만, 여전히 뭔가 압박감이 느껴지는 시선으로 이쪽을 노려보고 있다.

"맛있지?"

"맛있어."

우와, 필로와 별반 다를 게 없는 얼굴로 나를 쳐다보며 말하잖아. 둘이 나란히 있으니 꼭 자매 같은데.

뭐, 색깔이 다르니까 진짜 자매는 아니겠지만.

메르티까지 포함해서 어린 여자아이 셋이 함께 있는 데

다, 하나같이 얼굴도 예쁘장해서 그림이 제법 그럴싸하다.

"그렇죠?"

뭐, 기품이라는 점에서 따지자면 라프타리아 쪽으로 승부의 추가 기우는 것 같긴 하지만.

메르티도 기품이 없지는 않지만, 천성이 필로리알이라 식습관이 좀 지저분한 두 마리와 같은 부류로 묶여 있다 보니 그녀까지 좀 지저분해 보이는 경향이 있다.

"뭘 봐?"

메르티가 불쾌한 듯 눈썹을 치켜 올리며 내게 묻는다.

"아무것도 아냐."

"뭔가 무례한 생각을 하고 있었던 거 아냐?"

"노코멘트."

"한마디로 생각했다는 거잖아."

"거기 있는 두 마리 때문에 메르티까지 기품이 없어 보인다고 생각한 것뿐이야. 친구는 골라 사귀는 게 좋을걸."

"뭐가 어째?!"

아아 진짜, 왜 이렇게 시끄럽게 구는 거람!

"진정들 하세요. 저는 그것보다⋯⋯."

라프타리아는 이쪽을 향해 선망 어린 시선을 던져 오는 필로리알들에게로 눈길을 돌렸다.

응. 나도 신경이 쓰여서 밥이 안 넘어가던 참이었다. 부아가 치밀어 오른다.

"아아, 알았다고! 귀찮아 죽겠네! 큰 냄비 같은 거 좀 갖다 줄 수 없어? 그러면 만들어 줄 테니까 뭐든 먹을 만한 걸 갖고 와!"

그렇게 해서, 결국 나는 필로리알들의 불만을 해소하기 위해 커다란 냄비에 수프를 만들어서 대접하는 신세가 되었다.

그 작업에만 몇 시간이나 소모되고 말았다.

라프타리아와 필로, 메르티는 어느 틈엔가 잠들어 있고, 나는 혼자 식사를 만드느라 진이 다 빠져 버렸다.

"후우……."

왜 내가 야생 필로리알에게 식사를 대접해야 하느냐고 투덜거리면서 뒷정리를 하고 있으려니, 피트리아가 다가왔다.

"무슨 일이야? 먹을 건 이제 바닥났다고."

"나도 알아."

"그래? 그래서? 용건이 뭐지? 될 수 있으면 내일 얘기하고 싶은데."

나도 조금은 쉬고 싶다.

응? 메르티 녀석, 필로를 비롯한 필로리알들에게 기대서 행복한 얼굴로 잠들어 있잖아.

남한테 일을 시켜 놓고 아주 신세가 늘어지셨군. 뭐, 제2 왕녀이니 처음부터 신세가 늘어진 건 사실이긴 하지만.

"그럴 생각이었지만, 지금이 얘기하기 딱 좋은 때인 것 같아서."

"무슨 얘기지?"

"봉인됐던 마물이 풀려나게 된 경위를 알고 싶어."

"엉? 사정도 모르면서 온 거였어?"

"그게 아냐……. 피트리아가 온 건, 새로운 퀸 후보를 발견했다는 얘기를 들었기 때문이었어."

"퀸 후보……. 필로 얘기야?"

피트리아는 고개를 끄덕인다.

"한 가지 물어봐도 될까?"

"뭐지?"

이건 필로를 키우기 시작한 후로 항상 느껴 왔던 의문이다.

"필로는 왜 성장 방식이 다른 필로리알들과는 눈에 띄게 다른 거지?"

피트리아는 필로가 퀸 후보라고 그랬다.

그렇다면 그쪽 사정에 대해서도 알고 있으리라.

"그건, 용사가 키웠기 때문이야."

역시 그랬었군. 필로가 다른 필로리알과 확연히 다른 점, 구체적으로 말하자면 외모와 인간형으로의 변신 능력 등은 용사인 내가 키웠기 때문에 생긴 것이다.

"나는 질문에 대답했어. 그러니까 경위를 알려줘."

"가르쳐줘야 하는 범위를 모르겠는데. 나에 대해서 어디까지 알고 있지?"

"이번 종말의 파도 때 소환된 용사, 아인 배척주의 국가의 신앙적 적……. 여기까지는 알고 있어."

"그래?"

이 정보는 국내에 있는 필로리알을 통해서 전달된 걸까?

필로리알들 사이에 커뮤니케이션이 어느 정도 이루어지고 있는지는 모르겠지만, 그다지 정보 수집 능력이 있어 보이지는 않는다.

"피트리아도 만능은 아냐. 오히려 건망증이 심해."

"자기 입으로 그렇게 얘기해 주니 고맙군. 그러니까──."

나는 피트리아에게 타이런트 드래곤 렉스의 봉인이 풀리게 된 경위를 순서대로 설명했다.

그리고 그 얘기를 하다 보니, 내가 소환되었을 때부터 누명을 뒤집어쓰고 국내에서 차별을 받으며 지금까지 살아온 일들까지 자연스럽게 흘러나왔다.

"후우……."

피트리아는 황당하다는 듯 한숨을 내쉬었다.

"왜 그래?"

"종말의 파도가 닥쳐오는 마당에, 사성용사들이 어리석은 싸움이나 벌이고 있다는 게 황당해서."

"다 그놈들 잘못이야."

"그건 관심 없어. 피트리아는 피트리아를 키워 준 용사의 부탁 때문에 싸우는 것뿐이야."

"흐음……."

"피트리아 입장에서 보면 인간이나 아인들이 아무리 싸워 대든 알 바 아냐. 세계는 사람들만의 것이 아냐. 하지만 용사들끼리 서로 으르렁대는 건 용서 못 해. 그러면 피트리아를 길러 준 사람의 부탁을 달성할 수 없으니까."

"널 길러 준 사람이 뭐 어쨌다고?"

과거의 사성용사가 피트리아에게 뭔가 부탁을 했었던 걸까?

아까 그 대화로 미루어 보아, 아마도 필로리알은 인간이나 아인들의 다툼에 개입할 생각은 없는 모양이다.

"보아하니 협조할 생각은 없지만 용사에게는 힘을 보태 주겠다는 소리로 들리는데?"

"그래. 피트리아와 인간이 싸우면 기나긴 시간에 걸친 싸움이 돼. 옛날에 그런 싸움이 벌어진 적이 있어서, 그때부터 피트리아는 인간들과 관계를 맺지 않기로 했어. 관계를 맺는 건 권속인 필로리알들뿐."

인간은 장수하는 괴물 같은 필로리알을 어떻게 취급할까?

편리하다고 생각할까? 아니, 마음대로 이용할 수 없는, 자기들보다 강한 괴물이 있다면 제거할 생각부터 할 것이다.

물론 처음에는 신봉하기도 했었겠지.

권력에 대해 진절머리가 났다든지 하는 이유로, 권속들을 이끌고 사람들이 없는 땅을 근거지 삼아 행동하고 있는 걸까? 야생 필로리알로 변신해서 여행을 하고 있는 건지도 모르겠다.

메르티는 잠들기 전에 피트리아와 만난 경위를 자랑스럽게 얘기했었다.

아마 보통은 평범한 필로리알들이 인간과 얽히는 것을 지켜보는 식이리라.

"사성용사들은 모르는 거야? 시계탑이 있다는 걸. 피트리아는 분명 부탁받은 곳은 확실히 처리하고 있는데, 사성용사는 다른 곳에는 참가한 적이 없었잖아."

"시계탑? 그건 알고 있는데."

"그럼 왜 온 세계의 파도에 참가하지 않는 거지?"

……뭐지? 엄청나게 불안한 느낌이 든다.

다른 나라에도 용각의 시계탑이 있다는 사실은 알고 있다.

설마…… 메르로마르크 이외의 나라에도 제각각 파도가 존재한다는 얘긴가?

"몰라."

안 그래도, 한 달에 한 번꼴로 파도와 맞싸우느라 고생하고 있는 상황이다.

그런 게 세계 각지에서 일어나면 몸이 배겨내질 못한다고.

굳이 용사 없이도 해결할 수 있도록 자구책을 좀 마련하라고 각국에 따지고 싶다.

과거의 용사는 그 점에 대한 보좌를 피트리아에게 부탁했던 것이리라.

그런데 정작 파도에 대비해 소환된 용사들이 제대로 파도에 참가하지 않으니, 그에 대해 항의하고 있는 건가…….

"나는 다른 용사와는 달리 아무것도 모르고 소환돼 왔어. 애당초 아무런 설명도 못 들었다고. 용각의 시계탑이 다른 나라에도 존재한다는 사실도 얼마 전에야 겨우 알았을 정도니까."

"그랬구나. 알았어. 그럼 다음 질문."

"뭐지?"

"방패에 불길한 흔적이 느껴져. 커스 시리즈를 쓰고 있어?"

"용케도 알아보는군."

역시 전설의 필로리알. 커스 시리즈로 분류되는 저주……. 분노의 방패에 대해 알고 있는 건가.

"그 힘은 확실히 강력하지만, 대가도 엄청나게 커. 언젠가 그 힘에 잡아먹히게 될 테니까, 쓰면 안 돼."

"하지만 그걸 안 쓰면 이길 수 없는 싸움도 있어. 나는 제대로 제어하고 있으니까 문제없어."

그렇다. 분노의 방패 없이는 이길 수 없었던 싸움이 지금까지 여러 번 있었다. 대가가 큰 건 사실이지만, 그건 제대로 제어하기만 하면 감당할 수 있다.

나에게는 라프타리아가 있다. 분노는 충분히 억제할 수

있을 것이다.

"정말?"

"그래."

피트리아가 내 방패에 손을 얹고 눈을 감는다.

"언젠가 그 저주받은 방패는 방패 용사의 힘으로 감당할 수 없게 될 터……. 저주받은 방패와 결합한 용의 의식이 방패에 내포되어 있어. 자신을 죽인 상대 근처에서 더 이상 사용했다가는, 방패 용사의 제어 능력을 초월할 위험이 있어."

분노의 방패는 용의 핵석(核石)을 흡수함으로써 그로우업을 이루었다.

핵석에 깃들어있는 용의 분노가 융합됐다는 건가?

분노의 방패가 강력해진 것이 그 때문이라면 그 용이 증오하는 상대는 누구지?

……아마도 용을 퇴치한 검의 용사, 즉 렌일 것이다.

피트리아의 말인즉슨, 렌 앞에서 분노의 방패를 사용하면 분노의 방패가 더더욱 강해지고, 그에 대한 대가도 점점 커지게 될 것이라는 소리다.

얼마 전에도 렌과 싸우긴 했지만, 그때는 서로 거리가 있었다. 렌도 온 힘을 다해 나와 맞선 건 아니었다.

그렇기에 아무 일도 일어나지 않았었지만…… 렌을 상대로 싸웠을 때, 분노의 방패가 폭주해서 나를 지배해 버릴 가능성이 있었던 건지도 모른다.

"그래도 앞으로의 싸움을 극복해 나가자면 분노의 방패 없이는 안 돼."

위험한 건 나도 안다. 하지만 분노의 방패 없이는 지킬 수 없는 것도 있다.

파도를 이겨내고 세계에 평화가 찾아오면 나는 살아서 원래 세계로 돌아갈 생각이다.

사용하면 위험하다고 하지만 사용할 수밖에 없는 상황도 있는 것이다.

"……알았어. 다음 얘기로 넘어갈게."

"납득하진 못한 것 같군."

피트리아는 까딱 고개를 주억거렸다. 일시보류……라는 건가.

"세계가 파도 때문에 곤경에 처해 있는데 왜 용사들끼리 싸우고 있는 거지?"

"내 잘못이 아냐. 그 녀석들이, 그리고 나라가 나를 배척하려 하고 있다고."

"어느 정도는 들었어. 아무리 그래도 지금은 용사들끼리 싸울 시간이 없어."

"집요하게도 구는군."

"피트리아의 역할은 세계를 지키는 것……. 하지만 용사 없이 피트리아의 힘만 가지고는 못 지켜."

그렇게나 강력한 힘을 선보였으면서 파도로부터 세계를

지킬 수 없다고?

이렇게 말하면 좀 그렇지만, 내가 아는 용사들, 즉 모토야스, 렌, 이츠키, 이들 세 명보다 훨씬 더 강하게 보인다.

그런데도 세계를 구할 수 없다고?

아니, 이건 어디까지나 먼 장래의 얘기인지도 모른다.

용사에게는 그만한 가능성이 잠들어있는 것이리라.

썩어도 준치라고, 용사는 용사라는 걸까. 하긴, 안 그렇다면 굳이 이세계에서 용사를 소환할 필요도 없었을 테니까.

"솔직히, 피트리아는 인간이 어떻게 되든, 어떻게 싸우든 관계없어. 하지만 용사는 그러면 안 돼."

"대체 왜지?"

피트리아는 묵묵히 고개를 젓는다.

"이제…… 너무 오래전 일이라 기억도 가물가물하지만, 이번 파도에 대비해 소환된 용사들이 서로 싸우고 있잖아. 그건 절대 용납해선 안 된다는 것만은 또렷하게 기억하고 있어."

유구한 세월을 거치는 탓에 잊어버렸다고?

아니, 이 녀석도 원래는 필로리알이다. 필로와 마찬가지로 기억력은 기대할 게 못 되는지도 모른다.

그런데도 그것만은 기억하고 있다는 건가. 짐작밖에 할 수 없지만, 섬뜩한 느낌이 든다.

아까부터 피트리아로부터 묘한 압박감이 느껴지는 것이다.

이건 틀림없는 살기다. 등골이 얼어붙는 것 같은 감각이 든다.

"피트리아는 기억하고 있어. 만약에 파도 때 용사들이 서로 다툰다면, 세계를 위해서 사성용사를 모조리 처분하고 재소환할 필요도 있다는 말을."

이거였던가. 피트리아는 내게 이 말을 전하려고 온 것인가.

그 용사 놈들과 친하게 지내지 않으면 죽이겠다는 소리다. 그러지 않으면 파도를 극복해 낼 수 없다.

……전설의 필로리알이 이렇게 말하고 있는 것이다. 뭔가 이유가 있을 게 분명하다.

과거의 용사가 남긴 전언이라고 생각하는 수밖에 없다.

하지만…….

"난 아무 잘못 없어. 그 녀석들이 친하게 지낼 생각을 안 하는데 나 보고 어쩌라는 거지?"

그렇다. 내게 누명을 뒤집어씌운 빗치와 나를 배척하려는 쓰레기 왕. 그리고 나를 옹호하지 않고 탄핵한 용사 놈들과 나라 녀석들.

그런 가운데서도 필사적으로 돈을 벌고 신뢰를 쟁취해 왔건만, 이 나라는 메르티 유괴범이라는 누명을 씌우고 지명수배까지 해 가면서 나를 죽이려 들고 있다.

못 해 먹을 노릇이다. 메르티를 그녀의 어머니인 여왕에게 넘겨주면 메르로마르크 국교인 삼용교는 치명상을 입겠지만,

난 이 사건만 끝나면 주저 없이 다른 나라로 망명할 것이다.

다른 용사와 친하게 지내라니 터무니없는 주문이다.

"……그래?"

피트리아는 체념 섞인 목소리로 말하고, 살기를 누그러뜨린다.

"그렇다면 할 수 없지."

그렇게 말하고 나서, 피트리아는 그대로 밤의 어둠 속으로 떠나갔다. 너무 고분고분하게 물러가는 게 오히려 더 수상한데.

불길한 예감이 든다. 이대로 그냥 물러날 것 같지는 않다.

하지만 아무리 그래도 나는…… 도저히 그 세 용사들에게 의지할 수는 없단 말이다.

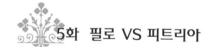

5화 필로 VS 피트리아

더워…….

"""그아그아."""

필로리알의 목소리가 들려오고, 뭔가가 온몸을 감싼 채 꿈틀거린다. 뭐야, 이거?

일어나 보니, 어제 식사의 보답이라도 하듯 필로리알들이 나한테 몰려들어 있었다.

"뭐, 뭐야 이거?!"

"아~! 주인님은 필로 거라구~!"

필로가 그렇게 영문 모를 독점욕을 발휘해서 다른 필로리알들을 쫓아내 주긴 했지만.

"흐아아암……."

눈을 떴을 때는 이미 해가 중천에 떠 있었다.

지금 점심밥을 만들려고 했다가는 어젯밤과 똑같은 일이 벌어지려나?

"있잖아, 전설에 나오는 그리핀의 왕이랑 싸웠다는 게 정말이야?"

"응. 싸웠어. 정확하게는 인간이 그리핀을 바탕으로 개조한 괴물이었지만……. 그런 게 양산되는 바람에 하늘을 날 수 있는 필로리알이 멸종됐어. 위험한 그리핀 양산품들은 모두 제거했지만."

"그럼 드래곤의 임금님을 물리친 것도?"

"맞아. 산산조각을 내도 재생해서 성가셨지만."

"굉장해! 그럼 필로리알의 성역에 전설의 성검이 잠들어 있다는 것도 사실이야?"

"사성용사의 검이 있는데 전설의 검이 또? 그건 아마 아닐 거야. 과거의 용사가 남긴 무기는 좀 있지만."

메르티는 흥분해서 초롱초롱 빛나는 눈으로 피트리아에

게 질문 공세를 퍼붓고 있다.

반면 필로의 얼굴은 질투심 때문에 부루퉁해져 있다.

훈훈한 광경이다. 우정에 금이 가지 않으면 좋으련만.

"자, 이 정도면 휴식은 충분히 취했어. 이제 뭘 어쩔 생각이지?"

나는 가볍게 식사를 마치고 피트리아에게 묻는다. 우리에겐 이런 곳에서 농땡이를 피우고 있을 시간이 없다.

피트리아에게 부탁하면 여왕과 합류할 수 있는 나라로 단번에 데려다줄 것 같으니 교섭해 볼 필요가 있을 것 같군.

"그래? 그럼……."

피트리아가 일어서서 메르티를 향해 마법을 영창한다.

그것은 바람으로 만들어진 감옥 같은 것이었다.

"이, 이거 뭐야?!"

메르티는 나가려고 시도해 보지만, 진공의 창살에 손이 베여 약간 피가 나고 말았다.

"무슨 짓이야!"

필로가 적개심을 가득 담아 피트리아를 쏘아본다.

"메르땅, 인질이 좀 되어 줘야겠어."

"어, 어째서?"

"……."

피트리아는 대꾸도 하지 않고 우리를 응시한다. 긴장감 때문에 주위 공기가 저릿저릿하게 느껴질 정도다.

이건…… 어제 하던 얘기의 연장선상인가?! 나를 여기서 처분하고 다른 용사들도 죽인다……. 그 생각을 실행에 옮기려 하고 있는 거라고 생각해도 될까.

"메르티!"

라프타리아도 메르티를 향해 절규한다.

크윽……. 여기서 저 괴물 필로리알과 전투를 벌이게 되는 건가?

도대체 내가 왜 싸워야 하는 건데?

어제도 불온한 분위기가 감돌았던 건 사실이지만, 그 원인은 내가 아니었다.

이렇게 된 이상, 이판사판으로 분노의 방패를 사용해서 싸우는 수밖에 없는 건가.

"안 돼. 저주의 힘을 사용하는 건."

번쩍하고 빛이 내 방패를 휘감는다.

알 게 뭐야! 억지로 방패를 해방시키려 시도한다.

――간섭에 의해, 변경이 방해받고 있습니다.

시야에 그런 문자가 나타난다. 어젯밤에도 이것과 비슷한 짓을 했었더랬지.

"우선 얘기부터 들어."

"이딴 짓을 하는 녀석과 얘기할 필요가 있는 거냐?"

"얘기를 안 들으면, 용사 일행을 죽일 거야."

"윽……."

아마, 충분히 가능할 것이다.

현재의 우리와 피트리아 사이에는 현격한 전력 차이가 있다.

타이런트 드래곤 렉스를 상대로 우리는 그야말로 속수무책이었다.

그런 타이런트 드래곤 렉스를 피트리아는 어린애 손목 비틀듯 여유롭게 해치웠다.

우리와 피트리아가 싸우면?

아마도 질 것이다.

"그 녀석들과 화해하라는 건 무리한 주문이야."

"무슨 얘기예요?"

"저 녀석은 내가 용사들과 화해하지 않으면 나를 죽이겠다고 했어."

"그분들과 화해를요? 그건 좀……."

라프타리아도 곤혹스러운 듯 미간을 찌푸린다. 제대로 말이 통했던 적이 없으니 그럴 만도 하지. 불가능한 일을 가능하다고 하는 건 오히려 실례일 것이다.

"알았어. 그럼……."

피트리아는 손가락 하나를 들어 필로를 지명한다.

"방패 용사가 키운 필로리알, 필로와 1대1로 맞대결을 해서, 실력을 인정할 만하다면 메르땅을 풀어줄게. 그리고 후견인이 돼 줄게."

"그게 무슨 의미가 있지?"

"언젠가 알게 될 거야."

도대체 이 녀석의 목적이 뭐지?

"피트리아는 이 모습으로 싸울 거야. 그러니까 필로도 이 모습으로 싸워."

인간 형태로 싸운다? 그렇다면 승산이 있을지도 모른다.

본래 모습으로 싸우면 이길 가능성은 10000분의 1도 되지 않는다. 하지만 약한 상태인 인간형일 때라면 가능성이 있다. 다행히 필로는 인간형일 때도 무기로 쓸 수 있는 물건을 소지하고 있다.

"알았어~!"

필로가 등에 달린 날개 속에서 파워 글러브를 꺼내며 앞으로 나선다.

원래는 비상시에 내가 마차를 끌 수 있도록 무기상 아저씨가 마련해 준 도구였는데, 필로의 마력에 의해 변화를 일으켜서 손톱 같은 형태로 변화한다. 그래서 지난번에 모토야스 등과 싸웠을 때는 유익한 무기 구실을 했다. 하지만……

"어이, 멋대로 시작하지 마!"

"맞아요, 필로. 우선 나오후미 님의 지시에 따르셔야 해요."

"그치만 메르가!"

"안 싸운다면 모조리 죽일 거야. 선택의 여지는 없어."

"큭……."

아무래도 녀석은 처음부터 싸울 작정이었던 모양이다.

필로 이외의 다른 동료들은 구경만 하고 있어야 한다는 점도 내키지 않는다. 공격수인 필로를 해치운 후에 우리를 차례차례 죽이려는 생각일지도 모르지만, 우리에게 선택권은 없다.

붙어 보는 수밖에 없는 건가.

"……알았어."

"그럼 시작할게."

피트리아가 손을 들자 바람으로 만들어진 벽이 필로와 우리 사이에 출현해서, 피트리아와 필로만의 링이 만들어진다.

"이 안에서는 인간형으로만 있을 수 있어. 규칙 위반은 불가능해."

"나는 꼭 메르를 구해낼 거야. 피트리아한테는 절대 안 질 거라구!"

구경밖에 할 수 없는 상황이라니……. 진짜 위험해질 것 같으면 규칙을 위반하고서라도 스킬을 사용해서 방해해야 겠다.

"그럼, 간다!"

필로가 글러브에 마력을 불어넣어 손톱 형태로 만들고,

피트리아를 향해 내달렸다.

"얍!"

먼저 공격을 개시한 건 필로였다.

드높이 도약해서 피트리아의 배를 있는 힘껏 걷어차려 한다.

"공격이 무뎌."

피트리아는 필로의 발을 손으로 가볍게 받아넘겨서 흘려보낸다.

"와앗!"

발길질이 빗겨나서 그대로 한 바퀴를 도는 필로에게, 피트리아는 쐐기를 박듯 주먹을 움켜쥐고 후려친다.

"앗차!"

필로는 몸을 젖혀서 회피한다. 그러자 땅이 뒤흔들리고, 피트리아의 발밑에 크레이터가 형성된다. 도대체 얼마나 힘을 줘서 후려친 거냐.

"필로, 힘내!"

붙잡힌 메르티가 목청껏 응원을 보낸다.

"안 질 거야!"

필로는 피트리아를 향해서 손톱을 휘두른다. 그 순간, 피트리아의 움직임이 일렁거리는 듯 보였다.

"느려!"

"꺄앙!"

구타음이 울려 퍼지는가 싶더니, 필로의 몸이 젖혀졌다.

"뭐…… 뭐야?"

"느려도 너무 느려."

"우…….."

필로가 평소에는 들을 수 없었던 신음 소리를 흘린다.

"엄청 빨라. 그래도 안 질 거야."

필로는 손을 상하로 움켜쥐고 내달린다. ……다짜고짜 그 주특기 기술을 쓰려는 건가?

"하이퀵~."

필로의 몸이 일렁거리고, 퍽퍽 하는 소리가 울려 퍼지긴 하지만…….

"느리다고 했잖아."

피트리아가 천천히 손을 위아래로 움직이고, 팔을 가볍게 한 바퀴 돌렸다.

움직임이라고는 그것뿐이었건만…….

"와아아아아아아!"

필로가 빙글빙글 돌며 공중에 나가떨어지고 말았다.

퍼덕하고 공중에서 날개를 펼쳐서 공기를 휘어잡아 착지하는 필로.

"필로의 비장의 공격을 이렇게 쉽게 피하다니~."

"메르땅은 친구잖아? 전력을 다해서 덤비지 않으면——."

피트리아는 허리에 손을 짚고 필로를 도발한다. 마치, 필로의 공격이 기대에 미치지 못한다는 듯한 태도다.

나아가 피트리아는 메르티를 가둔 감옥을 한층 더 좁힌다.

"와앗——!"

메르티는 바람의 감옥 때문에 피부가 베이는 걸 피하려고 몸을 움츠렸다. 그 모습을 본 필로의 얼굴에서 표정이 사라진다.

"메르! 우……."

필로는 날개를 곤두세운 채, 양손에 찬 손톱을 피트리아에게 휘두른다.

피트리아는 피하기는커녕 몸을 보호하려는 자세조차 취하지 않고 서 있었다. 불똥이 튀었지만 여전히 멀쩡하게 서 있다.

굉장한데. 필로의 저 공격을 가볍게 튕겨 내다니…….

이게 뭐야. 전투 면에서는 우리 중에 압도적 최강자인 필로가 농락당하고 있잖아.

이것이 경험의 차이……. 레벨 차이도 상당히 날 것 같다.

"그럼, 이번엔 내 차례!"

피트리아가 필로에게 반격의 주먹을 날린다. 맞은 건 아니었다. 적중하기는커녕 스치지도 않은 것 같았다.

그런데도 필로의 옷이 찢어졌다.

"그 정도 마력법의(魔力法衣)로 몸을 보호할 수 있을 리가 없지."

잇달아 공격을 날려 연신 구타해 댄다.

크윽……. 이런 속수무책의 상황을 어떻게 해결해야 하지?

마력법의? 필로가 입은 옷의 재료는 마력상이 필로의 마력을 가공해서 만든 실이다.

마력으로 만들어진 옷이니까 마력법의라고 하는 건가…….

피트리아가 손으로부터 번쩍이는 빛의 발톱을 만들어내서 필로를 향해 휘두른다.

그러자 빛의 참격이 출현해서 필로의 머리 위를 스쳤다.

"만약에 필로리알의 모습이었더라면 맞았을 거야."

피트리아가 느긋하게 내뱉는다.

피할 틈도 없이 날아든 일격이었다. 빨라도 너무 빠른, 그러면서도 강력한 공격.

"안 질 거야!"

필로는 다시 손을 위아래로 든다.

『힘의 근원인 필로가 명한다. 다시금 이치를 깨우쳐, 저자를 격렬한 진공의 소용돌이로 날려 버려라!』

"쯔바이트 토네이도!"

필로의 손에서 회오리가 생겨나서, 피트리아를 향해――.

『힘의 근원인 피트리아가 명한다. 다시금 이치를 깨우쳐, 저자가 만들어낸 진공의 회오리를 무효화하라.』

"안티 쯔바이트 토네이도!"

파직하는 소리와 함께, 마법으로 만들어진 무언가가 필로를 감싸듯이 나타나고, 처음부터 아무 일도 없었다는 듯 필로의 마법이 소실되었다.

"방해마법——."

으음, 이건 초급 마법서에 나와 있던 현상이었지 아마?

마법의 방해. 다만, 이론상으로는 가능하지만, 실행에 옮기려면 상대의 본질을 이해할 수 있을 정도의 힘이 필요하다고 적혀 있었던 것 같다.

마법은 구사할 때마다 패턴에 어느 정도 변동이 발생하는 시스템으로 이루어져 있다고 한다. 그 시스템을 해석해서 명중 전에 그 마법을 상쇄할 만한 마법을 발동시켜야 한다.

상위마법 클래스쯤 되면 영창에 시간이 걸리니 방해하기도 쉽겠지만, 중급에서는 어려울 터.

"안 질 거야!"

필로는 과감하게도 피트리아를 향해 내달린다. 하지만 이대로 가면 아까와 똑같은 결과만 반복될 텐데……. 잠깐, 피트리아는 필로의 옷을 마력법이라고 불렀었다.

……이건 방어와 관련된 일, 즉 나의 전문 분야다.

원래 필로의 옷은 마력으로 만들어진 옷이다. 그 옷은 마력을 불어넣음으로써 복구시킬 수 있다.

그렇다면 생각해 볼 수 있는 방안은…….

"기다려, 필로!"

"왜~애 주인님? 필로는 바쁘다구!"

"마력으로 옷을 발생시켜. 그리고 옷에도 마력을 좀 더 불어넣어! 그러는 편이 좋을 거야."

"응, 알았어!"

필로는 분한 듯 일단 거리를 벌리고, 옷에 손을 얹어서 수리한다.

필로의 옷이 어렴풋이 빛을 발했다.

아마 이것으로 인간형일 때 필로의 방어력을 향상시킬 수 있을 것이다.

피트리아는 필로에게 고속으로 다가가서, 팔을 휘둘렀다.

"핫!"

지축이 울릴 만큼 강력한 공격을, 필로는 양손으로 막아냈다.

"크윽······. 묵직해······. 그치만······!"

내가 아까 주의를 준 대로 옷에 마력을 불어넣지 않았더라면 버텨내지 못했겠지?

묵직한 공격을 견뎌낸 필로는 피트리아의 팔을 밀쳐내고, 곧이어 도약한다.

피트리아에게도 빈틈이 생기고, 필로는 그 틈을 노려서 손톱으로 피트리아를 찢어발긴다.

손톱에 미세한 바람이 휘감겨 있다. 도약력이 향상되어

있는 것이리라.

"에잇!"

온몸을 이용한 공격이 피트리아에게 적중했다━━.

그런 것 같았다. 하지만,

"어설퍼."

약간의 불꽃이 튈 뿐, 필로의 공격은 피트리아에게 확고한 대미지를 주지는 못했다.

역시 피트리아의 방어를 뚫어 내지 못했다.

큰일인데. 만약에 필로가 패배한다면 나는 어떻게 해야 하지?

필로가 내게 몇 번 시선을 보낸다. 하지만 나라고 몇 번씩이나 조언을 해줄 수는 없다고.

그렇게 생각했지만, 아무래도 그런 뜻이 아니었던 모양이다. 메르티와 나를 번갈아 쳐다보고 있었던 것이다.

……그런 뜻이었던가.

나는 말없이 메르티 쪽으로 다가가서 감옥에 손을 가져갔다.

찌릿하고 바람의 칼날에 닿는 감각이 느껴졌지만, 견딜 수 없을 정도는 아니다.

필로는 지금 내가 바람으로 만들어진 감옥을 파괴해서 싸움 자체의 막을 내려 주기를 바라고 있는 것이다.

확실히 실력 차가 이렇게 많이 나서야 승산이 전혀 없다.

"메르티."

"나, 나오후미."

"잠깐 좀 가만히 있어."

내가 바람 감옥에 팔을 집어넣어서 부수려고 한, 바로 그 때.

나는 별안간 하늘 쪽으로 내팽개쳐졌다.

"꼼수는 용납 못 해."

다음 순간, 회오리바람이 내 가슴으로 날아들고, 복부를 있는 힘껏 구타당하는 것 같은 감각이 느껴진다.

"크흑……."

내 방어가 종잇장처럼 돌파당했다?

"나오후미 님!"

"커헉!"

땅바닥에 널브러진 나의 시야는 고통 때문에 일그러져 있었다.

큭……. 배를 살펴보니 갑옷이 찌그러지고, 내출혈이 일어나 있었다. 의식을 집중시켜서 회복마법을 사용하지 않으면 위험할 것 같다. 갑옷 쪽은…… 자동 수리 기능이 있으니까 고쳐지긴 하겠지만……. 이거 진짜 장난이 아닌데.

"주인님!"

"한눈팔면 안 돼."

"우……."

"마력을 소비한 상태에서 싸울 수 있겠어?"

"싸울 수 있어!"

"무모하긴……. 그럼 일격으로 끝낼게."

피트리아가 등에 달린 날개를 쭈뼛 곤두세웠다.

"후우우우우욱……."

그렇게 심호흡을 한 번 한다. 피트리아는 주위에 날아다니던 무언가…… 마법 요소로 짐작되는 무언가를 모아들이고 있는 것 같았다.

저런 것도 가능한 건가.

나도 제대로 흉내 낼 수 있으면 좋겠지만, 보통 마법도 간단한 것밖에 못 쓰는 지금의 내 실력으로는 어려울 것 같다. 예로부터 잘하는 녀석을 따라 하는 건 실력 향상의 지름길이라고 하는데 말이지.

표절이든 번뜩이는 아이디어든, 따지고 보면 학교의 공부도 결국은 옛날의 잘난 녀석들을 따라 하는 것에 지나지 않는다.

다시 말해 우리는 철이 든 직후부터 남을 흉내 내며 살아온 셈이다.

응. 내 실력이 피트리아를 따라잡았을 때 흉내 낼 수 있도록, 이 틈에 기억해 두기로 하자.

"필로도 할 수 있다구!"

필로도 마찬가지로 피트리아를 따라서 마력을 모으기 시

작했다.

"······느려."

하지만, 피트리아는 이미 마력 수집을 마친 상태였다.

고속으로 접근해서, 주먹으로 필로를 연신 후려친다.

"우······. 끄응······. 꾸우······."

필로는 양손을 교차시킨 채 방어 자세를 유지한다.

피트리아는 일단 물러났다가, 날아차기를 날렸다.

"막아낼 수 있을까?"

"으꺄아아아아아아아아아아아아아아아아아아아!"

필로는 끝끝내 버티지 못하고 나선형으로 회전하며 나가 떨어졌다가, 바람의 벽에 격돌하고 다시 튕겨져 나왔다.

"아, 안 질 거라구."

필로는 엉망이 된 몰골로 일어서서, 다시 자세를 가다듬어 마력을 모은다.

"우우······."

이윽고 마력이 회복되었는지, 자세를 풀고 다음 동작에 들어간다.

"하이──"

날개를 위아래로 움직이고, 자세를 낮추며 양손의 손톱을 앞으로 내뻗는다.

등 뒤에 바람의 흐름이 생겨나 있다는 걸 누구나 눈으로 확인할 수 있을 만큼, 마력이 응축되어 있다.

이것이 아마 필로가 쓸 수 있는 최강의 필살기이리라.

사전 준비가 너무 복잡하다. 아마 실전에서는 사용하기 힘들 것이다.

"퀵!"

탄환처럼 뛰쳐나간 필로는 피트리아를 향해 일직선으로 돌격해 나간다.

손톱을 내뻗은 채 저공비행, 회전을 동반한 돌진이다. 지금까지 봤던 것 중 가장 빠르다.

발차기나 베기를 기본 공격으로 삼고 있는 필로로서는 보기 드문, 지르기 일격.

뭐라고 해야 할까. 격투 게임 같은 곳에 나오는, 비행기형 로봇의 필살기 같은 공격이라고 표현하면 될까.

"헤에……."

이번 공격에는 피트리아도 놀라서 눈이 휘둥그레졌다.

필로가 피트리아의 옷을 찢는다. 미세하게, 정말로 미세하게나마 옷이 찢어졌다.

필로는 곧이어 피트리아의 안면을 향해 손톱을 휘둘렀다. 피트리아의 얼굴을 미세하게 스친다.

피트리아의 뺨에 약간의 피가 배어나왔다.

필로의 공격에 맞아 튄 핏방울을, 피트리아는 웃음을 머금은 얼굴로 바라본다.

이 순간 나는 깨달았다. 라프타리아에게 시선을 돌리자,

그녀도 동시에 고개를 끄덕인다.

……피트리아 녀석은 지금 놀고 있다. 절대적 강자의 시선으로 필로가 어떤 반격을 할지를 구경하고 있는 것이다. 그렇기에 짐작을 뛰어넘는 위력의 공격을 보고 웃은 것이리라.

전설의 필로리알.

그 말 그대로의 존재인 게 분명하다. 필로를 손쉽게 상대하고 있다. 필로 입장에서 승산이 있는 상대가 아니다.

도저히 이길 수 있는 상대가 아니라는 건 각오하고 있었지만, 이건 아예 대결에 의미가 없는 수준이다.

"우……."

필로도 불쾌하게 여겼는지, 불만 어린 신음 소리를 낸다.

"그럼, 이번엔 내 차례야."

피트리아가 한 발짝 앞으로 나서서, 필로에게 재빠르게 연타를 날린다.

빠르다! 원래부터 필로보다 훨씬 더 빨랐긴 했지만, 지금은 그걸 더 능가하는 수준이다.

하이퀵처럼 눈에 보이지도 않을 만큼의 빠르기는 아니지만, 잔상이 생길 정도다.

"우……아아아아!"

필로가 버텨내지 못하고 공중으로 나가떨어진다.

그리고 그 낙하 지점에는 이미 피트리아가 서 있었고——.

"하아!"

있는 힘껏 후려쳐서 원래 있던 곳에 내팽개친다.

"으구……."

그 뒤, 피트리아는…… 필로의 움직임을 기다리기라도 하는 듯 서 있었다.

필로는 아픈 부분에 손을 댄 채로 마법의 빛을 내뿜고 있다. 회복마법을 사용한 듯, 상처 부위가 아물어 간다. 다만 위력은 신통치 않다. 응급처치의 범위를 넘지 못한다.

"우……."

필로는 쇠약해진 몰골로 마력을 회복시켜 간다.

"두고 보라구~."

회복을 마친 필로가 피트리아를 향해 내달린다.

기분 탓일까. 아니, 기분 탓이 아니다. 필로의 움직임이 아까보다도 더 빨라져 있다.

필로가 손톱에 힘을 깃들여서, 피트리아가 자신에게 사용했던 공격을 흉내 내고 있다.

"하앗!"

세 번째 공격을 퍼부었을 때, 피트리아가 만든 바람의 장막이 흔들렸다.

"고작 이 정도야?"

"쿠우우……."

아까부터 내 눈에는, 피트리아의 움직임이 마치 필로에게 싸우는 방법을 가르치고 있는 것처럼 보이고 있었다. 다만 그 공격의 위력에는 인정사정이 없었다. 그래서 눈치채는 데 시간이 걸렸던 것이다.

그렇다. 이것은 어디까지나 시련이다. 죽음도 불사하는…… 그런 기백이 피트리아에게서 느껴진다.

"자……. 서두르지 않으면 메르땅이 위험해질 거야."

피트리아가 메르티 쪽을 손가락질한다.

한층 더 좁아진 감옥이 메르티의 머리카락 끝자락을 찢어발겼다.

"꺄!"

"메르! 우……."

필로는 등에 날린 날개를 가볍게 펼치고, 아까보다도 더 빠른 속도로 피트리아에게 돌진한다.

"타아아아아아아아아아아아아아아아아아아앗!"

"응……. 이 정도면 급제점인 것 같아. 이번이 마지막…… 최선을 다해서 견뎌 봐."

한 손으로 필로의 돌격을 저지한 피트리아가 회전하는 필로의 측면을 걷어찬다.

"으규우우우우우!"

필로는 바람 감옥까지 나가떨어져서 감옥의 창살마저 깨부수고 나가떨어져 버렸다.

엉망으로 나뒹굴어서 걸레짝 같은 몰골로 바닥에 엎어져 있다.

나는 필로에게로 달려간다.

그러자 필로는 나를 제지하듯 손을 내뻗고, 비틀비틀 일어섰다.

"아직…… 필로는 안 졌어."

내가 도와주면 반칙패가 된다는 듯이, 떨리는 몸으로 일어서서 필사적인 표정으로 한 발짝 앞으로 나서려 한다.

그 모습은 당장에라도 쓰러져 버릴 것 같았지만, 그래도 패배는 절대로 용납할 수 없다는 기개가 넘쳐흐르고 있다.

"여기서 지면 메르를 되찾을 수 없는걸!"

"필로……."

"필로! 이제 됐어! 그만하면 됐으니까……."

"싫어……. 필로는, 메르를 지킬 거야."

단호하게 말한 피트리아는, 비틀비틀 피트리아에게 다가가서, 이미 글러브 형태로 돌아가 버린 손톱으로 그 복부를 후려친다.

"야아아아아아아아아압!"

그것은 나약하기 그지없는 공격이었다. 하지만, 그 무엇보다도 결연한 의지가 담겨 있었다.

필로의 주먹이 피트리아의 배에 박힌다.

"……."

하지만 그 위력은 피트리아를 쓰러트리기에는 턱없이 부족했다.

"응. 이제 됐어. 충분해."

피트리아는 그렇게 말하며 쓰러지는 필로를 끌어안고, 메르티를 가두고 있던 바람의 감옥을 없앴다.

"필로!"

"메……르……."

"괜찮아. 죽지는 않았어."

피트리아가 필로를 향해 마법을 영창한다.

그러자 필로의 상처가 순식간에 아물어 가고, 옷도 완전히 수리되었다.

"어라?"

필로는 곧바로 피트리아의 손을 뿌리치고 전투 자세를 취한다.

"이제 끝났어."

"안 끝났어! 필로가 메르를 지켜줄 거라구!"

"응. 메르땅은…… 걱정 마. 자."

피트리아가 메르에게 손짓을 보내서, 필로에게 가도록 지시한다.

메르티는 머뭇머뭇 연신 피트리아 쪽을 흘깃거리면서 필로 옆으로 가서 선다.

"이제 알겠어? 시련은 이제 끝났어."

"시련?"

"피트리아한테도 사정이 좀 있어서 말이야."

"그래?"

여전히 경계는 풀지 않았지만, 필로는 피트리아의 얘기에 고개를 갸웃거리면서 대답한다.

조금 전까지 싸우고 있던 녀석이건만, 긴장감 없는 녀석 같으니.

"필로. 넌 말이야, 시험을 받고 있었던 거야."

나는 피트리아와 함께 필로에게 다가가서 보충한다.

"맞아⋯⋯. 하지만 시험에서 통과하지 못했다면 싸우기 전에 얘기했던 대로 할 생각이었어."

피트리아는 가만히 덧붙였다.

왜 이런 일을 한 건지는 모르겠다. 하지만 피트리아와의 싸움을 경험한 덕분에, 필로는 인간형일 때도 싸울 수 있는 방법을 익혔다.

"필로. 싸울 때는 상대방의 입장도 생각해 봐야 해. 인간을 상대할 때 필로리알의 모습으로 싸운다는 건 커다란 표적이 된다는 뜻이야."

"그래?"

확실히 필로리알 모습일 때의 필로는 크다. 날쌔게 움직여서 회피할 수도 있다지만, 상대방이 상당한 실력자일 경우에는 공격에 맞을 가능성이 높다.

게다가 필로리알 형태일 때 필로의 공격 수단은 발차기를 중심으로 하는 것밖에 없다.

마법이나 돌격 같은 수단이 없는 건 아니지만 그건 상대 방과의 상성을 고려해야 한다.

피트리아는 필로리알 형태로만 싸우는 것에 대해 경종을 올리고 있는 것이다.

전투 중에 모드를 전환해서 싸울 수 있다면?

한마디로 피트리아는 필로에게 전투 방법의 고착화에 대한 주의를 주고, 싸우는 기술을 전수해 준 것이었다.

"이건 피트리아의 시련을 극복해 낸 증표……."

그렇게 말하고, 피트리아는 티아라를 꺼내서 필로에게 내보였다.

"뭐야~? 그건?"

"시련을 극복해 낸 것에 대한 보상. 고개 숙여."

"필로, 이렇게 하면 돼."

메르티가 스커트 옷자락을 잡고 고개를 숙이는 자세를 보여준다.

오오, 메르티도 어쨌거나 왕녀는 왕녀인 모양이군. 자세가 제법 우아한데?

"이렇게?"

"맞아, 맞아."

피트리아 앞에서 고개를 숙인 필로의 머리 위에, 피트리아가 티아라를 얹어 준다.

"필로, 너한테 피트리아의 제1계승권을 줄게."

"계승?"

"필로리알들을 통치하는 차기 여왕이 될 권리를 준다는 뜻이겠지."

"에……."

"필로, 굉장해!"

메르티가 흥분에 차서 필로에게 칭찬을 퍼붓는다. 정작 본인은 떨떠름한 표정이지만.

그때 필로의 머리 위에 얹힌 티아라가 빛을 뿜기 시작했다.

마치 터져 나가듯이 빛이 흩어져 나가고…….

필로의 머리에 바보털 한 가닥이 비죽 튀어나왔다.

"……."

나와 라프타리아는 침묵한다.

저게 보상이야?

"어?"

"필로 귀엽다!"

메르티는 어째선지 흥분해서 필로에게 칭찬 세례를 퍼붓고 있지만…… 본인은 무슨 일이 일어난 건지 모르고 있는 것 같다.

메르티, 너 센스가 좀 이상해.

잠깐. 뼛속부터 오타쿠인 내 입장에서는 저 바보털을 매력 속성으로서 받아들여야 하는 건 아닐까……?

하지만…… 바람에 하늘하늘 흔들리는 필로의 저 바보털.

응. 저건 아냐.

"왜들 그래?"

"저기……."

내가 손가락으로 머리 위를 가리키자, 필로는 머뭇머뭇 자기 머리의 윤곽을 만져 본다.

"뭔가 이상한 게 생겼어! 이게 뭐야~!"

필로는 비명을 지르면서, 머리 위에 비죽 튀어나온 바보털을 있는 힘껏 움켜쥐고는.

뚜둑!

"아야!"

있는 힘껏 뽑아 버렸다.

필로 녀석, 대단한데……. 무지 아플 것 같다.

"아파~!"

아파하면서도 바보털을 뽑고 만족하는 필로.

띠용.

그러나, 방금 뽑은 그 자리에서 새로운 바보털이 튀어나왔다.

"또 생겼어!"

"에에?!"

필로 녀석은 눈물이 그렁그렁한 얼굴로 몇 번이고 자신의 바보털을 뽑았지만, 아무리 뽑아도 다시 튀어나오는 바람에 체념한 듯 고개를 푹 숙인다.

어째 기분 나쁜 바보털이군.

"아무리 뽑아도 다시 튀어나올 테니까 단념해. 그리고 그 털은 성장할 때마다 늘어날 거야."

"에……. 그렇게 되는 거야……?"

피트리아의 머리 위에 돋아 있는 세 개의 바보털.

전설의 필로리알은 도대체 무슨 의도로 그런 걸 필로에게 준 건지…….

슬쩍 필로의 스테이터스 화면을 확인해 보았다.

……전에 보았을 때보다 능력이 향상되어 있다.

아마도, 저 바보털에는 능력을 향상시키는 가호가 걸려 있는 것이리라.

레벨을 올릴 수 없는 상태인 필로에게는 좋은 보상이다.

"그리고 방패 용사에게도……."

"응? 나한테도?"

피트리아는 휘적휘적 손짓을 해서 나를 부른다.

아니, 잠깐. 이대로 다가갔다가는 내 머리에도 바보털이 돋아나는 거 아냐?

"바보털은 필요 없어."

"바보털?"

굳이 설명은 하지 않는다. 곧이곧대로 말했다간 시끄러워질 것 같으니까.

"더 좋은 거야. 부상도 나을 거고."

"으음……."

뭘 주려는 건지는 모르지만 이상한 건 싫은데.

어쨌거나 거절할 수도 없는 것 같기에 다가가 본다. 그러자 피트리아는 내 복부에 손을 대고 회복마법을 걸어 주었다. 아직 완전히 회복이 안 된 상태여서 욱신거리는 통증이 있었는데, 그것까지도 말끔하게 사라졌다.

"방패를 내밀어 봐."

피트리아는 내 방패를 손짓하며, 방패를 위쪽을 향해 누이도록 제스처를 취한다.

"이렇게?"

방패를 누인다. 그러자 피트리아는 바보털을 뽑아서 방패에 올려놓았다.

방패가 크게 반응하며 흡수한다.

필로리알 시리즈가 강제 해방되었습니다!

"뭐야?! 강제 해방?"

스킬 트리를 확인해 보니, 필로리알의 이름이 붙은 방패들에 밝게 불이 들어와 있다.

대부분의 장비 보너스에 필로리알의 기초능력향상 옵션이 붙어 있어서, 능력 보정, 성장 보정(대중소), 성장의 세세한 스테이터스 보정(대중소) 등 중복되지 않는 항목들이 열려 있다.

또 하나 눈에 띄는 것은 기승 시 능력 향상(대중소) 계통이다. 필로의 등에 타면 전투력이 향상되는 항목이리라.

다만 나 자신의 레벨이 부족해서 바꾸지 못하는 방패도 다수 존재한다. 하지만 그것들까지 해방된 것으로 취급되고 있어서, 조건만 채우면 사용할 수 있게 된 것 같다.

필로리알이라는 이름이 붙은 방패는 모두 조건을 만족한 것이라고 생각해도 될 것 같다.

"일단은 고맙다고 해 두지."

"천만에. 하지만 아직 방패 용사에게만 해야 할 얘기가 남았어."

"무슨 얘긴데?"

"단둘이 있을 때 얘기할게."

참 별난 보상을 다 주는군.

그나저나 저 바보털에는 필로리알의 힘이 응축돼 있기라도 한 건가?

지금은 필로의 레벨을 올릴 수 없는 상황이니, 잘된 일이라고 생각해 둬야겠다.

"저, 저기……."

메르티가 수줍은 듯 머뭇거리며 피트리아에게 말을 건다.

"왜 그래?"

"아까 그건 필로를 시험하기 위한 거였지? 이용하려고 그런 거 아니었지?"

"응. 메르땅도 원하는 게 있으면 말해 봐."

"그럼 있지, 큰 필로리알로 변신해서 머리에 태워줘!"

메르티는 약간 흥분한 기색으로 부탁한다.

"……알았어."

피트리아는 약간 황당해하는 기색이었지만, 메르티의 머리를 툭툭 어루만지고는 거대하게 변신했다. 뒤이어 메르티를 다정하게 포옹해 주고 미소 지었다. 정말이지 정 많은 녀석이다.

"와아…….'

그리고 부탁대로 메르티를 머리에 태워 준다.

"무지 높다!"

흥분해서 어쩔 줄 모르는 메르티.

"다른 사람들은 좀 더 물러나 줘."

"알았어."

지시대로 물러선다.

그러자…… 18미터 정도까지 더 커졌다.

도대체 얼마까지 커질 수 있는 거냐. 이건 완전히 빌딩 수준이잖아.

"굉장해, 굉장해!"

메르티의 목소리가 멀리서 들려온다. 저 키로도 저렇게 빠르게 달리는 게 말이 되는 건가.

그나저나 이 필로리알은 대체 얼마까지 커질 수 있는 거지?

아니, 원래 크기가 저 정도고, 평소에는 필로와 비슷한 덩치로 변신해 있었던 건가.

"하아……."

메르티가 황홀감에 겨운 목소리를 흘렸다.

"꿈만 같아……."

"꿈이었으면 좋았을 텐데."

드래곤이라도 물리칠 수 있을 것 같던 필로를 장난감 다루듯 하는 그 힘……. 끝을 알 수 없을 정도다.

"자, 오늘 일은 시작일 뿐이야. 조금 더 느긋하게 쉬다 갔으면 해."

"뭐……. 내가 가고자 하는 곳까지 데려다 주기만 한다면야 상관없긴 하지만……."

"그 일에 대해서는 차후에 얘기할 테니까 푹 쉬다 가 줘. 내 부하들도 환영할 테니."

"""그아!"""

"에~? 새로운 여왕의 탄생을 축하한다는 거, 필로 얘기야? 멋대로 정하면 어떡해~!"

"축하해! 필로! 아하하하, 필로리알들 좋아하는 것 좀 봐!"

필로리알들이 몰려들어서 필로와 나머지 사람들을 둘러메다시피 해서 데려간다.

"저, 저까지요?!"

라프타리아도 예외가 아니다.

뭐라고 해야 하나, 이세계에 와서 *우라시마 타로가 된 기분이다.

그날은, 필로리알들이 마련한 성역에서 축제 같은 하루를 함께하게 되었다.

이거 완전히 용궁이 따로 없군. 이 하루 동안 바깥세상에서는 긴 세월이 흘러 있다면, 나에 대한 혐의도 풀려 있을까.

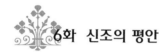

6화 신조의 평안

그런 꿈같은 하루가 깊어 가고, 라프타리아, 필로, 메르티는 필로리알들이 마련해 준 둥지에서 쌔근쌔근 잠이 들었다.

피트리아는 어젯밤에 그랬던 것처럼, 홀로 깨어 있던 나에게 말을 걸었다.

"무슨 일이지?"

---

* 우라시마 타로浦島太郎 : 일본 용궁 전설의 등장인물. 어느 날, 어부 우라시마 타로가 아이들의 괴롭힘을 받고 있던 거북이를 구해준다. 그런데 사실 그 거북이는 용왕의 딸이었으며, 그 보답으로 우라시마 타로는 용궁으로 가서 며칠 동안 호화로운 생활을 보내게 된다. 이윽고 집이 그리워진 우라시마 타로가 용궁을 떠나려 하자, 공주는 절대 열어보지 말라면서 상자 하나를 건넨다. 우라시마 타로가 집으로 돌아왔더니, 지상에서는 그 며칠 사이에 기나긴 세월이 흘러서 그가 알고 있던 사람들은 모두 죽은 후였다. 상심에 잠긴 우라시마 타로가 상자를 열자 그 안에서 연기가 퍼져 나왔고, 그 연기를 쐰 그는 순식간에 노인이 되었다고 한다.

"어제 하던 얘기……."

"끈질기군. 안 되는 건 안 되는 거야."

하지만 오늘 낮에 우리를 향해 드러냈던 살기는 진짜였다. 필로 덕분에 가까스로 용서받은 것이라는 점은 굳이 말하지 않아도 알 수 있었다.

무엇보다 이 녀석의 실력은 필로를 갓난아기 다루듯 상대할 수 있을 정도였다. 사성용사가 모두 힘을 합쳐서 한꺼번에 덤벼도 이길 수 없을 만큼의 힘을 갖고 있으리라.

"정말 친하게 지낼 생각…… 있었어?"

피트리아의 질문에 나는 입을 다문다. 잘 생각하지 않으면 목숨이 위험할 것이다.

모토야스는 나를 완전히 악으로 간주하고 있다. 하지만 렌과 이츠키는 어떨까.

메르티 유괴 의혹 때 싸운 이후로는 한 번도 만난 적이 없었다.

어디에 있는지도 잘 모르겠지만, 헤어질 때의 분위기로 미루어 보아 이 사건에 어딘가 수상한 점이 있다는 의심을 품고 있었던 것 같았다.

"의혹을 풀려고 해 보긴 했어?"

나는 스스로가 그에 대한 충분한 노력을 하지 않았다는 것을 깨달았다.

특히 빗치에 대한 강간 의혹에 대해서는, 분노에 휩쓸려서 보나 마나 아무도 날 믿어주지 않을 거라는 생각에만 사로잡혀 있었다.

누명이라 주장해도 믿어 주지 않았다. 그래서 나는 녀석들을 믿지 않는다.

하지만 증거를 제출한다면 그 녀석들의 인식은 어떻게 달라질까?

딱히 대화를 나누는 사이는 아니다. 이 세계에 대해 아무것도 모르는 나를 무일푼 신세로 쫓아낸 녀석들에게 양보하는 건 썩 내키는 일은 아니다.

그 녀석들 머릿속은, 그저 자기들이 잘 아는 게임 속에서 '내가 킹왕짱' 노릇을 하고 싶은 것뿐이다.

그런 녀석들의 생각을 이해해 볼 수는 없을까?

그래, 내가 처음 이세계에 왔을 무렵을 떠올려 보자.

녀석들의 생각은 곧 내 생각이기도 했기 때문이다. 그걸 바탕으로 렌의 생각을 상상해 보는 거다.

빗치가 강간당할 뻔했다면서 소란을 피운다. 렌은 빗치에 대해서는 잘 모르지만, 어쨌거나 미인이라 생각하고 있다.

범인으로 의심되는 자의 의견과 피해를 주장하는 여자의 의견……. 어느 쪽을 믿을 것인가?

나였다면…… 아무런 정보도 없었다면, 피해자임을 주장하는 여자의 의견을 받아들였겠지.

원래 세계에서 들었던 사건과 비슷했다.

혼잡스러운 전철 안에서 한 여자가 느닷없이 '이 사람 치한이에요!' 라고 소리치며 한 남자의 손을 붙들었다.

실제로는 치한 같은 짓은 전혀 하지 않았더라도 주위 사람들은 그 남자를 치한으로 간주하고 붙잡아서 경찰서에 데려갔을 테고, 만약에 결백이 증명된다 해도 그 남자의 사회적 지위에는 흠집이 나게 된다.

내가 빗치의 함정에 걸려든 일련의 사건은 이 이야기와 쏙 빼닮았다.

"흐음⋯⋯."

분노가 약간 풀리는 것 같은 느낌이 들었다.

내가 렌이나 이츠키를 모르듯, 이츠키나 렌도 나를 모른다. 그건 모토야스도 마찬가지다.

뭐, 모토야스는 머리에 든 거라고는 온통 여자 생각밖에 없는 놈이지만.

이 사건의 실마리를 하나 발견한 것 같은 기분이다.

렌과 이츠키가 이번 사건에 대해 조사해 주고 있을 가능성을 상정해 보면, 만약에 조우했을 때 대화를 시도해 볼 가치는 충분하다.

만약에⋯⋯ 다음 기회가 생긴다면 시도해 봐야겠다.

잘만 풀리면⋯⋯ 표면상으로는 화해할 수 있을 가능성도 있다.

물론, 빗치와 쓰레기 왕에게 따끔한 맛을 보여주는 게 먼저겠지만.

"전에 얘기했던 거 기억나? 여기서 나갈 때 어디로 데려다 줄까 하는 거."

"그래."

"피트리아는 사성 용사에게서 가까운 곳에 내려 줄 생각이야."

"너도 같이 갈 거지?"

그만한 힘이 있으면 이 상황을 타개하는 것도 얼마든지 가능하다.

무엇보다 용사들 간의 화해를 요청하고 있는 건 이 녀석이다. 이 정도 부탁은 들어줘도 될 것 아닌가.

"피트리아는 더 이상은 관여하지 않을 거야. 관여할 필요가 없다는 걸 보여줬으면 좋겠어."

"욕심 많은 녀석이군."

"지금까지 이번 사성용사의 가치를 도무지 찾을 수가 없어서 그러는 거야. 이번에 관여한 건 어디까지나 필로에게 기대했던 것에 불과해."

오만하기 짝이 없는 시선이다. 세계를 구하기 위해서라면, 서로 다투기에 여념이 없는 용사들을 모조리 죽이고 재소환하는 것도 하나의 방법……이라는 건가.

냉정한 판단이라 볼 수도 있다.

하지만 세계를 구하기 위해서라면 그 정도 일도 감수하겠다는 기개가 느껴진다.

이 세계는 어쩌면 나…… 아니, 우리 용사들이 생각하고 있는 것 이상으로 절박한 위기에 내몰려 있는 것 아닐까?

"그리고 피트리아는 할 일이 많아."

"뭘 하는 건데?"

"파도로부터 세계를 구해야 해. 파도는 인간이 있는 곳에서만 일어나는 게 아니니까."

"사람들이 없는 땅에도 모래시계가 있다는 거야?"

피트리아는 고개를 끄덕인다. 이건 처음 듣는 얘기다. 사람들이 사는 곳에만 있는 게 아니었다니.

"피트리아는 그쪽 담당. 가능하면 사성용사들도 도와줬으면 좋겠지만, 지금은 강해지는 게 먼저야."

다시 말해 피트리아는 그나마 여유가 있을 때 우리와 접촉해서 시련을 부여한 것인가.

앞으로 찾아올 파도를 극복할 수 있는 인물인지를 확인해보고, 극복할 수 없을 것 같으면 죽이겠다는 생각이었으리라.

성가신 문제를 떠안았는데. 지금은 여기서 도망도 칠 수 없다.

"가능하면 찬찬히 얘기해 봐. 세계는 용사들끼리 티격태격하고 있을 만큼 한가하지 않아."

"꼭 용사들끼리 다투는 경우가 많다는 얘기처럼 들리는데."

"오랜 세월에 걸쳐 수없이 봤으니까."

"……알았어. 가능한 한 노력해 봐야 한다 이거지?"

"하나 더 기억해 둬."

"뭐지?"

"사성용사가 한 명이라도 빠진 상태에서 파도가 오면, 그 만큼 파도가 더 격렬해져. 그러니까 파도가 없을 때 사성용 사를 전부 죽이고 재소환하는 게 세계를 위한 일이야."

큭……. 이건 알고 싶지 않았던 사실이다. 한마디로 용사 가 한 명 죽을 때마다 세계에 더 큰 부담이 걸린다는 건가.

그리고 사성용사가 전부 죽은 상태라면 재소환할 수 있 다. 성가신 상황이다.

피트리아는 용사들이 서로 대화할 것을 요구하고 있지만, 사실상 제대로 풀리지 않으면 넷 모두를 죽여 버리겠다는 협박이군.

이 필로리알 여왕은 도대체 왜 이런 성가신 부탁을 하는 거람.

내가 고민에 잠겨 있자니, 피트리아가 일어서서 이쪽을 돌아본다.

"몇 번째 파도 이후인지는 모르지만 세계가 모든 목숨의 희생을 강요하는 때가 올 거야."

"……."

"용사는 그 싸움에 참가할 것인지 여부에 대한 선택의 기로에 놓이게 돼. 피트리아는 그때를 기다릴 거야."

"선택?"

"사람들을 위하는 길과 세계를 위하는 길. 만약 다른 용사들과 도저히 친해질 수 없거나 사명을 포기하려면, 그때까지 살아남아. 그때 세계를 위한 길을 선택한다면, 막대한 희생은 생길지언정 사명은 완수할 수 있으니까."

"사람을 위한 길을 선택하면 어떻게 되지?"

"가시밭길. 그래도 과거의 용사는 그 길을 선택해 주길 바랐어. 그렇지만 지금 이 상태로는 무리야. 방패 용사 혼자 힘으로 극복하는 건 힘들어."

"으음……. 너는 어디까지 알고 있는 거지? 자세히 가르쳐줘."

"피트리아도 잊어버린 게 많아. 하지만 기억하고 있어. 세계를 구하는 것과 사람들을 구하는 것은 달라."

세계와 사람들은 다르다?

피트리아의 감각에 비추어보면, 사람들이 어찌 되든 알 바 아니라는 식으로 들린다. 그렇다면 세계를 위한 길이라는 건 뭐지? 파도에 관한 얘기라는 건 알겠지만 그 이상은 모르겠다.

어쨌든 그날은 언젠가 찾아온다.

파도의 마지막이 그것인지는 모르겠다. 그때 나는 무엇을 선택할 것인가.

사람들을 위한 길이라고 해도 굳이 내가 싸워야 할 의리는 없는 것 같지만, 아마 나는 라프타리아를 위해서라도 싸우는 길을 선택하게 될 것 같다.

　"그러니까 그때를 위해서라도, 다른 용사들과 힘을 모아."

　"한번 해 보겠다는 말밖에 할 수 없겠군. 그에 상응하는 수준인지는 모르겠지만, 보수는 이미 받았으니까."

　필로의 파워업과 새로운 방패. 이 정도 해 주었으니, 조금이나마 얘기를 들어 줄 가치는 있다.

　"시련은 극복해 냈어. 피트리아는 방패 용사를 다른 용사들보다는 높이 평가하고 있어."

　"왜지?"

　"새로운 퀸, 필로를 키워낸 방패 용사가 악인일 리 없으니까."

　"난 못돼 먹은 놈이야."

　저도 모르게 그런 말이 튀어나왔다.

　그도 그럴 것이…… 나이도 어린 여자애를 노예로 구입해서, 자신의 수족처럼 부리며 싸움을 시키고 있지 않은가.

　그런 놈이 선인일 리가 없다.

　"……."

　내 침묵에, 피트리아는 밤하늘을 올려다보다가 뇌까린다.

　"그렇다고 쳐 둘게. 하지만 필로 덕분에 목숨을 건졌다는 것만은 잊지 마."

만약 오늘의 시련에서 필로가 합격하지 못했더라면, 피트리아는 나를 죽일 생각이었다.

실제로도 그럴 수 있는 실력을 갖고 있다. 실제로 나도 부상당했었다.

"……알았어."

"피트리아는, 방패 용사에게는 다른 용사들과 대화할 수 있는 힘이 있다고 생각해. 그리고 사성용사들은…… 너무나도 약해. 이러다간 굳이 피트리아가 손을 대지 않더라도 머지않아 죽을 거야."

"앞으로의 싸움이 그렇게까지 험난한 거야?"

"응. 그리고…… 앞으로도 그 방패를 쓸 수밖에 없다면…….'"

피트리아가 내 갑옷에 손을 댄다.

둥실 하고 뭔가 가벼워지는 감각이 느껴졌다.

야만인의 갑옷에 장착되어 있는 용의 핵석이 음양도의 태극문양 같은 형태의 보석으로 변했다.

야만인의 갑옷+1? (신조 가호)

방어력 상승 / 충격 내성(중) / 화염 내성(대) / 바람 내성(대) / 어둠 내성(대) / HP 회복(미약) / 마력 상승(중) / 민첩 상승(중) / 마력 방어 가공 / 정신 오염 내성 / 자동 수리 기능

"이건 뭐지?"

"저주의 방패에 침식당하는 걸 억제해 줄 거야. 하지만……
완전히 막을 수 있는 건 아니니까 가능한 한 쓰지 마."

"너무 기대하지는 마. 용사들끼리의 대화에 대해서도 말
이지."

"부탁할게……."

그날, 피트리아는 지금껏 보인 적 없었던 미소를 지으며
내게 기대었다.

"무거워. 저리 가."

하지만, 피트리아는 비키려는 기미를 조금도 보이지 않는다.

"……."

피트리아는 말없이 내게 기대어 있었다.

어째서일까. 그 모습은 마치 당장에라도 울음을 터뜨리려
는 어린아이처럼 보였다.

왜지? 하는 의문이 먼저 머릿속에 떠오른다.

뒤이어 이유를 생각했다. 피트리아는 용사의 손에 길러진
필로리알이라고 했었다.

그 용사는 지금 어디에 있을까? 원래 세계로 돌아갔던가,
아니면 한참 전에 수명이 다해서 죽었을 것이다.

……피트리아는 나에게서 자신을 키워 준 사람의 흔적을
느낀 걸까.

할 수 없군.

피트리아의 머리를 쓰다듬어 준다. 그러자 피트리아는 나를 힘껏 꼬옥 끌어안았다.

피트리아에게 과거의 용사와 나눈 약속은 삶의 유일한 희망……일지도 모른다.

세계를 지키겠다는 약속이…… 기나긴 세월을 살아올 수 있게 만들어 준 활력이었던가.

그렇다면 사명에 대해 의욕을 보이는 것도 수긍이 간다.

영겁의 세월 속에서 얼마나 많은 사람들과 얽혀 왔을까. 이 세계의 꼬락서니를 생각해 보라. 사람에게 속아 절망한 적도 있었을 것이다. 그렇기에 용사 이외에는 신뢰하지 않는 것일까.

세상살이에 서투르기 짝이 없는 어린애군. 그나마 위엄이 있어 보이는 건 본인의 노력 덕분일 것이다.

이런 어린애가 다른 용사들과 친하게 지내라고 부탁하니 거절하기도 힘들잖아.

조금 정도는 노력해 봐야겠다는 생각이 든다.

이윽고 피트리아는 필로와 비슷한 숨소리를 내며 내게 기댄 채로 잠이 들었다.

……훗날 내가 떠나고 나면, 필로도 언젠가 다음 용사와 나를 겹쳐 보고 이렇게 끌어안는 날이 올까. 그런 생각을 하다 보니 어느새 나도 졸음이 몰려와서 그대로 잠들고 말았다.

"그동안 보살펴 줘서 고마워!"

메르티와 필로가 명랑하게 손을 흔든다.

피트리아는 이튿날 아침, 슬슬 출발하는 게 좋을 것 같다면서 우리를 마차에 태웠다.

그리고 우리가 마차에 오르자, 피트리아는 필로리알의 성역을 떠나 타이런트 드래곤 렉스와 싸웠던 초원으로 이동해서 우리를 내려 주었다. 다른 용사들이 이 부근에 와 있는 건가?

"이봐, 다른 용사가 이 근처에 있는 거야?"

"근처에서 반응이 있어……."

그렇게 말하면서, 피트리아는 마차를 응시하고 있었다. 뭔가 수상쩍은 반응이다.

그 후, 피트리아는 보통 필로리알의 모습으로 변신해서 날개를 들어 악수를 나누고는, 그대로 내달려서 떠나가 버렸다.

"뭔가 신비로운 체험이었네요, 나오후미 님."

"그러게 말이야. 그럼, 필로."

"응."

참고로, 피트리아는 필로에게 작은 선물을 마련해 주었다.

바로 짐차였다. 어차피 목제이고 그다지 질이 좋은 물건은 아니지만.

일이 여러모로 성가시게 됐다. 귀찮은 일들을 얼마나 떠안게 된 건지, 원.

필로는 내가 사 준 마차를 더 마음에 들어 했지만, 지금은 어쩔 수 없는 상황이니 타협해 주었다.

필로가 필로리알 퀸으로 변신해서 마차를 끌기 시작한다.

"출발이다."

"네!"

"오~!"

"힘내, 필로!"

상당히 오래 옆길로 새긴 했지만, 목적지는 남서쪽 국경이다.

"이제 조금만 더 가면 되는데……."

지금, 우리 눈앞에는 국경을 감시하는 석조 요새…… 관문이 있었다.

돌로 만들어진 요새 위에서 병사들이 주위를 감시하고 있다.

오가는 사람들은 그다지 많지 않고…… 관문에 있는 문지기가 마차의 짐을 확인하고 있다.

"이거야 원, 감시가 묘하게 엄중한데."

"우리 때문에 그런 거 아냐? 그래도 북동쪽 관문보다는 병사가 적으니까 낫잖아."

"그야 그렇긴 하지만 말이지."

어째선지 관문에 모토야스가 있다. 방화범 녀석도 보인다.

좀 다른 데 가 있으라고. 넌 내 얘기를 듣지도 않잖아.

그런 생각이 들긴 했지만, 내 편견 때문에 대화가 성립하지 않고 있는 걸지도 모른다는 피트리아의 말을 들은 직후다.

뭐, 어차피 문제의 장본인인 빗치가 함께 있는 상황이니 말이 안 통할지도 모른다.

하지만 여기서 정면 돌파를 시도하지 않으면 빠져나갈 길이 없을 것 같다.

필로와 메르티, 라프타리아의 얘기라면 조금이라도 들어 줄지 모른다는 어렴풋한 기대라도 해 두자.

여기서 더 우회해 가다 보면 그만큼 더 시일이 걸릴 테고…… 지금 우리는 목적지 바로 코앞까지 와 있는 것이다.

무엇보다, 상대는 모토야스다. 지금까지도 그럭저럭 해결돼 왔지 않은가. 만약 대화가 성립하지 않더라도 관문을 돌파해서 가면 그만이다.

좋아……. 강행 돌파다.

"메르티, 목적지가 코앞이야. 미안하지만 완력으로라도 관문을 돌파해야겠어. 뭐, 그 도중에 모토야스와 얘기도 좀 하겠지만."

땍땍거리고 잔소리를 해댈 것 같지만, 미리 못을 박아 둬야겠지.

"알았어."

"응? 웬일이지?"

"뭐가?"

"인상 나빠지니까 그러지 말라고 할 줄 알았는데."

"……."

메르티는 스윽 시선을 돌리고 민망한 듯 중얼거렸다.

"그런 짓을 하는 사람이 있을 만큼 나라가 망가져 있다면 극약 처방도 필요할 테니까."

무슨 얘긴지 알 것 같다. 방패에게 지느니 차라리 봉인되어 있던 괴물의 봉인을 풀어서 도시 전체를 없애 버리는 게 낫다고 생각하던 그 영주 일을 얘기하고 있는 것이다.

메르티는 결단력이 있는 녀석이군. 인상이 좀 좋아졌다.

이대로 계속 도망만 치느니 정면 돌파로 피해를 최소화하는 것도 한 방법이다.

"좋아, 그럼 가자고! 다들 준비됐어?"

"완벽해요."

"필로도 몸이 가벼워."

"나도 힘닿는 데까지 해 볼게."

"……좋아!"

내가 손을 치켜들자 필로가 마차를 힘껏 끌며 내달렸다.

곧바로 관문을 향해 돌격한다.

"방패의 악마가 나타났다!"

여전히 예의라고는 찾아볼 수가 없는 놈들이군.

이쪽은 타협해서 얘기를 해 보려는 생각으로 왔건만 이 꼴이라니.

피트리아의 말 때문에 생각을 고쳐먹었었는데……. 혹시 실수한 것 아닐까?

"저지막을 전개하라!"

관문 문 앞에 뾰족한 말뚝들을 여러 겹으로 엮은 저지막이 설치되었다.

짐차로 이걸 넘기는 힘들다.

그럼에도 필로는 속도를 늦추지 않는다.

"이제야 나타났군!"

모토야스가 이쪽을 바라보며 창을 꼬나 쥔다.

너는 페미니스트잖아. 필로한테는 손대지 못하겠지?

그렇게 생각한 순간, 모토야스의 창이 번쩍인다.

"마인!"

"네!"

빗치가 마법을 영창한다.

"쯔바이트 파이어!"

"에어스트 자벨린! 그리고——."

마인이 마법을 영창한 직후, 모토야스가 스킬로 만들어낸 빛나는 창을 우리에게로 내던진다.

"합성 스킬, 에어스트 파이어 랜스다!"

화염창이 우리를 향해 날아들었다.

위험하다!

나는 재빨리 필로의 등에 올라타서 스킬을 발동시켰다.

"에어스트 실드! 세컨드 실드!"

스킬에 의해 생성된 방패가 모토야스가 내쏜 스킬을 막아 낸다.

하지만 위력을 완전히 죽이지는 못해서, 필로는 짐차를 버리고 몸을 날리는 식으로 회피하고 라프타리아는 메르티의 손을 잡고 마차에서 탈출해야 했다.

모토야스가 이렇게 인정사정없이 스킬을 내쏘다니?!

게다가 방금 그건 뭐야? 마법과 스킬을 뒤섞어서 합성 스킬을 쓸 수도 있는 거였어?

대충 마법검과 비슷한 부류의 공격 같다.

지금까지 쓰지 않았던 건 그동안 나를 봐줬던 것인가?

"다짜고짜 이게 무슨 짓이야?!"

도망치기 전에 얘기 정도는 해 볼 생각이었는데, 무작정 공격부터 하다니.

"마인!"

"알았어요!"

빗치 왕녀가 병사들에게 시선을 보낸다.

그러자 내 주위에 빠직빠직 소리를 내는, 마법으로 구성된 감옥이 나타난다.

"꺄악?!"

"뭐야, 이거~?"

"뭐, 뭐야?"

크기는 40평방미터. 번개로 이루어진 상당히 큰 감옥이다.

마법인가……? 아니면 뭔가 도구로 만들어진 건가?

"드디어 찾아냈군, 나오후미. 이번엔 절대로 놓치지 않겠다."

"모토야스……."

모토야스는 한 방 먹였다는 듯 득의양양한 표정으로 우리를 노려본다.

뭐야? 평소의 모토야스에게 느껴지던 가벼운 분위기가 아니잖아.

"나오후미, 이건 아마 포박의 뇌함(雷檻)이라는 마법 도구일 거야."

메르티가 감옥 쪽을 보며 가르쳐준다.

"설치형 함정인데, 술사와 대상을 가두는 효과가 있어."

"술사까지? 그럼 뭐 하러 이런 함정을 만드는 건데?"

"대상을 놓치지 않는 게 목적이야."

알 만하군. 우리가 항상 필로의 각력을 이용해서 도주를 시도하곤 하니, 아예 도망치지 못하게 만든 건가.

"내 힘으로도 부술 수 있는 수준의 함정이지만 시간이 좀 걸릴 거야."

"함정을 해제하는 제일 정석적인 방법은?"

"도구를 사용한 상대한테서 열쇠를 빼앗으면······."

나는 필로에서 내려서 모토야스를 노려본다.

"싸우실 건가요?"

"그 전에 교섭을 해 볼 생각이긴 하지만 아무래도 싸우게 될 것 같은데."

라프타리아도 검을 뽑고 경계 태세를 취한다.

"라프타리아, 너는 방어구가 시원찮아. 가능하면 뒤로 물러나 있어."

"하지만······."

"필로가 싸워?"

"그래. 싸우게 된다면 말이지."

모토야스는 어쨌거나 미소녀에게 약하니까. 아까는 인정사정없이 공격해 오긴 했지만, 그건 어디까지나 우리가 도망칠 걸 전제로 뒀기에 그랬던 건지도 모른다.

"메르티는 감옥을 부숴 줄 수 있겠어?"

"해 보긴 하겠지만······ 기대는 하지 마."

"그럼 라프타리아는 메르티를 보호하면서 상황을 지켜봐 줘."

"네!"

나는 모두를 대표해 앞으로 나서서 모토야스에게 말을 건다.

"모토야스, 내 얘기를 들어."

피트리아가 주의를 주었기 때문에 이런 생각을 하는 건지도 모르겠다.

모토야스는 아무것도 모른 채 빗치 왕녀에게 속고 있다.

그게 아니라면 애당초 라프타리아를 구하려고 들지도 않았을 것이다.

원래 생각이 얕은 녀석이긴 해도, 진짜로 나를 함정에 빠트리려던 건 아니었다고 가정해 두기로 하자.

"세뇌의 방패로 날 세뇌할 꿍꿍이군!"

나 원 참, 이 자식은 아직도 세뇌의 방패가 실제로 존재할 거라고 믿고 있는 건가.

오히려 이렇게 생각 없이 구는 모토야스 쪽이 세뇌당하고 있는 게 아닌가 하는 의심이 들 정도다.

게다가 이 녀석은 창의 용사. 내가 이세계에서 소환되었을 당시에 읽고 있던 책인 사성무기서의 내용에 따르면, 창의 용사는 동료들을 끔찍하게 아끼는 녀석이었다.

동료를 아낀다=동료를 의심하지 않는다.

그리고 이 녀석 뒤에는 빗치와 쓰레기 왕이 있다. 맹목적으로 동료를 믿다니, 정말이지 바보 같은 놈이다.

"모토야스 님, 방패의 악마에게 세뇌당한 자들과 메르티를 어서 구해 주세요."

빗치는 아예 불난 집에 기름을 끼얹고 있다. 끝도 없이 사악한 마음을 가진 계집이다.

"이번엔 지난번처럼 봐줘 가면서 싸워 주지 않을 줄 알아."

"사돈 남 말 하고 있군."

돌이켜 보면 이세계에 소환된 지 이틀째와 한 달째에, 모토야스 때문에 쓰디쓴 경험을 했다.

여기서 한 방 되갚아 주는 것도 재미있겠지.

아니, 또 이 패턴이냐. 나도 참 발전이 없는 놈이군.

"일단 얘기부터 들어. 지금이 용사들끼리 아웅다웅하고 있을 때야? 렌이나 이츠키는 어디 있는 건데? 너 혼자만 나를 쫓고 있는 이유를 생각해 보지 않으면, 너만 어릿광대 꼴이 될 거라고!"

모토야스가 나를 악이라고 생각한다면 나를 쫓지 않는 렌이나 이츠키 얘기를 꺼내 보자.

그러면 모토야스도 뭔가 이상하다고 생각해 줄지도 모른다.

"자기가 죽여 놓고…… 난 네놈을 절대 용서 못해!"

"하?"

죽여? 무슨 소릴 하는 거야?

렌과 이츠키를 죽였다고? 우리가? 무슨 수로?

"어이 모토야스, 무슨 소리를 하는 거야? 죽였다는 게 무슨 얘기야?"

"그런 식으로 렌과 이츠키를 속여서 죽인 거군!"

"엉? 무슨 소린지 설명부터 좀 해!"

"시치미를 떼겠다 이거지? 다 들었어! 네가 근처 마을에 봉인돼 있던 마물을 해방시킨 후에 렌과 이츠키를 갑자기 기습해서 죽였다는 얘기를!"

우리가 피트리아의 성역에 있는 동안에, 메르로마르크 국내에서 그런 사건이?

유력한 가능성은 렌과 이츠키가 사건의 부자연스러움에 의심을 품고 조사에 나서자, 그에 불안을 느낀 누군가가 제거했다는 것.

쓰레기 왕이 한 짓인지 삼용교 놈들이 한 짓인지는 모르지만, 나에게 죄를 뒤집어씌우고 모토야스에게 바람을 넣은 녀석이 분명히 존재한다!

"오해야! 정신 차려. 내가 렌과 이츠키를 죽일 이유가 없잖아."

"닥쳐. 나는 널 못 믿어. 이제 인정사정 봐 주지 않을 거다! 아무리 여자아이를 방패로 삼는다고 해도, 렌과 이츠키를 위해서 이 손을 더럽혀 주마!"

……틀렸다. 말이 안 통한다. 모토야스의 머릿속에서는, 렌과 이츠키를 죽인 범인이 나라고 확정되어 있다.

젠장, 선수를 빼앗겼다.

피트리아, 미안해. 아무래도 이 나라 녀석들은 세계가 어찌 되건 관심 없는 모양이야.

세계의 위기와 맞서는 존재라는 사성용사는 이제 둘밖에

안 남은 모양이다.

모토야스의 분위기를 보아하니 나를 죽이기 전에는 납득하지 못할 것 같다.

하지만 나는 절대 죽을 수 없다.

나는 방패를 키메라 바이퍼 실드로 변화시키고 모토야스를 향해 내민다.

모토야스 곁에는 빗치, 그리고 두 명의 여자 동료들이 있다. 거기에 관문에서도 병사들이 달려온다. 감옥 때문에 들어오지는 못하는 모양이지만, 그것만으로도 도망치기가 껄끄러워진다.

한편 이쪽은 나와 필로가 전선에 서고, 메르티는 함정 해제, 라프타리아는 메르티 보호를 맡고 있다.

"모두의 원수를 갚아 주마!"

"스스로가 어릿광대라는 걸 좀 깨달아!"

좋아. 지금은 예전과는 다르다.

메르티는 싸우지 못하는 상태지만 나에게는 라프타리아와 필로가 있다.

아무리 방패라도, 마음먹고 제 실력을 발휘하면 지지는 않을 것이다.

이 기회에 확실하게…… 어느 쪽이 더 강한지를 뼈저리게 가르쳐주마!

""우오오오오오오오오오오오오오오!""

우리는 각자의 미래를 건 싸움을 시작했다.

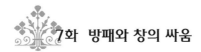7화 방패와 창의 싸움

"필로, 너는 모토야스를───."

전투가 시작되는 동시에 필로에게 지시를 내린다.

여자라도 더 이상 인정사정 봐주지 않겠다고 결단한 모토야스는, 필로에게도 살기를 내뿜으며 창을 움켜쥐고 있다.

『힘의 근원인 차기 여왕이 명한다. 다시금 삼라만상을 깨우쳐, 저자들에게 불의 비를 퍼부어라!』

"쯔바이트 파이어 스콜!"

거만하기 짝이 없는 영창과 함께 빗치가 화염계 범위마법을 퍼붓는다.

"나오후미! 필로!"

『힘의 근원인 내가 명한다. 다시금 이치를 깨우쳐, 저자들에게 쏟아지는 불의 비를 방해하라!』

"안티 쯔바이트 파이어 스콜!"

메르티는 감옥 해제 작업에 들어가기에 앞서서, 빗치가 영창한 중급 마법을 상쇄시킨다.

하지만 완벽하게 상쇄시키지는 못해서 우리에게 불의 비

가 퍼부어졌다.

주위가 순식간에 불바다로 변했다. 다행히, 직격을 당한 건 전선에 있던 나와 필로뿐이었다.

"또 모토야스 님이 걷어차이게 내버려 두지는 않겠어요."

빗치 녀석, 우리를 향해 전력을 다해서 마법을 사용했다.

메르티도 마법에는 일가견이 있겠지만 상대가 잘못 걸렸다.

빗치와의 레벨 차이가 너무 크게 벌어져 있는 것이다.

"필로, 괜찮아?!"

"응. 괜찮아~."

불의 비를 얻어맞았는데도, 필로는 대미지를 입지 않은 모양이다.

나는…… 뭐, 파도 때 기사단에게 마법 세례를 받고도 멀쩡했을 정도이니, 이 정도는 간지럽지도 않다.

『힘의 근원인 내가 명한다. 다시금 이치를 깨우쳐, 은혜의 비를 내려라.』

"쯔바이트 스콜!"

메르티가 자신과 라프타리아를 보호하는 비를 내린다.

"자! 모토야스 님은 방패의 악마에게 의식을 집중하세요! 저희가 마법으로 새의 접근을 막을게요."

빗치는 부하들과 함께 마법을 영창하기 시작했다.

"간다~!"

필로는 마법을 무시한 채 모토야스를 향해 내달린다.

"기다려, 필로……."

함부로 돌격했다간 저쪽에서 뭐가 날아올지 모르잖아!

"윙 태클!"

모토야스를 후려차려는 필로를 향해, 바람으로 이루어진 커다란 덩어리가 날아간다.

"홋!"

필로는 퐁 하고 인간형으로 변신하더니, 순식간에 글러브를 끼고 손톱으로 변형시켜서 모토야스에게 휘두른다.

"큭……."

모토야스가 창을 세워서 필로의 공격을 방어했다.

좋아, 피트리아와의 싸움을 통해서 인간형일 때의 전투 방법을 익힌 건가. 그 덕분에 피할 수 있었다.

"간다! 타아아아아아아아아아아아!"

필로가 모토야스를 향해 날쌔게 손톱을 휘두른다. 마치 고양잇과 동물의 전투법 같은 치고 빠지기 전술. 스스로의 민첩성을 살린 필로의 독자적인 전투법이다. 원래는 강인한 다리를 이용한 힘 대결 위주의 전투를 벌였는데, 피트리아에게서 배운 전투법을 통해 이렇게까지 성장한 것인가.

"미안해, 필로!"

모토야스가 필로를 향해 창을 겨누고 스킬을 내쏜다.

"유성창!"

어림없는 짓! 나는 필로를 보호하듯 앞으로 나서서 방패를 내민다.

모토야스가 드높이 도약하는가 싶더니 창이 번뜩이고 나를 향해 날아든다.

창의 형태를 한, 에너지로 구축된 공격이 내게 쏟아진다.

"크윽⋯⋯?!"

방패 중 가장 방어력이 높은 부분으로 막는다.

몸속 깊은 곳까지 욱신거리는 묵직한 일격이 방패를 거쳐 내게 몰아쳤다.

온몸의 뼈들이 우두둑하고 섬뜩한 소리를 낸다. 다짜고짜 필살기를 퍼붓다니 뭐 하는 짓이냐!

하긴, 현실의 싸움에서는 굳이 공격을 아낄 필요도 없긴 하지만.

"어떠냐! 아직 안 끝났어! 찌르기 난무! 승룡창!"

연속으로 스킬을 퍼붓는 모토야스. 내 키메라 바이퍼 실드의 전용 효과인 뱀의 독니 따위는 안중에도 없는 듯 사정없이 몰아친다.

젠장⋯⋯ 레벨 좀 높다고 우쭐대기는!

"마인! 모두!"

"네! 쯔바이트 파이어!"

""쯔바이트 에어 샷!""

"화염과 바람, 그리고 내 스킬에 의한 합성 스킬! 에어스트 버스트 플레어 랜스!"

"쿠후……."

미처 방어하지 못한 틈으로부터 격렬한 통증이 몰려온다.

야만인의 갑옷에 화염 내성과 바람 내성이 없었더라면 위험했을지도 모르겠는데. 피트리아가 가호를 걸어 준 덕분에 살았다.

피가 뿜어져 나오고 있다는 걸, 안 봐도 알 수 있었다.

회복마법을…… 걸고 싶지만, 모토야스가 그럴 여유를 줄 것 같지가 않다.

"실드 프리즌!"

방패 감옥이 모토야스를 중심으로 전개된다.

"대풍차!"

모토야스는 응원단이 바통을 돌리듯 창을 붕붕 휘둘러서, 출현한 방패 감옥을 쓸어버린다.

큭……. 공격력이 내 방어력을 훨씬 더 웃돌아서 막을 수가 없다.

이러다가 스킬의 쿨타임이 다 차면 다시 연속으로 스킬을 퍼부어댈 것이다.

방어전만 펼쳐서는 승산은 없는 거나 다름없다.

"주인님!"

필로가 양팔을 교차시킨 채 모토야스에게 달려간다.

"방해하지 말아 줘!"

모토야스가 창의 자루 부분으로 필로의 배를 찍었다.

그 전에 내가 마법을 영창한다.

『힘의 근원인 방패 용사가 명한다. 다시금 이치를 깨우쳐, 저자를 보호하라!』

"패스트 가드!"

온 힘을 다하지 않은 모토야스의 일격은 필로의 복부에 꽂히지 못하고, 깡 하는 소리와 함께 튕겨 나갔다. 피트리아와의 싸움 덕분에, 필로도 인간형일 때의 옷에 고도의 방어력을 깃들이는 방법을 익혔으니까.

내 엄호 마법까지 합쳐져서 상당히 단단해져 있다.

"말도 안 돼! 이렇게 단단하다니!"

"필로는 안 질 거야!"

그 틈을 놓치지 않고, 필로가 모토야스를 향해 손톱을 휘두른다.

"성가시군. 하지만 나도 물러날 순 없어!"

모토야스가 공격을 회피하고 반격을 날리자, 필로는 뒷걸음질을 치며 마법을 영창한다.

『힘의 근원인 필로가 명한다. 다시금 이치를 깨우쳐, 저자를 격렬한 진공의 소용돌이로 날려 버려라!』

"쯔바이트 토네이도!"

『힘의 근원인 차기 여왕이 명한다. 다시금 삼라만상을 깨우쳐, 진공의 소용돌이를 흩뜨려라.』

『『힘의 근원인 내가 명한다. 다시금 이치를 깨우쳐, 진공의 소용돌이를 흩뜨려라.」」

"""안티 쯔바이트 토네이도!"""

세 사람의 상쇄 마법에 의해, 필로의 마법도 보잘것없는 회오리로 전락한다.

필로는 다시 의식을 집중시킨다. 나는 모토야스의 팔을 움켜잡아서 움직임을 봉쇄했다.

"이거 놔!"

"놓으란다고 놓을 거 같냐?! 필로!"

"응. 하이퀵~."

필로는 고속으로 이동해서, 내가 붙잡고 있는 모토야스 뒤에 나타난다.

"큭……."

좌악좌악 하는 소리가 연신 울려 퍼지고, 손톱이 모토야스를 할퀴어 댄다.

"이 정도로 이길 수 있을 줄 알고?!"

모토야스가 기어이 내 결박을 풀고, 창을 회전시켜서 내 얼굴을 겨누며 내지른다.

빠르다! 고개를 옆으로 젖혀서 회피했지만 위험한 순간이었다.

"핫!"

"우와아아아앗!"

감옥 안에 있던 병사 한 명을 라프타리아가 물리쳤다.

병사들은 틈만 나면 라프타리아와 메르티를 향해 공격을 가하려 하고 있지만, 이 둘도 바보는 아니다. 자기 몸 정도는 지킬 수 있다. 하지만 그래도 얼마나 버틸 수 있을지…….

어쩌지? 모토야스만 물리치면 돌파해 나갈 수 있을 것 같은데, 빗치 패거리가 거치적거린다.

이러다간 점점 더 불리해질 뿐이다. 내 체력이 바닥나는 게 먼저일지 빗치 패거리의 마력이 바닥나는 게 먼저일지에 따라 결과가 크게 달라진다.

"응?!"

빗치 패거리들……. 마력을 회복시키는 마력수를 마시고 있잖아.

큰일 났는데……. 이렇게 되면, 나는 저 마력수가 바닥날 때까지 계속 버텨야 한다.

"제법 잘 싸우는군. 그 힘으로 렌과 이츠키를 죽였다 이거지?!"

"아니라고 몇 번을 말해?! 말을 하면 좀 들으란 말이다!"

스킬을 내쏘고 숨을 헐떡거리는 모토야스. 내 쪽은 상당한 대미지를 입은 상태다!

몸에서 피가 뚝뚝 떨어지는 게 느껴진다.

"그리고 이 힘은, 사전 정보 없이 밑바닥을 뒹굴며 성장해 온 덕분에 길러진 거야. 너처럼 '이세계 만세 나 킹왕짱' 식으로 살아온 게 아니라고."

이 세계에 온 뒤로 지금까지, 수많은 시행착오를 거듭해 왔다.

강해지기 위해서는 수단 방법을 가리지 않았다. 해방할 수 있는 방패의 장비 보너스는 탐욕스러울 정도로 모아 왔다. 그런데도…… 애초부터 불리한 직업으로는 이길 수 없는 건가?

"무례한 것!"

"뭐야?!"

모토야스의 정신이 흩트려졌다. 빗치의 고함 소리였다. 나도 모토야스의 시선을 따라 눈길을 돌린다.

모토야스의 동료 한 명의 어깨에 마력검이 박혀 있었다.

오오, 이러면 녀석들도 마법을 쓰기 어려워졌군.

방어에만 내몰려 있는 우리를 위해서 라프타리아가 지원 공격을 해 준 것이다.

메르티 쪽은…… 감옥 파괴 작업을 하면서, 다가오는 병사들을 마법으로 날려 버리고 있다.

하지만 그럼에도 접근해 오는 병사가 있다.

"제2왕녀! 각오해라!"

"메르!"

"크아아아아아!"

메르티가 미처 대처하지 못한 상황에서, 필로가 필로리알 퀸의 형태로 돌아가서 병사들을 쓸어버린다. 하이퀵만큼은 아니지만, 상당히 날렵한 움직임이다. 피트리아와의 싸움 덕분이다.

"나오후미 님과 필로에게만 주의를 기울이느라 빈틈투성이군요!"

"이게 감히!"

동료가 당한 것에 분노한 빗치가 검을 치켜들어서 라프타리아를 베려 든다.

"전에도 검으로 대결을 벌였었죠? 당신은 저를 못 이겨요!"

챙 하는 소리와 함께 라프타리아는 빗치의 칼부림을 막아서 튕겨낸다.

응. 상당히 선전하고 있다. 이제 메르티가 이 감옥을 파괴해 주기만 기도하자.

"마인! 큭……."

빗치 쪽으로 달려가려는 모토야스를 내가 가로막는다.

"얘기 들어, 모토야스. 모든 건 네 주위에 있는 빗치 왕녀와 삼용교의 음모야. 렌과 이츠키를 죽인 건 우리가 아니라고."

"그딴 말을 믿을 줄 알고? 비켜!"

수차례 대화를 시도해 보았으나 역시 모토야스는 들으려 하지 않는다. 동료를 아낀다고 하면 듣기는 좋지만, 뒤집어 생각해 보면 맹신하고 있는 거나 다름없다. 머리가 굳어 버려서, 믿지 않는 상대의 말은 귀에 들어가지도 않는 것이다.

이제 어쩌지? 내게는 공격 수단이 없고, 필로에게 공격을 맡기려 해도 지금은 메르 보호를 위해서 떨어져 있는 상태다. 물론 부르면 오긴 하겠지만…….

"나오후미 님!"

라프타리아가 꼬리를 부풀리며 나를 물렀다. 그것만으로도 무슨 뜻인지를 알 수 있었다.

그래, 방금 모토야스가 직접 시범을 보여주지 않았던가.

나는 빗치 쪽으로 다가갈 틈을 노리고 있던 모토야스를 일부러 보내 주고, 동시에 라프타리아와 호흡을 맞춘다.

『힘의 근원인 내가 명한다. 다시금 이치를 깨우쳐, 모습을 감추어라.』

"패스트 하이딩!"

의식을 집중시킨 순간, 내 시야에 스킬명이 떠오른다.

오오, 이렇게 하는 거였군.

"하이딩 실드! 체인지 실드!"

"마인한테 무슨 짓을 하는 거야! 패럴라이즈 스피어!"

모토야스가 라프타리아를 향해 스킬을 내쏜다……. 하지만.

"뭐야?!"

라프타리아의 눈앞에, 별안간 방패가 출현했다.

그렇다. 이것이 나와 라프타리아의 합성 스킬.

하이딩 실드. 보이지 않는 마법의 방패를 만들어내는 스킬인 모양이다.

그리고 체인지 실드를 이용해서, 그 방패를 카운터 효과를 가진 방패로 바꾼다.

내가 변경시킨 방패는 소울 이터 실드. 카운터 효과는 소울 이트.

"쿠억!"

소울 이터 실드가 모토야스를 물어뜯었다가, 마법의 구슬로 변해서 내게 날아온다.

"SP를 빨아 먹혔잖아!"

역시 그랬었군. 소울 이터 실드의 카운터 효과는 상대의 SP를 빼앗아오는 것.

모토야스의 SP가 어느 정도인지는 모르지만, 이걸로 어느 정도 싸울 수 있을 것이다.

"나오후미 님을 얕잡아보시면 안 되죠."

라프타리아는 그렇게 말하고 하이드 미라주로 모습을 감추어 이동한다.

"어디 간 거야?!"

"모토야스 님! 제가 맡을게요."

빗치가 라프타리아의 잠복 마법을 상쇄하려 했지만, 라프타리아는 이미 충분히 거리를 벌린 상태였다.

"우리를 우습게 보지 마!"

모토야스가 이번에는 나를 향해 멧돼지처럼 달려든다.

"받아라!"

안도하고 있던 나를 향해 모토야스가 스킬을 내쏜다. 이 모션은 유성창이었지 아마?

강화된 갑옷에 의해 향상된 동체 시력을 활용하면…… 할 수 있다.

나는 번쩍이는 창의 자루를 있는 힘껏 움켜쥔다.

"마, 말도 안 돼! 유성창을 붙잡다니!"

"네놈이 아까부터 바보처럼 앞뒤 안 가리고 스킬을 펑펑 써댄 탓이야! 이제 완전히 눈에 익었다고! 얼빠진 놈!"

키메라 바이퍼 실드의 카운터 효과, 뱀의 독니(중)이 모토야스를 물어뜯는다.

"으……. 몸이……."

이제야 독이 효과를 발휘하기 시작한 건가.

무슨 수를 쓴 건지, 모토야스가 창에서 약을 꺼낸다.

어라? 방금 어디서 꺼낸 거야?

"어림없다!"

"얕보지 마!"

방해하려고 손을 뻗지만, 모토야스는 내가 넋을 놓고 있는 사이에 이미 약을 마신 뒤였다.

"후우……. 독이 통할 거라고 생각하면 오산이라고."

창에서 어떻게 해독제를 꺼낸 거야? 방법을 모르겠다.

"독은 안 통한다 이거지……? 그 외에도 통할 만한 수단은 얼마든지 있다는 게 이미 증명된 상태라고 생각하는데."

필로의 속도에 전혀 대처하지 못했던 모토야스는 내 대답에 말문이 턱 막힌 모양이었다.

"이쯤 했으면 이제 얘기 좀 들으라고! 우리는 렌이나 이츠키한테 손댄 적도 없어! 모든 건 네 등 뒤에 있는 여자의 음모라고 몇 번을 말해야 알아듣는 거냐!"

"네놈 얘기를 누가 들을 줄 알고? 나는 나를 믿어 주는 동료들을 믿을 뿐이다!"

동료? 여자를 잘못 얘기한 거겠지.

어쨌거나, 이 정도면 피트리아가 부탁한 대로 최대한의 양보는 한 셈이다.

가능한 한 분노의 방패에 의존하지 않는 방법으로 말이지.

"교섭 결렬이군. 될 수 있으면 이 수단은 쓰고 싶지 않았는데……."

뜸을 들이며 방패에 손을 가져다 댄다. 이대로 가면 불리해지기만 할 뿐이라는 건 의심의 여지가 없다.

메르티가 이 마법 감옥을 파괴하지 못하는 한, 우리는 결국 지속적으로 증가하는 증원 병력에 밀릴 수밖에 없다. 그전에 도망치지 못하면 끝장이다.

"필로를 잊으면 안 돼~."

나는 필로에게 라프타리아를 지원하도록 지시를 내린다.

"방금 그 공격 방법을 보고, 너도 이미 경계하고 있을 텐데?"

"큭……."

"메르티."

"왜 불러?"

"너도 알고 있잖아?"

"……알았다구."

내 생각은 하나다.

라프타리아의 마법으로 보이지 않는 방패를 출현시키고, 모토야스가 움직이면 카운터 효과가 있는 방패에 필로나 메르티의 마법을 합성시켜서 대미지를 가한다.

섣불리 마법을 쓰면 방해를 받겠지만, 이 방법이라면 어떨까?

"네 동료들의 공격 방법은 불이나 바람 계열이 많은 것 같더군. 그게 나한테는 잘 안 먹힌다는 것쯤은…… 너도 알고 있잖아?"

인생이란 앞날을 알 수 없는 법이군. 피트리아의 가호 덕분에 이제 모토야스보다 우위에 설 수 있게 됐으니.

"그리고 아직 내겐 비장의 수가 남아있다는 것도 이해 못할 만큼 바보는 아닐 텐데?"

분노의 방패는 모토야스 앞에서도 쓴 적이 있다.

심지어 그걸 쓰지 않았을 때도, 모토야스는 우리를 상대로 고전한 바 있었다.

이 상태에서 내가 분노의 방패를 쓰면 어떻게 될까?

뭐, 필로가 폭주할 테지만 그 정도는 눈감아 줄 수 있다.

"아직 안 끝났어!"

모토야스는 지치지도 않고 나를 향해 창을 던진다.

"에어스트 자벨린!"

투척된 창은 나를 향해 날아온다.

"어림없는 짓!"

날아드는 창을 잡는다. 창을 붙잡은 손에서 까앙 하는 금속음이 울려 퍼지고, 약간의 통증이 느껴진다.

내가 창을 완전히 붙잡아서 위력을 제거하자, 창은 모토야스의 손으로 순간이동했다.

"메르."

"응, 필로. 호흡을 맞추자!"

"알았어~!"

메르티와 필로가 둘이서 마음을 맞추어 마법을 영창하기 시작했다.

『힘의 근원인 내가(필로가) 명한다. 다시금 이치를 깨우쳐, 저자를──.』

"합창 마법?!"

빗치 패거리의 안색이 돌변한다.

그건 또 뭐야? ……아니, 마법서에서 읽은 기억이 있다.

고위 마법 중에는 술사들끼리 협력해서 마법을 영창하는 마법이 존재한다.

합창 마법은 그중 하나다.

최소한 두 사람 이상이 필요한 그 마법은, 혼자서 영창하는 것보다 복잡한 마법을 영창할 수 있게 해 준다.

이 합창 마법의 상위 마법이 의식 마법이며, 그것은 전쟁에서도 사용될 만큼 고위력의 대규모 마법을 발동시킬 수 있다……고 한다.

『폭풍우로 쓸어내라!』

"타이푼!"

메르티와 필로의 맞잡은 손으로부터 마법이 발동되어, 작지만 강력한 위력이 깃든, 수증기를 머금은 회오리바람이 모토야스 패거리를 향해 날아간다.

마법을 미처 무효화시키지 못한 모토야스 패거리는 그 바람을 몸으로 견뎌낼 수밖에 없었다.

"크윽……. 내가 지켜내고 말겠어!"

모토야스가 앞으로 나서더니, 창을 옆으로 뉘여서 메르티와 필로의 물 회오리를 받아낸다.

"크아아아아아아아아아아아!"

모토야스는 끝내 버텨내지 못하고 공중으로 나가떨어진다.

하지만 메르티와 필로의 마법도 그게 한계였던 듯, 물 회오리는 사라지고 말았다.

털썩하고 모토야스가 땅바닥에 나가떨어진다. 하지만, 곧바로 일어섰다.

"나는…… 나는 절대로 여기서 질 수 없어. 여기서 패배하면 메르티 왕녀도, 라프타리아와 필로도 방패의 악마에게 넘어가 버리니까."

상황이 이렇게 된 마당에도 자신의 정의를 확신하고 있다니, 어떤 의미에서는 칭찬해 주고 싶은 감정까지 솟구쳐 오른다.

그나저나 애당초 왜 내가 악역 같은 취급을 받는 건데?

설마 모토야스의 눈에는 내가 게임 속의 중간 보스처럼 보이는 건가?

뭐 이런 기분 더러운 취급이 다 있담. 누굴 보고 보스 캐릭이라는 거냐.

"기필코 구해내고 말 거야. 렌과 이츠키를 위해서라도."

"아무리 여자에 환장한 어릿광대라도 이쯤 되면 불쌍할 지경이군."

세뇌 따위는 없다는 걸 왜 깨닫지 못하는 거냐.

이 집념을 다른 곳에 쓰면 좋으련만……. 아까운 노릇이다.

"큭……."

우리에게는 결정타를 먹이지 못하고, 동료들은 유린당하고 있는 상황.

이런 마당에 이르렀는데도 여전히 투지를 잃지 않는 정신력을 보면 역시 용사는 용사인 모양이다.

하지만 맹목적으로 자신의 정의를 주장하고, 가까운 이를 의심하지 않는 건 문제 아닌가.

"포기해. 넌 우리한테 못 이겨. 순순히 얘기를 들어."

이 정도면 근성으로 밀어붙이는 수밖에. 이 돌머리를 어떻게든 해결하지 않으면 얘기가 진행되지 않을 게 분명하다.

……도망치지 않는 한 말이지.

"메르티, 아까부터 지원해 주는 건 고맙지만, 빨리 마법 감옥을 부숴 줘."

"지금 하고 있다구!"

"모토야스 님! 어서 방패의 악마를 해치우지 않으면 도망쳐 버릴 거예요! 자, 어서 방패의 악마의 목을 치고 제 동생 메르티를 구해주세요!"

"알았어!"

자기 동료가 실은 모든 일의 흑막이라는 걸 모르고 있다. 그 여자가 진짜로 원하는 건 메르티의 목이라고.

모토야스, 진짜 악은 네 눈앞에 있다는 걸 좀 깨달으란 말이다.

하지만 빗치는 포기할 줄을 모른다.

라프타리아에게 눈짓하자 그녀는 꾸벅 고개를 끄덕인다.

하이드 미라주로 몸을 숨기는 라프타리아. 이번에야말로 빗치를 잠재워 줬으면 좋겠다.

지난번에 썼던 마력검이 남아있다. 빗치를 기절시키고 나면 이번에야말로 도망쳐야겠다.

……기왕 잠재울 거 아예 죽여 버리고 싶다는 감정은 굴뚝같다.

하지만 여기서 내 결백을 증명하려면 아직 죽여서는 안 된다.

죽이는 건 내 결백이 증명되고, 그 쓰레기 왕을 처리한 후에나 해야 할 일이다.

그러지 않으면 나도 그 쓰레기 왕과 동급이 되고 말 테니까.

마음에 안 드는 상대라면 아무리 가까운 사람이라 해도 거리낌 없이 희생시키고, 공격의 손길을 늦추지 않는 자.

그렇게 돼도 좋은가? 아니, 나는 결백을 증명하고 말 거다!

"아직 안 끝났어……. 아직 나는 질 수 없단 말이다아아아아아아아아아아아아아아!"

모토야스가 옥쇄라도 각오한 듯, 내게 창을 겨눈 채 돌격해 온다.

"필로!"

"응!"

다음 공격으로 결판을 내……기 직전에 생뚱맞은 소리가 울려 퍼진다.

그러고 보니, 조금 전까지만 해도 주위에 있었던 병사들이 보이지 않는다. 무슨 일이 일어난 거지?

짝짝짝 하고 엉뚱한 방향에서 박수 소리가 들려온다.

"이것 참……. 역시 창이십니다. 정말이지 굳건한 의지로군요. 발을 묶어 주셔서 고맙습니다."

직후, 강력한 마법의 압박감이 주위를 가득 채웠다.

 ## 8화 징벌

필로는 등 뒤의 날개를 쭈뼛 곤두세우고 필로리알 퀸의 모습으로 변신, 방금 왔던 길을 고속으로 되돌아가서 메르티를 등에 태우고, 잠복하려던 라프타리아에게 손을 뻗는다.

"아──."

"메르!"

"가, 갑자기 왜 그래, 필……."

"우와아아아아아아아아아아악!"

"나, 나는 왕녀야. 마물 주제에 무슨 권위로 그런 무례한 짓을──."

곧이어 하이퀵을 쓴 듯 모습이 일렁거리는가 싶더니, 모토야스, 빗치와 그 동료들을 난폭하게 걷어차서 내 곁으로 보낸다.

뭐야. 저렇게 손쉽게 모토야스를 제압할 수 있는 거였어?

그렇게 생각했지만, 필로는 거칠게 숨을 몰아쉬고 있다.

게다가 모토야스를 비롯한 빗치 패거리들에게는 아무런 대미지도 입히지 않았다.

"뭐야, 필로—— 푸헥!"

필로를 포함한 적과 아군들이 모조리 내 근처에 모인 상태다.

"주인님! 총력 방어! 그 검은 방패를 써! 안 그러면 못 막아!"

"가, 갑자기 무슨——."

"빨리 하기나 해! 위에 방패를 잔뜩 만들어!"

"큭! 알았어!"

필로의 기세에 밀려서 재빨리 방패를 분노의 방패로 변화시키고, 실드 프리즌을 전개하고, 에어스트 실드와 세컨드 실드를 발동시킨다.

프리즌이 출현한 바로 그때였을까, 하늘에서 거대한 빛의 기둥이 우리를 향해 쏟아져 내렸다.

"크윽——."

몸속 깊은 곳까지 욱신거릴 만큼 묵직한 공격이었다.

튼튼하게 깔아 놓은 에어스트 실드와 세컨드 실드가 순식간에 깨져 나가고, 그나마 실드 프리즌 덕분에 가까스로 버텨낼 수 있었다.

"필로? 괜찮아?"

"응. 왠지는 모르지만, 끄떡없어."

필로의 머리에 돋아 있는 바보털, 아니 장식깃이 빛나고 있다. 그것 덕분인가?

방패를 분노의 방패로 바꿀 때면, 필로는 전에 먹었던 용의 핵석의 영향 때문에 폭주하곤 했었는데, 이제 그걸 억제할 수 있게 된 모양이다.

하나부터 열까지 힘을 빌려줘서 고마워, 필로리알의 여왕.

이 정도면 대화를 하라는 터무니없는 요구에 최대한 부응하려고 노력해 볼 가치는 있겠다.

우지끈하는 소리가 나는 동시에, 나는 모두를 보호하기 위해 방패를 하늘로 치켜들었다.

프리즌도 붕괴되고, 빛이 나에게로 쏟아진다. 방패의 방어 범위를 눈으로 확인할 수 있을 만큼 굵은 빛의 기둥이다.

내 발치에 나뒹굴고 있는 녀석들을 보호하듯, 필로가 날개로 그들을 누른다.

"으ㄱㄱㄱㅇㅇㅇㅇㅇㅇㅇㅇㅇ......"

순식간에 빛이 내 체력을 갉아내 버린다.

"조금만 더…… 끝났어!"

별안간 빛이 사라지고, 나는 위로 치켜들고 있던 방패를 내린다.

동시에 필로도 일어서서, 날개로 가리고 있던 모두를 내보낸다.

주위는…… 초토화되어 있었다.

원래는 국경을 지키던 요새였던 곳이 어느새 차마 눈 뜨고 볼 수 없을 만큼 처참한 폐허로 변해 있고, 나를 중심으로 운석이 추락한 것 같은 크레이터가 생겨나 있다. 그 주위에서는 병사들이 히죽거리는 얼굴로 나를 보고 있다.

모토야스와 빗치까지 마법으로 없애 버리려고 한 건가? 지금 무슨 일이 일어나고 있는 거야?

"이, 이건 대체……."

"고등 집단 합성 의식 마법 '징벌'을 맞고도 멀쩡한 겁니까. 역시 방패의 악마로군요."

목소리 쪽을 돌아보니, 예전에 성 밑 도시의 교회에서 나를 맞이했던 교황이 온화한 미소를 짓고 있었다. 그 뒤에는 교회 관계자로 보이는 수십 명의 사람들. 그 밖에 기사들도 섞여 있다.

"너는……!"

그러자 교황은 우리, 그리고 모토야스 패거리를 바라보았다.

지원군? 아니, 방금 그 일격은 분명 모토야스 일당까지 쓸어버리는 것이었다. 다시 말해 지원군은 아니라는 얘기……?

방금 그 마법의 위력은 분노의 방패를 써서야 간신히 견뎌낼 수 있을 만큼 강력한 것이었다. 그나저나 필로, 왜 그런 쓸데없는 짓을……. 이렇게 말도 안 듣는 모토야스 일행을 구해줄 필요 따위 없었던 거 아냐? 한 번쯤 따끔하게 데여 봐야 정신을 차린다고, 이놈들은.

다른 용사들은 이미 죽어 있는 모양이니…… 한 명쯤 더 죽는다고 해서 크게 달라질 건 없다. 어차피 내 얘기도 안 듣는 놈이니까.

솔직히 말해, 라프타리아와 메르티만 지켰으면 좋았을 것을.

뭐, 그건 상관없다. 그보다 더 궁금한 건 교황의 진의다.

"그렇게 강력한 마법을 창의 용사와 이 나라 왕녀가 있는 곳에 퍼붓다니…… 무슨 꿍꿍이지?"

"창의 용사님이라……."

이 녀석들에게 검과 창과 활의 용사는 신앙의 대상. 이렇게 그들까지 말려들 법한 공격은 안 할 줄 알았는데…….

교황은 여전히 미소를 머금은 얼굴로 이쪽을 보고 있다.

뭐지? 느낌이 어째 이상하다. 사람이 눈앞에서 죽더라도 전혀 표정이 바뀌지 않을 것 같은, 가면 같은 미소라고 표현하면 될까. 안색 같은 미세한 변화는 있을지언정, 도무지 속내를 읽을 수가 없다고 할까. 그런 느낌이다.

생각해 보면 렌과 이츠키가 누군가에게 제거당했다.

모토야스는 나를 범인으로 치부하려는 것 같지만, 실제로는 내가 범인이 아니니 진범은 따로 있다.

다시 말해, 이 녀석이 진범일 거라고 생각하는 게 타당하

겠군.

"저희가 신봉하는 것은 사람들을 구하고 파도로부터 세계를 구하는 용사입니다. 각지에서 말썽을 일으키고, 나아가 신자들을 멸시하기까지 하는 용사는 가짜일 뿐이죠."

교황은 마치 일상적인 잡담이라도 하는 것처럼 말했다.

"뭐가, 어째?"

모토야스가 넋이 나간 표정으로 교황을 바라보고 있다.

"차기 여왕 후보 분들은 정의를 위해서 희생을⋯⋯. 아니, 두 분은 이미 방패의 악마의 손에 돌아가셨습니다. 지금 거기에 있는 건 살아있는 시체에 불과하니, 거리낄 필요도 없습니다."

"어쩜⋯⋯ 정말이지⋯⋯."

라프타리아도 그 난폭한 논리에 황당함을 넘어 분노에 휩싸여 있었다.

이 교황, 전에 만났을 때는 온화하고 공정한 인물로 보였지만, 그건 단지 내 착각이었던 모양이군.

"성수를 준 은혜에 감사해도 모자랄 마당에, 방패의 악마는 도리어 침략 행위를 했습니다. 그래서 제가 신의 대행자로서 정화하러 온 것입니다."

이게 무슨 개소리야. 쉽게 말해 내게 정당한 가격으로 성수를 제공한 건 여유가 있기에 베푼 은혜이고, 이제 위협이 되니까 죽이겠다는 건가. 그때는 아직 전모를 알아보지 못했었던…… 건가?

의심을 사지 않으려고 일부러 그런 태도를 취한 것일 가능성도 있다.

"웃기는 소리 하지 마! 나는 차기 여왕이라구! 방패의 손에 죽을 리가 없잖아!"

"아니, 아니. 저희 쪽에서는 이미 그렇게 정해져 있습니다. 걱정 마십시오, 마르티 왕녀님. 당신 대신 나라를 이어받을 사람은 저희 쪽에서 마련해 두었으니까요. 이 모든 게 다 신의 인도입니다."

빗치 녀석은 자신이 위기에 몰리자 무시무시한 기세로 반발했지만, 교황의 음모를 듣고 대화의 여지가 없다는 걸 깨달았는지, 순식간에 표정이 창백해진다.

"거짓말……이지……?"

"아하하, 그럴 리가요. 당신 같은 속물은 이 세상에서 퇴장시켜 드려야죠."

"헛소리 마! 지금까지 우리를 속였다는 거냐?!"

만신창이가 된 모토야스가 교황에게 창을 겨누고 고함친다.

"우리는 메르티 왕녀와 이 나라를 구하기 위해서 싸웠던 것 아니었어?!"

"네, 그렇습니다. 모든 것은 이 나라, 나아가 세계를 구하기 위한 성전입니다. 사람들을 유혹하고 선동하는 방패의 악마와, 사람들의 신앙을 뒤흔드는 세 명의 가짜 용사를 우리 교회가 제거하고 권위와 위신을 반석에 올리기 위한 싸움이지요."

"가짜 용사라……."

내가 중얼거리자, 교황은 표정을 찌푸리고 불쾌한 듯 대꾸한다.

"그렇습니다. 너 나 할 것 없이 각지에서 말썽을 일으키는 가짜 용사들 때문에 이 나라의 신앙이 흔들리고 있지 뭡니까. 가짜 검의 용사는 역병을 퍼뜨리고 생태계를 유린시켰으며, 가짜 창의 용사는 봉인되어 있던 괴물을 풀어 놓았고, 가짜 활의 용사는 권위를 드러내지 않아서 우리 교도들을 괴롭혔죠."

하나같이 내가 뒤처리를 떠맡았던 일들이다.

이츠키는 뭘 잘못했다는 건지 잘 모르겠지만…… 높은 세율로 주민들의 고혈을 짰던 영주들은 다들 부자들이었으니까. 그 돈으로 기부에 열을 올리고 있었던 건지도 모른다.

봉인돼 있던 괴물을 풀어놓은 그 영주도 열성적인 삼용교도였던 것 같았고 말이지.

"그래서 쓸데없는 조사를 시작한 검과 활의 용사는 처분해 두었습니다."

마치 당연한 일이라는 듯 교황이 덧붙인다.

"뭐야?!"

이봐, 모토야스, 뭘 그렇게 놀라는 거야? 이야기의 흐름을 보면 금방 알 수 있는 거 아냐?

"검과 활은 각각 지정된 장소로 불러내서 '징벌'을 통해 존재를 통째로 말소시켰습니다. 이것도 다 신의 인도입니다."

렌과 이츠키…… 보아하니 내 생각대로 이번 사건에 부자연스러운 점이 존재한다는 사실을 깨닫고 독자적으로 조사를 벌이고 있었던 모양이군.

이츠키는…… 렌이 한 말은 믿었다는 걸까.

이런 짓을 해대는 놈들이다. 그 음험함을 눈치챘다면, 이츠키는 정의를 위한다느니 하는 생각으로 행동을 벌였겠지.

하지만 적이 선수를 치는 바람에 기습에 당한 건가…….

"죽인 거냐?! 이 세계를 위해서 싸워 온…… 렌을! 이츠키를!"

모토야스가 험악한 기세로 퍼부어댄다.

너희, 그런 사이였었냐? 그 둘한테는 미안하지만, 나는 동정심 같은 건 전혀 안 느껴지는데.

다만 신경이 쓰이는 건, 피트리아가 얘기했던 용사가 줄어들면 위험해진다는 얘기인데…….

"죽이다니 그런 당치않은 말씀을. 우리를 속인 가짜 악마를 정화했다고 해야겠지요."

"그게 무슨……."

"그리고 왕과 여왕에게는 이렇게 말해 두겠습니다. 이 나라는 가짜 용사들에게 지배당할 뻔했다고. 공주님들은 저희가 구하려 했습니다만, 애석하게도……라고 말이죠."

아주 끝내 주는데……. 살다 살다 이런 억지를 다 봤나. 그런 소리를 믿을 놈이 있긴 한가? 으음……. 하지만 그 쓰레기라면, 내가 왕녀들을 죽였다고 하면 순순히 믿을 것 같기도 하다.

만약에 우리가 여기서 저놈들을 당해내지 못하고 힘이 다해 버린다면…….

내가 살던 세계에도, 오명을 뒤집어썼다가 먼 훗날에야 진상이 밝혀지는 불쌍한 권력자들이 존재하니까.

원치도 않은 전쟁에 내몰려 출전했다가 패해서 처형당한 권력자라든지.

나도 진실을 다 알진 못하지만, 이것만은 확신할 수 있다.

녀석들은 일방적인 논리로 우리를 처분하려 하고 있다.

"나오후미, 휴전이다. 힘을 빌려줘."

말문이 막혔던 모토야스가 내 쪽을 돌아보며 말했다.

"아주 제멋대로군. 조금 전까지 네가 나한테 했던 짓을 잊었다는 소리는 못하겠지. 애초에 네가 내 호소를 몇 번이나 무시했는지 알기나 하는 거냐?!"

내 얘기는 듣지도 않고 다짜고짜 공격 스킬을 퍼부었던 일을 얼렁뚱땅 넘길 생각은 추호도 없다.

애당초 조금 전까지만 해도 세뇌의 방패가 진짜로 있다고 믿고 있지 않았던가, 이 녀석은.

"그러니까 이렇게 부탁할게! 나는…… 그 녀석들의 명복을 빌어 줘야 해. 그리고 저 녀석을 절대로 용서 못 해!"

"어련하시겠어. 혼자서 잘 해치워 보라고."

설마 잊은 건 아니겠지. 네놈이 지금까지 얼마나 많은 고난을 내게 안겨줬는지를.

"힘을 안 빌려줄 거냐? 너는 저 녀석들이 증오스럽지도 않은 거냐?!"

"증오스럽지 않을 리가 있나. 최종적으로는 피바다에 담가 버릴 생각이야. 하지만 모토야스, 너한테 힘을 빌려줄 도의는 없어."

감옥도 부서졌으니 필로를 타고 전력 질주로 도망치면 될 것 같다.

피트리아에겐 미안하지만 이제 와서 화해해 봤자 믿어 줄 것 같지가 않단 말이지.

진짜로 결별할 생각은 없지만, 이 한마디는 해 주고 싶다.

"그나저나."

나는 미소 띤 얼굴로 모토야스를 향해 팔을 뻗고, 엄지를 아래로 꺾었다.

"죽어 버려 ♪ 두뇌가 하반신에 달린 쓰레기 자식."

"이 자식이이이이이이이이이!"

모토야스 녀석은 충격에 비틀거리면서 내 쪽으로 주먹을

겨눈다.

"때려도 괜찮겠어?"

현재, 나는 분노의 방패를 장착하고 있다. 다시 말해 나를
때리면 셀프 커스 버닝이 작동해서 오히려 녀석이 죽는다.

"크윽……."

라프타리아나 필로, 메르티가 맞을 수 있으니 억제하긴
하겠지만.

"이 와중에도 동료들끼리 다투다니, 역시 방패의 악마와
가짜로군요."

"동료는 누가 동료라는 거냐."

"시끄러워! 이제 네놈 힘은 필요 없어! 나 혼자서 저 녀석
을 해치울 거다!"

"후후후, 정말 이길 수 있을 거라고 생각하십니까?"

교황이 웃으면서 부하에게 지시해서 무기를 가져온다.

뭐지, 저건? 거대한 검 같은데…….

백은을 깎아서 복잡한 장식을 새겨 넣은 것이…… 제법
멋지다. 한가운데에는 어째 불길한 느낌이 드는 네모난 보
석이 박혀 있다. 게임에서라면 후반에나 손에 넣을 수 있을
것 같은…… 신성한 검?

"이럴 수가……. 저건――."

빗치와 메르티의 얼굴이 동시에 파랗게 질린다.

"나오후미! 조심해. 저건――."

"먼저 방패의 악마부터 시작하죠. 신의 징벌을 받으십시오."

교황이 드높이 검을 치켜들더니, 거리가 떨어져 있음에도 개의치 않고 내리 휘두른다.

직후, 충격파가 지면을 통해 내게 날아든다. 재빨리 방패를 들어 막아낸다.

"크윽——."

자칫하면 나가떨어질 뻔했을 만큼 강력한 충격이었다. 모토야스의 유성창과는 비교할 수도 없는 대미지에 의식이 아득해질 지경이었다.

주위에는 커다란 균열이 또렷하게 새겨져 있다.

어이, 잠깐. 지금 내가 장착하고 있는 건 분노의 방패라고!

모토야스나 다른 용사들의 필살 스킬을 얻어맞아도 끄떡없었는데 이렇게 큰 대미지를 받다니, 저건 대체 어떻게 되어 먹은 무기냐.

"나오후미, 저건 말이야, 전설의 용사가 갖고 있던 무기를 복제하려다가 만들어진 과거의 유물이야."

9화 복제품

"저게 복제품이라고?"

아무리 봐도 진품보다 더 강하잖아!

뭐, 검의 형태를 하고 있으니 렌과 비교했을 때 그렇다는 거긴 하지만……. 척 보기에도 모토야스보다는 렌이 강할 것 같긴 했지만, 그렇다고 그렇게까지 엄청나게 세지는 않았던 것 같았다. 기껏해야 1.5배 정도이리라. 그 정도였다면 분노의 방패로 계속 방어할 수 있었을 것이다.

하지만 방금 그 공격은 그것을 월등히 능가하는 위력이었다.

"저게 왜 이런 곳에……. 분명히 수백 년 전에 분실됐다고 들었는데……."

"분실이 아니라 도난당한 거였겠지. 그 절도범이 바로 삼용교회였을 테고."

분명 대량으로 제작되었다고 알려졌지만 현재는 어디 있는지 당최 알 수가 없는, 모(某)국의 폭탄 음모론 같군.

그나저나 저게 전설의 무기 복제품이라면, 렌의 검은 최종적으로 저만큼 강해진다는 건가.

방패 용사인 내가 할 소리는 아닌지도 모르지만, 이 세계는 일개 개인에게 저만한 힘을 줘도 괜찮은 건가? 복제품인데도 저만큼의 위력이 있는 것이다. 이 정도면 굳이 용사를 소환할 필요성 자체가 의심스러울 정도다.

아무리 생각해도 이상하잖아. 한번 물어볼까.

"그런 물건을 갖고 있으면서 용사는 뭐 하러 소환하는 거야? 그걸 양산하면 파도도 이겨낼 수 있을 텐데."

내 말에 메르티가 고개를 가로젓는다.

"단순히 출력만 따지면 전설의 무기에 필적할지도 모르지만……. 거기에 드는 연료 소모가 너무 많아."

"그런 거야?"

"그래. 한 번 휘두를 때마다 수백 명이 한 달을 모아야 할 만큼의 마력을 소모하는걸. 게다가 현재 상황에서 양산은 무리……. 저것도 전승의 시대부터 내려온, 말하자면 전설의 무기라고 해도 과언이 아니라구."

"그거 대단하군."

애니메이션에서 본 적이 있다. 한 방 쏘려면 일본 전국의 전기를 거의 다 끌어다 써야 하는 거대 로봇의 저격 무기. 그거랑 비슷한 건가? 그런 걸 난사할 수 있다면 그야말로 괴물이잖아.

"교도들이 날마다 목숨을 걸고 힘을 쏟아부어 온 물건이니까요. 성전을 위해 마력을 끌어내 왔던 거죠. 그리고 지금이 바로, 그 성전의 때!"

성전이라……. 그것참, 준비성도 철저하셔라.

전승 속의 용사……. 검의 용사가 쓰던 무기 최종판을 마이너 카피한 물건이란 건가? 수백 년 전에 분실했던 물건이라고 했으니, 그 긴 세월 동안 축적해 온 마력을 지금 여기서 사용했다는 거로군.

젠장! 성가신 물건을 동원하다니.

……아니, 그건 역으로 말하면 상대도 그만큼 궁지에 몰려 있다는 증거다. 이번 위기만 넘기면 반격의 기회는 얼마든지 있다. 지금이야말로 근성을 발휘해야 할 때다.

"자, 그럼 시험 발사는 이쯤 해 두고 이제 전력을 다해 보도록 하죠."

교황은 검을 앞으로 내뻗는다. 그러자 검이 창의 형태로 변했다. 형상은 변했지만, 호화롭기 짝이 없는 만듦새인 건 여전하다.

"변화할 수도 있는 거였냐?!"

"네, 그야 전설의 무기니까 말이죠. 검, 창, 활……. 어느 걸로 정화해 드릴까요?"

도망칠 수도 있지만…… 저런 무기를 휘두르는 녀석을 따돌릴 수 있을까?

아까만 해도, 그 충격파는 피할 여유가 없을 만큼의 속도로 내게 쇄도해 왔었다.

그때는 힘을 아껴 썼었던 것 같으니, 전력으로…… 활의 스킬 같은 걸 발사하면, 아무리 필로라도 피해서 도망치기는 힘들지도 모른다.

"교도들의 힘에도 한도가 있으니까 말이죠. 일격으로 잠재워 드리겠습니다."

교황은 응원하는 교도들과 기사들의 기대를 한 몸에 받으며 우리에게 무기를 겨눈다.

창의 형태를 띤 복제품이 번쩍이더니, 세 줄기 빛의 창을 만들어낸다.

"상급 스킬, 브류나크?!"

창의 용사인 모토야스가 외친다. 아마 모토야스가 하던 게임에 나오던 스킬명이리라.

그렇다면 상당한 상위 스킬이 분명한 것 같군.

그냥 휘두른 공격도 대미지가 장난이 아니었다. 스킬 같은 걸 얻어맞으면 죽을지도 모르겠는데…….

도망치는 건 불가능, 버텨내는 것도…… 모토야스나 다른 용사들의 얘기로 미루어 보아 방패로는 무리.

사면초가란 건 이런 걸 두고 하는 말인가……. 하지만, 그렇다고 포기할 생각은 없다.

"필로!"

"응!"

내 의도를 완벽하게 파악한 필로는, 나를 붙잡고 교황 쪽으로 있는 힘껏 내던졌다.

교황이 내 스킬 범위 안으로 들어온 순간. 나는 커다랗게 스킬명을 외쳤다.

"실드 프리즌!"

교황을 둘러싸듯 방패 감옥이 출현한다.

이제 체인지 실드(공)를 발동하고 필살의 아이언 메이든을 사용하면——.

"뭐 하는 겁니까?"

녀석은 공격 자세를 풀지도 않았건만, 스킬의 여파만으로도 프리즌이 파괴되었다.

이럴 수가?! 아니, 그보다 침착하게 생각하자.

아이언 메이든을 발동시키는 건 불가능하다. 그렇다면 내 공격 수단은 하나뿐이다.

셀프 커스 버닝으로 불살라 버리는 것.

하지만 그렇게 하려면 근접전으로 끌고 가서 저 창의 공격을…….

아니, 그게 아니다. 카운터 발동을 역이용하면 되는 것이다.

"필로, 모토야스를 나한테 던져!"

"뭐?!"

"응!"

내 지시대로 필로가 아직 착지하기 전인 나를 향해 모토야스를 내던진다.

"우와아아아아아아아아아아아아아!"

나는 날아오는 모토야스를 향해 외친다.

"모토야스, 나를 공격해!"

"아아앙?! 그래, 알았어!"

모토야스 녀석, 그래도 두뇌 회전은 빠르군.

내가 몸을 돌리는 동시에 모토야스가 창을 내뻗는다. 쾅 하는 소리와 함께, 모토야스의 창이 방패에 격돌했다.

그렇다. 그걸로 충분하다.

"유성창!"

덤으로 모토야스가 교황을 향해 스킬을 내쏜다.

"어리석군요."

모토야스의 유성창은 교황을 둘러싼 정체불명의 결계 같은 것에 의해 가로막혔다.

"뭐야?!"

"이번엔 내 차례다!"

나를 중심으로 셀프 커스 버닝의 불길이 일어나 교황을 향해 퍼져 나간다.

교황을 보호하던 결계가 날아가 버리고, 불길은——.

"소용없습니다!"

교황을 따르던 교도들이 일제히 뭔가 노래하기 시작한다.

『『『힘의 근원인 우리의 신께서 명하신다. 다시금 진리를 깨우쳐, 기적을 일으켜 저주를 정화하라!』』』

"고등 집단 정화 마법 '성역'!"

주위가 순백색 빛으로 물들고, 내가 내쏜 셀프 커스 버닝이 순식간에 흩어져 버렸다.

말도 안 돼! 상성으로 보아 신성한 힘이 저주와 상충한다는 건 나도 알고 있긴 하지만.

혹시 내가 샀던 성수는 안력 스킬을 속일 수 있을 정도의 물건이었나? 충분히 있을 수 있는 일이다.

하지만 이 저주를 완치하려면 값비싼 성수가 필요했었잖아. 그걸 순식간에…….

"에어스트 실드! 세컨드 실드!"

교황과 격돌하기 전에 방패를 불러내서, 그것을 발판 삼아 모토야스와 함께 뒷걸음질 친다.

"어이, 모토야스의 동료들, 빨리 회복마법을 걸어! 우리와 적대해 봤자 아무런 이득도 없다고!"

"아, 네! 쯔바이트 힐!"

나와 모토야스의 상처가 아물어 간다. 덕분에 다소나마 싸울 만해졌다.

나 원 참, 대체 내가 왜 모토야스와 힘을 합쳐야 하는 거야? 하지만 눈앞에 있는 적을 물리치지 못하면 여기서 살아남을 수도 없다.

"주인님. 필로도 갈게!"

"조심해야 해!"

"응!"

필로가 인간형으로 변신해서 교황을 향해 내달린다. 나와 라프타리아, 모토야스도 마찬가지다.

여기서 일방적으로 당해 줘야 할 이유 따위는 없다.

셀프 커스 버닝이 안 듣는다고 해서 손가락만 빨고 있을 필요는 없는 것이다.

다행히 그 대형 기술을 쓰는 데는 시간이 걸리는 듯, 교황은 창을 들어 우리를 겨눈 채로 꼼짝하지 않고 있다.

"하이……퀵!"

필로가 달려가면서 하이퀵을 구사, 순식간에 교황 뒤로 이동한다.

하지만, 지잉 하고 뭔가 딱딱한 것에 주먹을 부딪친 듯 손을 탈탈 턴다.

"우……. 딱딱해~."

저 복제 무기가 만들어낸 결계 같은 것에 막혀서 공격이 먹히지를 않는다.

"유성창!"

별똥별 같은 대량의 빛이 찌르듯이 교황을 향해 날아가지만, 역시나 효과는 보이지 않는다.

"파이어 랜스 같은 것도 좀 써!"

"아아, 그게 있었지. 마인!"

"차기 여왕에게 거역한 죄, 죽어 마땅해!"

빗치가 분노를 가득 실어 마법을 영창하기 시작했다. 빗치의 패거리들도 뒤따라서 마법을 영창한다.

"모토야스 님, 지원 마법을 걸어 줄게요. 쯔바이트 파워!"

어이, 기왕 쓸 거면 필로한테도 좀 걸어 줘야 할 거 아냐.

눈치 없긴!

"얘들아! 땡큐!"

모토야스가 여자들한테 느끼하게 윙크를 보내고 스킬을 내쏜다……. 다만 아까보다 쏘는 속도가 느리다.

"풍염(風炎)의 유성창!"

바람과 불꽃을 휘감은 유성창인가. 발동시키기까지 시간 소모가 꽤 있는 모양이다.

바람에 불꽃이 깜박이고, 유성처럼 번쩍이고, 창날이 타오른다. 그리고 불꽃을 휘감은 유성이 바람의 힘에 의해 가속했다.

……창질의 기세가 무디다. 모토야스가 버거워하는 표정으로 교황에게 창을 내질렀다.

나였다면 분명, 굳이 방어할 것도 없이 여유 있게 회피했으리라.

상대가 움직이지 못할 상황일 때가 아니면 쓸모가 없는 공격이군. 그나저나 이런 비장의 수도 있었던 건가.

게다가 지금 모토야스는 지원 마법까지 받은 상태다. 이 정도면 기대해 볼 만하지 않을까?

하지만…… 까앙 하는 소리만 날 뿐, 교황의 방어벽을 돌파하지 못했다.

"크윽……."

그 후, 모토야스는 교황으로부터 거리를 벌리고, 현기증이 이는 듯 이마에 손을 짚는다.

"괜찮으세요, 모토야스 님?!"

"그래, 별거 아냐. 그냥 SP랑 쿨타임 때문에 그래."

역시 강력한 스킬을 쓰려면 대가가 필요했던 모양이군.

발동하는 데 시간도 좀 걸렸고 내지르는 데도 제법 시간을 들였다. 그런데도 못 뚫다니 도대체 얼마나 단단한 거냐.

셀프 커스 버닝은 발동해도 무효화되고 필로나 모토야스의 공격도 먹히지 않는다.

"교황님!"

"지금 당장 방어마법을 전개하겠습니다!"

『『『힘의 근원인 우리의 신께서 명하신다. 다시금 진리를 깨우쳐 축복받은 자를 보호하라!』』』

"고등 집단 정화 마법 '성벽'!"

뒤에 있던 삼용교도들까지 교황에게 지원을 보내니, 어떻게 손을 써 볼 수가 없는 상황이다.

성벽은 또 뭐야. 교황을 중심으로, 마치 요새 같은 빛의 결계가 만들어졌잖아.

"타아아아앗!"

라프타리아가 필로와 함께 검으로 베어 보지만, 그 빛의 방벽에 가로막힌다.

"필로! 라프타리아 양! 나도——."

메르티가 주력 마법인 아쿠아 슬래쉬를 쏘아 보지만 역시

계란으로 바위 치기. 대미지가 들어가는 기색이 전혀 보이지 않는다.

교황을 무시하고 후방의 삼용교도들을 먼저 해치우는 게 낫겠다는 판단을 내리기도 전에———.

"자, 장난은 이제 그만들 하시지요. 이제 슬슬 발동할 수 있을 것 같으니까 말입니다."

교황이 든 창끝에서 불꽃이 튀어서, 스킬 발동이 가능한 상태임을 나타낸다.

"그럼 이제 끝을 내도록 하죠. 잘 가십시오, 악마와 가짜들."

순간 창이 번쩍이고, 교황이 우리를 향해 미소 짓는다. 마치 악마 퇴치라도 완료한 것 같은 태도로.

"메르!"

필로는 재빨리 메르티를 감싼다. 라프타리아는 내 손을 잡는다.

"이제 끝인가……."

모토야스는 체념한 듯 뇌까린다.

"나, 나는 이 나라의 여왕이 될 거야. 이런 무례한 짓을 하고도———."

빗치는 죽음의 목전에서 발악하고 있다.

모토야스의 부하들은 하나같이 이성을 잃고 울부짖고 있었다.

만에 하나라도 이 공격을 견뎌낼 가능성이 있는 건 나뿐인가…….

모 아니면 도. 내가 앞으로 나서서 버텨 보는 수밖에 없다.

물론 이 녀석들을 지키기 위해서 그러는 건 아니다.

라프타리아를, 필로를, 메르티를, 나를 믿어 준 녀석들을 지키기 위해서다.

방패를 들고 앞으로 나선다.

"저도 함께할게요."

라프타리아는 앞으로 나선 나를 따라와서, 내 손에 손을 얹는다.

기특하게도 지금까지 날 따라 주었다.

처음엔 내 정체를 몰랐다고는 해도, 결과적으로 노예가 되어, 본의 아니게 싸움의 세계에 말려들었다.

"미안해……. 이런 곳에 데려오게 돼서……."

"아뇨. 나오후미 님이라면 모든 걸 지킬 수 있을 거라고 전 믿어요."

"……그래. 옛날 창의 용사가 어땠었는지는 모르지만, 저것도 결국은 창의 용사의 기술이니까."

아직 끝난 게 아니다. 이런 곳에서 끝낼 수는 없다.

이제야 모든 일의 흑막, 그리고 반격의 기회가 눈앞에 나타났지 않은가.

브류나크……. 켈트 신화에 나오는 전설의 창 이름이지

만, 막아내고 말겠다.

교황이 하늘을 향해 창을 치켜들고———.

"헌드레드 소드!"

"유성궁!"

별안간 상공에서 대량의 검과 한 줄기 화살이 교황을 향해 쏟아져 내렸다.

"무슨 일입니까?!"

교황은 스킬을 중단하고 대풍차라는 창의 스킬을 이용해서 요격했다.

목소리가 난 방향으로 시선을 돌린다. 거기에는———.

"으음? 당신들은 신의 징벌에 의해서 정화되었을 텐데. 왜 살아계시는 거죠?"

렌 일행과 이츠키 일행이 서 있었다. 죽었던 거 아니었어?! 멀쩡하게 살아 있잖아!

"멋대로 죽은 사람 취급하면 곤란하지. 우리 시체를 확인하기라도 했나?"

"위기일발이었어요. 가까스로 살아남았죠."

렌과 이츠키는 임전 태세를 취한 채 우리에게 말한다.

"뭐, 그런 대규모 마법을 썼으니 시체 확인 따위 할 필요도 없다고 생각했겠지만, 그게 치명타로 작용한 셈이지."

나는 교황의 첫 번째 공격이 떨어졌던 쪽을 돌아본다.

확실히 이런 크레이터가 생길 정도의 공격이 적중했다면,

시체를 찾지 못할 가능성이 더 커 보인다. 흔적도 안 남고 사라지는 게 보통이리라. 난 버텨냈지만.

그런 생각을 하며 렌을 돌아보니, 갑자기 몸이 확 무거워진 것 같은 느낌이 들었다.

분노의 방패가 증오의 대상을 발견했다는 듯 날뛰어댄다.

피트리아의 말대로, 용의 분노가 렌을 향해 증오를 발생시키고 있는 것이리라.

참아……. 지금은 분노에 날뛸 때가 아냐.

"너희, 무슨 수로……."

모토야스가 죽은 사람이라도 쳐다보는 듯한 눈길로 렌과 이츠키에게 말한다.

모토야스와는 다른 종류의 의문이지만, 미리 짜기라도 한 것처럼 이런 변경 구석에서 용사들이 전원 집합한다는 것도 확실히 좀 이상하긴 하군.

"그림자라는 집단이 구해줬어."

"네, 위기일발이었어요."

"어? 그림자라면 우리한테 나오후미의 위치를 가르쳐준 녀석들이잖아? 교회 편이었을 텐데?"

어쩌 우리의 탈주 경로를 미리 알고 앞서서 기다리고 있다 싶더라니, 역시 그놈들 때문이었군.

즉 모토야스 패거리가 내 위치를 알 수 있었던 것도, 삼용교파 그림자들이 가르쳐준 덕분이었다는 건가.

그러고 보니…….

"그림자들도 일치단결된 건 아니라고 했었지."

"네. 저희를 구해 준 그림자들은 여왕의 명령이라고 그랬어요."

그랬었군. 그림자 녀석들도 힘을 보태 주었다는 건가.

그렇다면 여왕과 교황은 서로 적대 관계라고 봐도 무방하겠군. 적어도 네 용사 모두가 삼용교회와 적대 관계가 된 이상, 여왕이 교황과 한패일 가능성은 낮아진 셈이다.

그건 그렇고……. 이 녀석들, 등장 장면이 꼭 옛날 주간 만화의 한 장면 같잖아.

튀어나오는 타이밍을 재고 있었던 것 아닌가 하는 의심까지 들 정도라고.

모토야스는 자기가 주인공이라도 된 것 같은 얼굴이다.

그렇다면 포지션으로 봐서 나는 주인공의 숙적 캐릭터……? 말도 안 돼.

좋게 봐 줘도, 오해를 사고 있지만 사실은 아군인 캐릭터쯤 될까. 만화로 따지자면 말이지.

애석하게도 모토야스와 한패가 될 생각은 티끌만큼도 없지만…….

"이제 곧 삼용교를 체포하기 위한 군대가 올 거다! 그만 포기해!"

렌이 승리 선언이라도 하듯 내뱉었다. 하지만 교황은 조금의 조바심도 보이지 않는다.

"몇 명이 오건 우리의 승리는 흔들리지 않습니다. 지금이라면 어떤 군대가 오더라도 숫자 따위는 무의미하니까!"

교황은 또다시 스킬 발사 태세에 들어간다.

"과연 그럴까?"

"그러게 말이에요."

두 용사 일행은 교황을 향해 내달리며 저마다 스킬을 내쏜다.

"유성검!"

"유성궁!"

빛의 칼날과 화살이 일제히 교황에게로 쏟아진다.

하지만 교황은 복제품의 결계로 그것을 막아내고, 태연자약한 얼굴로 서 있다.

렌과 이츠키의 동료들도 용사들의 뒤를 이어 저마다 기술이며 마법을 퍼붓는다.

교황을 중심으로 한 결계가 다시 전개되어서, 교황에게는 흠집 하나도 나지 않았다.

"역시 가짜. 고작 이 정도군요."

"이런……."

"이거 제법 힘들겠는데요. 설마 이런 비장의 카드를 갖고 있었을 줄이야."

"결정타를 먹일 만한 거 없어?! 그럼 도대체 뭐 하러 온 거냐?!"

그냥 출현한 게 전부였냐! 장난하는 것도 아니고.

"우리가 아무런 계획도 없이 왔을 거라고 생각하는 건가?"

"저희를 너무 얕잡아 보고 계신 거 아니에요?"

렌과 이츠키의 무기가 빛을 뿜기 시작했다. 다만 공격을 발사하는 데는 시간이 좀 걸리는 모양이다.

"뇌명검(雷鳴劍)!"

"썬더 슛!"

쩍 하는 소리와 함께 교황의 결계가 깨져나간다.

"아까 그건 발사하는 데 필요한 시간을 벌려던 것뿐이었다고요."

오오. 내가 셀프 키스 버닝을 써서야 간신히 파괴했던 결계를 뚫다니, 역시 용사는 용사라니까. 모토야스와는 차원이 다르다. 이 정도면 싸워 볼 만하려나?

"나도…… 그 정도는 할 수 있어. 다만 SP가……."

"패배자는 그냥 찌그러져 있어."

그나저나 이렇게 강력한 스킬이 있으면서 왜 나한테는 안 쏜 거지?

아아, 발동하려면 시간이 너무 많이 걸려서 내가 대비하기 때문이었나 보군. 그리고 보니 아까 쓴 속성 유성창도 위력이 약했었지.

어쨌거나, 공격할 타이밍은 지금밖에 없다!

"모두 가자!"

렌의 선창에 따라 모두가 저마다 교황에게 공격을 내쏜다.

"필로가 일등!"

선봉을 맡은 것은 필로였다. 속도만 따지자면 여기 있는 자들 가운데 가장 빠르다.

"으랴아아아앗!"

모토야스가 교황을 향해 달려가며 창을 내질렀다.

"받아라!"

렌도 그 뒤를 따라 검을 치켜든다.

"여러분! 쉴 새 없이 몰아붙여요!"

이츠키가 활시위를 당겨 화살을 내쏜다.

"나오후미 님, 저도 갈게요."

"나도 빠지지 않을 거야!"

라프타리아와 메르티도 저마다의 공격 방법으로 뒤를 따른다.

교황은 한 자리에 선 채로 그 공격을 받아내고 있었다. 마치 방어할 필요조차 없다는 듯이.

용사들의 공격을 연거푸 얻어맞고도 태연하게 서 있다.

"어리석군요. 전설의 무기를 가진 저를 이길 수 있을 거라고 생각하시는 겁니까? 이 정도는 막을 필요도 없습니다."

교도들이 재빨리 회복마법을 걸어서 교황의 부상을 치료한다.

저거 성가신데. 일격으로 해치우지 못하면 부하들이 완전히 회복시켜 버린다.

"자, 여러분. 징벌의 영창을 시작해 주십시오."

교도들은 교황의 명령에 고개를 끄덕이고, 마법을 영창하기 시작한다.

"가짜들과 한패가 된 자들은 전부 악입니다."

대단한데. 저 정도면 광신적이라고 해도 과언이 아니다. 고통도 못 느끼는 건가?

"자, 그럼 이제 숨통을 끊어 드릴까요?"

교황 녀석은 진심으로 우릴 죽일 작정이다.

아까보다 더 고출력의 브류나크로 보이는 공격을 충전하기 시작했다.

"나오후미."

"뭐지?"

렌이 나에게 말한다.

"힘을 합쳐서 녀석을 해치운다."

"사실은 네놈들이랑 힘을 합치고 싶은 생각은 눈곱만큼도 없지만 말이야."

저 공격으로부터 도망치는 건 불가능하다. 게다가 녀석들은 징벌이라는 강력한 마법과 병용해서 쏠 작정이다. 아무리 나라도 견뎌낼 수 없을 것이다.

"우선은 뒤에 있는 녀석들부터 처치해. 안 그러면 끝이 없다는 건 너도 알잖아?"

"그래."

렌 패거리는 이미 후방에 있는 녀석들을 향해 내달리고 있다.

하지만 후방에 있는 녀석들의 실력도 잔챙이라고 얕볼 수 있는 수준이 아니었다.

용사들은 말할 것도 없고, 라프타리아나 필로까지 적의 숫자에 밀려 고전하고 있다.

그러는 사이에 교황은 스킬을 충전하고, 한층 더 강력한 공격마법을 영창한다.

"여러분. 이것은 성전입니다. 정의를 위해서 죽음도 불사할 각오로 싸워야 합니다."

"""네!"""

광신자들이 고개를 끄덕이고 돌진해 온다.

검, 창, 활, 그리고 용사의 동료들 전원의 공격을 받아 피를 흘리면서도 굴하지 않고 덤벼들었다.

다리를 못 쓰게 될 때까지 움직이고, 다리를 못 쓰게 되면 손을, 그것도 안 되면 마법을 쏜다.

광신자들은 목숨이 끊어지는 바로 그 순간까지 공격을 멈추지 않는다.

완전 미쳤어……!

"크윽……. 끝이 없잖아."

안 그래도 수가 너무 많은 마당이건만. 삼국지를 무대로 한 무쌍 게임을 연상케 하는 대부대가 몰려온다.

대표는 교황이지만, 그 교황을 지원하는 적들이 많아도 너무 많다.

그 하나하나를 쓰러트리는 건 가능할지언정, 쓰러트려도 곧바로 회복마법을 써서 대열을 재건해 버린다.

게임이라면 한 번 쓰러트리면 그걸로 끝이지만, 이건 게임이 아니다.

숨통을 끊지 않는 한 끝없이 회복하고, 숨통을 끊기 전에 회복마법을 사용한다.

물론 죽일 수 없는 건 아니지만 그만큼 시간이 걸린다.

"내가 접근할 테니까 누군가 나한테 적의를 갖고 공격해. 내 공격은 아군에게도 피해를 미치니까 전속력으로 이탈하고."

내가 가진 유효한 공격 수단은 셀프 커스 버닝밖에 없다. 그러니 내 쪽에서 접근하는 수밖에 없고, 적들도 징벌이라는 강력한 마법을 영창하는 동안에는 나를 방해할 수 없을 것이다.

인정사정 봐주지 않고 셀프 커스 버닝을 쓰면 대다수에게 타격을 줄 수 있을 테고.

"알았어."

"그럼 어디 한번 해 볼까!"

각자의 동료들에게는 마법으로 지원하도록 지시를 내리고, 만일에 있을 방해에 대비해서 근접전이 전문인 자들은 마법을 사용하는 자들을 보호하도록 지시한다.

공격수는 용사, 지원은 마법, 방어는 기타 등등. 뭐, 썩 기대되지는 않는 편성이군.

"간다!"

내가 앞장서서 교도들을 향해 내달린다.

빈약한 공격 수단밖에 갖지 못한 내가 결정타를 먹이자면 한 가지 방법밖에 없다.

"나오후미!"

모토야스가 내 방패를 창으로 공격해서, 셀프 커스 버닝을 작동시킨다.

"우오오오오오오오오오!"

징벌의 영창에 참가하지 않은 교도들이 그것을 정화하는 마법을 걸어서 무효화. 하지만 위력을 완전히 제압하지는 못해서 교도 일부가 불타 버린다.

"""크아아아아아아아아아아아아아아아악!"""

저주의 불길은 회복마법을 지연시킨다. 그사이에 공격하면 해치울 수 있을 것이다.

나는 재빨리 에어스트 실드&체인지 실드로 로프 실드를 사용해서, 후크를 이용해 다른 용사들 뒤쪽으로 물러난다.

후크는 밧줄을 내쏘는 전용효과로, 밧줄은 내 뜻대로 조종할 수 있다. 덕분에 내 팔에 밧줄을 감아서 힘차게 후퇴할 수 있었다.

"뇌명검!"

"번개 스피어!"

"썬더 숏!"

그 순간에 다른 용사들이 교도들을 향해 가장 높은 위력의 스킬을 퍼부었다.

하나같이 번개를 연상케 하는 스킬들이다.

이제야 교황을 꿰뚫고, 그 뒤쪽에 있던 교도들까지 모조리 쓸어버릴 수 있었다.

"""크아아아아아아아아아아아!"""

교도들이 추풍낙엽처럼 나가떨어졌지만 교황에게는 효과가 없었던 듯, 딱히 대미지를 입은 것 같은 기색은 보이지 않았다.

도대체 얼마나 강한 거냐. 저 전설의 무기와 이 주모자는.

"장난은 이제 끝입니다."

승리의 웃음을 지으며 교황이 우리를 향해 창을 겨누었다.

"모두 한 곳으로 모여! 아니, 나오후미를 방패로 삼는다!"

"어이, 무슨 개소리야!"

용사들은 사전에 합의라도 한 듯이 한 곳으로 모여든다. 그렇다. 바로 내 뒤로…….

"저 스킬에는 확산 유도성이 있어. 수천 갈래로 갈라져서, 적과 아군을 구분해 가면서 꿰뚫지. 막으려면 모두가 한 곳에 모여야 피해를 최소화할 수 있어."

"그렇군……."

"뭐, 본래는 타깃 수를 지정해서 쏘게 돼 있지만."

조준 후에 발사하는 스킬이라는 건가. 성가시군.

"브류나크!"

교황이 스킬을 발동시켜서, 우리를 향해 내쏜다!

번쩍이는 하얀빛이 눈부시게 빛나며 우리 쪽으로 날아온다.

"질 수 없지!"

"네!"

"모두, 힘을 빌려줘!"

"유성검!"

"유성궁!"

"유성창!"

렌, 이츠키, 모토야스가 무기를 번뜩이며 스킬을 발사했다.

유성처럼 번쩍이는 세 개의 빛이 융합해서, 빔처럼 굵직하게 합쳐졌다.

그리고 각각의 동료들이 공격마법을 사용해서 위력을 끌어올린다.

"필로! 메르티! 너희도 도와!"

"응!"

"나오후미! 너도 도와야 할 거 아냐!"

"지키는 것밖에 못하는 날 보고 뭘 어쩌라는 거야. 라프타리아도 마찬가지잖아?"

"아……. 네. 저도 아직 눈에 띄는 효과를 가진 공격마법은 쓸 줄 모르니까요."

라프타리아는 면목이 없다는 듯 고개를 끄덕인다.

변칙적인 수단밖에 못 쓰는 건 이럴 때 문제라니까. 나는 보호에 특화된 용사이니, 다른 용사들이 상대방의 공격을 상쇄하는 데 실패했을 때에나 움직일 가치가 있다. 라프타리아는 빛과 어둠이 혼합된 그 환영 마법을 쓸 수 있지만, 모습을 감추거나 주위를 밝히거나 하는 것 정도밖에는 할 수 없다.

메르티가 약간 싸늘한 시선을 보내 왔지만, 이내 용사들의 공격에 힘을 보내기 시작했다.

"온다!"

빠직빠직 소리를 내면서 각자의 에너지들이 충돌한다.

"가라아아아아아아아앗!"

"에이이이이이이이이잇!"

"으랏차아아아아아아!"

각 유성 스킬로 구성된 특대 빔이 교황의 공격과 공방을 펼치고 있다.

동료들의 마법도 힘을 보태 준 덕분에 조금씩이나마 교황의 공격을 밀어내기 시작한다.

"후후⋯⋯. 고작 그 정도입니까."

교황 녀석은 변함없이 미소를 짓고 있다.

설마 아직 전력을 다하지 않은 건가?!

"말도 안 돼⋯⋯. 아직, 아직 안 끝났어!"

"그래! 우리는 더 싸울 수 있어."

"맞아요. 출력을 더 높여 봐요!"

세 사람은 자신들이 가진 힘을 스킬에 담아서 내쏘았다.

아주 약간이지만, 다시 교황의 공격을 밀어붙인다.

좋아⋯⋯. 하지만 어째서일까. 좀처럼 불길한 예감을 지울 수가 없다.

"자, 그럼 이제 슬슬 가 볼까요."

교황이 담담하게 뇌까리고, 힘을 준다.

그러자 교황이 갖고 있는 무기가 까매졌다가 하얘졌다가, 명멸을 되풀이한다.

곧이어 강력한 공격이 올 것임을 한눈에 직감할 수 있었다.

"──위험해!"

젠장! 너희가 지금 죽어 버리면 내가 곤란하다고!

이런 일은 좀 다른 상황에서 일어나 줬으면 좋았으련만⋯⋯.

나는 용사들을 밀어붙여서 스킬을 중단시키고 앞으로 나

선다.

온몸을 휘감는 광선······. 고통과 폭음에 정신이 나가 버릴 것만 같았다.

광선은 끝내 내 뒤쪽까지 관통하지는 못했고, 나는 동료들을 지켜냈다.

"하아······. 하아······."

"나오후미 님!"

"나오후미······."

렌이 말문이 막힌 채 나를 바라보고 있다. 그건 다른 용사들과 그 동료들도 마찬가지였다.

"호오······. 설마 이걸 버텨낼 줄은 몰랐습니다. 역시 방패의 악마군요."

교황은 유유자적하게 창을 휘두르면서 말한다.

"다들, 괘, 괜찮아?"

흐리멍덩해진 눈으로 뒤를 돌아본다. 내 뒤의 지면이 V자 모양으로 파여 있다. 내가 막지 않았더라면 지금쯤 사망자가 발생했을 것이다. 다행히도, 모두 내 등 뒤로 피해 있었기에 부상은 입지 않았다.

""쯔바이트 힐!""

여러 명이 동시에 회복마법을 걸어 준 덕분에 상처는 금방 아물었다.

세 용사의 필살 스킬 덕분에 위력이 상쇄돼 있었는데도

이렇게나 강하다니.

"크윽……. SP가……."

"나도 마찬가지야."

"저도 그래요."

세 사람 모두 SP가 부족했는지 회복 아이템인 혼유약으로 손을 뻗고 있다.

대폭으로 회복하기에는 시간이 부족하리라.

노성이 들려온다. 목소리가 나는 쪽을 돌아보니, 렌과 이츠키가 얘기한 대로 삼용교 토벌군이 우리 쪽으로 달려오고 있다. 잘만 풀리면 교황을 지원하고 있는 자들 정도는 봉쇄할 수 있을지도 모른다.

"저자들도 상대해야 하겠군요."

"잠깐?! 모두! 오지 마!"

렌이 목소리를 쥐어짜서 제지했지만 이미 늦었다. 교황이 검을 창으로 바꾸고, 지면에 깊숙이 꽂아 넣었다.

그러자 주위에 지진이 일어나고, 멀리서 달려오던 토벌군의 발밑에서 마그마가 분출했다.

"""우와아아아아아아아아아아아?!"""

토벌군 부대원들이 잡동사니처럼 나가떨어진다.

저거 거의 다 괴멸당해 버린 거 아냐? 뭐 저렇게 위력이 강해?

"하하하하하, 통쾌하군요. 이 전설의 무기만 있으면, 저는 신이 될 수 있습니다. 용사 따위 필요도 없지요! 제가 직접 신이 되는 겁니다! 여러분, 옛날의 신을 참칭하는 자들을 이 자리에서 단죄합시다."

"""네!"""

조금이라도 상황이 유리해질 줄 알았는데, 토벌대가 괴멸 당해 버리면 할 수 있는 게 없잖아.

교황이 가진 검의 검신이 마치 불새 같은 형태를 이룬다.

아마도 브류나크라는 스킬보다 더 상위의 스킬이리라.

큰일인데⋯⋯. 토벌군 녀석들은 교황이 이런 비장의 무기를 갖고 있을 거라고는 미처 예상 못 하고 있을 것이다.

자칫하면 일망타진당하고 말 가능성이 있다.

"그럼 여러분, 징벌로 함께 공격합시다."

부하들과 동시에 공격할 작정이다.

약간의 시간적 여유는 생기겠지만, 언제 강력한 공격이 날아올지 알 수 없다.

"이제 끝장인가⋯⋯."

다른 용사들의 안색이 어둡다. 승산이 아주 없었던 건 아니지만, 그래도 너무 무모했나⋯⋯.

아니, 렌과 이츠키가 여기에 나타나지 않고 모토야스와 내가 당해 버렸다면 상황은 이것보다 더 나빴었겠지. 그러니 이 정도면 최선을 다했다고 할 수도 있으리라.

나는 최선을 다한 건가? 수단이 더 남아 있는 것 아닐까?

그래. 이 저주받은 방패라면, 이 절망적인 국면을 돌파하는 것도 가능하지 않을까?

피트리아에게 여러 번 주의를 받긴 했지만…… 지금은 절대로 물러설 수 없는 상황이다. 이 상황을 극복하지 못하면 그걸로 끝장이다. 어차피 여기서 모두 죽는 것이다. 도박을 걸어 보는 것도 나쁘지 않다.

"렌, 잠깐 이리 와 봐."

"뭐지? 뭔가 계획이라도 있는 건가?"

내가 렌을 가까이로 부르자, 렌은 어리둥절해하면서 내 쪽으로 온다.

두근, 두근, 하고 방패의 고동이 격렬해지고, 부들부들 떨리기 시작한다.

지금은 의도적으로 억누르고 있지만, 분노의 방패 속에는 렌의 손에 죽은 용의 핵이 들어있다.

숨이 끊어지는 순간의 기억이 내 뇌리에 비추어지고, 눈앞에 있는 적을 도살하고 싶다고 방패가 울부짖는다.

좋아……. 조금 더. 더더욱 분노를 폭발시켜!

나는 라프타리아 덕분에 제어가 가능한 분노의 방패로부터 최대한의 분노를 끌어내려 시도한다.

"라프타리아, 손을……."

"네."

라프타리아의 손을 잡고, 방패가 달린 손을 렌 쪽으로 뻗는다.

그리고 빗치와 모토야스 쪽을 쳐다보면서, 애써 기억하지 않으려 해 왔던 분노를 일깨웠다.

모든 것이 증오스럽게 느껴지고, 분노 때문에 모든 것을 잊어버리고, 눈에 보이는 모든 것이 검게 물들어 보이던, 그 감각을 일깨운다.

감정의 해방에 의한 그로우 업!
커스 시리즈, 분노의 방패 능력 향상! 라스 실드로 변화!

라스 실드 Ⅲ
능력 미해방……장비 보너스, 스킬 「체인지 실드(공)」 「아이언 메이든」 「블러드 새크리파이스」
전용효과 「다크 커스 버닝」 「완력 향상」 「격룡(激龍)의 분노」 「포효」 「권속의 폭주」 「마력 공유」 「분노의 옷(중)」

눈 깜짝할 사이에 시커먼 감정이 마음속에 솟구쳐 오른다.

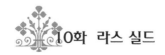 **10화 라스 실드**

“———————————!”

나는 하늘을 향해 말로 형언할 수 없는 포효를 내질렀다.

밉다! 이 세상에 있는 모든 자들이 밉다!

정신이 나가 버릴 정도로 모든 것들에 대한 분노가 끓어오른다.

그렇다. 이 힘으로 모조리 불살라 버리면 그만이다!

시야 전체가 어둠으로 물들고, 모든 것들이 증오의 대상으로만 보인다.

“———!”

누군가의 목소리가 귀에 들어오자 마치 찬물을 뒤집어쓴 것 같은 느낌이 들었지만, 그것조차도 이제는 아무런 의미도 없다.

“———!”

내 손을 잡고 있는 존재조차 넌더리가 난다! 확 불태워 버릴까?

“주인님은 정말로 세상 모든 게 다 싫어?”

나를 함정에 빠트리고, 등쳐 먹고, 죽이려는 모든 것들이 밉다!

“정말로? 정말로 그렇게 생각해?”

그래. 그게 뭐 어쨌다는 거냐!

“그럼, 필로랑 라프타리아 언니랑 함께했던 날들도 싫었어?”

목소리를 들으니…… 떠오른다.

어린 여자아이가 나를 따라다니고, 그 어떤 일이 있더라도 나에게 충성하겠다고 맹세하고, 부상을 당한 상황에서도 나를 위해 온 힘을 다한…… 그 전말이 내 시야를 채운다.

뒤이어 알에서 병아리가 태어나고, 자라고, 나에 대한 깊은 애정을 전해 오는 전말도.

"그……건……."

"아니지? 주인님은 이러쿵저러쿵 말해도 항상 필로랑 라프타리아 언니를 위해서 최선을 다해 왔는걸."

어둠이 걷히듯 시야가 말끔하게 개어 간다.

분노의 불길에 물을 끼얹은 무언가가, 내 마음속을 적셔 나갔다.

"그러니까 주인님의 그 분노는 필로가 다 먹어치울게."

사르륵하고 시야의 어둠이 완전히 걷히고, 나는 주위를 둘러본다.

"나오후미 님!"

"괜찮아?!"

내가 포효를 내지른 지 몇 초도 지나지 않았으리라.

라프타리아가 걱정스러운 눈길로 나를 부르고, 렌이 내 어깨에 손을 얹는다.

"주인님, 괜찮아?"

"네가 억제해 준 거야?"

"응. 주인님도 마음고생이 많았구나."

필로리알 퀸의 형태로 변신한 필로가 뒤에서 나를 끌어안는다. 자세히 보니 다리 안쪽이 불길에 검게 그을려 있다. 분노의 방패가 그로우 업 하는 순간의 가호에 필로의 몸이 버텨내지 못한 것이다. 엄청나게 아파 보인다. 그런데도 엄살쟁이 필로가 나를 걱정해 주고 있다.

"필로도 라프타리아도 메르도, 모두모~두, 주인님을 믿고 있어. 그러니까 힘을 내."

"……그래, 알았어. 그래야지."

여기서 분노에 사로잡혀 버리면 안 된다.

조금만 더 있으면 나를 괴롭힌 원흉 하나를 제거할 수 있는 것이다. 이 고비만 넘기면 나는 자유를 얻을 수 있다.

우리를, 메르를, 용사들을, 모두를 자기 마음대로 이용하는 존재를…… 저 녀석을, 무찌른다!

"……간다."

"상황이 이렇게 됐는데 아직 수단이 남아 있는 거야?"

"그래, 내가 가진 가장 강한 방패에 필살 스킬이 생겼어."

"뭐지, 그 방패는? 아까도 불길한 느낌이 들었었지만, 그때보다 훨씬 더 심해졌잖아."

용의 형태가 새겨져 있었던 분노의 방패 II 는, 라스 실드로 변하면서 한층 더 섬뜩한 느낌이 깃들게 되었다. 용의 얼굴이 악마 같은 생김새로 변하고, 뿔 부분이 굽어 있다.

"언젠가 너희한테 쏠지도 모르는 스킬이야. 그건 그렇고, 스킬을 쏠 수 있는 여유를 만들어 줘."

"너란 녀석은 참……. 할 수 없지. 이번만은 네 힘에 기대는 수밖에."

"맞아요. 신뢰하기는 힘들지만, 우리한테는 다른 수단이 없으니까요."

"모 아니면 도군."

"마법은…… 우리가 어떻게든 처리하지."

용사들은 고개를 끄덕이고, 공격태세를 취한 채 교황 쪽으로 돌아선다.

"이것 참, 무의미한 저항을……. 하지만 그것도 이제 끝입니다. 이쪽도 준비는 다 갖춰졌으니까요. 이제 숨통을 끊어 드리겠습니다."

주위에 마력의 기운이 짙어져 간다. 위에서는 고밀도의 빛이 당장에라도 쏟아지려 하고 있다.

"간다!"

내 외침에, 용사들이 교황을 향해서 내달린다.

"필로, 나를 태우고 날아!"

"네~에!"

내 명령에 응한 필로가 나를 태우고 드높이 도약했다.

""고등 집단 합성 의식 마법 '징벌'!""

상공에서 빛의 세례가 쏟아져 내린다!

"간다아아아아아아아아아아아아!"

나는 상공을 향해 방패를 치켜든다.

빠직빠직 소리를 내며, 위에서 쏟아지는 빛이 나를 비춘다.

하지만 라스 실드Ⅲ의 방어력을 뚫지는 못한다. 내 밑으로는 잔광 한 줄기도 지나가지 못한다.

"징벌을 맞고도 부상 하나 입지 않는다니! 이럴 수가!"

교황의 표정이 경악으로 물든다. 드디어 미소의 가면이 벗겨졌군.

나도 그에 상응하는 대가를 치르면서 방패를 쓰고 있다고. 이 정도 위력은 보여줘야지.

"말도 안 돼……. 하지만 이것까지는 막아낼 수 없을 겁니다!"

교황은 검을 드높이 치켜들어서 나를 겨눈다.

"피닉스 블레이드!"

교황의 검에서 불새가 뛰쳐나와서 나를 향해 날아든다.

"소용없어!"

나는 방패를 앞으로 든다. 그리고 마법을 영창하는 필로와 마음의 소통을 도모하며 지원한다.

영창에 필요한 문자가 머릿속에 떠오른다. 분노의 옷(중)의 발동 조건인가?

『힘의 근원인 방패 용사가 명한다. 다시금 진리를 깨우쳐, 불을 잡아먹어 힘으로 바꾸라.』

"라스 파이어!"

지금 나에게 있어 분노는 곧 힘이다.

불새는 내게 부딪혀서 모든 것을 불살라 버릴 듯 타오르지만, 나는 그 불을 나의 힘으로 변환시켰다.

"이럴 수가! 내 스킬을 잡아먹다니!"

용사들의 공격과 필로의 강력한 발차기에 의해, 교황을 보호하던 결계는 순식간에 깨져 나갔다.

"간다~아!"

필로의 필살 돌진!

필로리알 퀸의 형태지만, 날개의 움직임은 피트리아에게 날렸던 회전 공격을 연상케 한다.

피트리아에게 날렸던 필살기가 지금, 실전에 사용할 수 있을 만큼의 위력을 깃들인 채 교황에게 덮쳐든다.

교황은 검을 창으로 바꾸고 고쳐 쥐었다.

그리고 빙글빙글 회전시킨다. 뭐랄까, 불길한 예감이 든다.

"무아의 경지?!"

모토야스가 경악에 찬 탄성을 내지른다. 그 말인즉슨, 저건 창의 상급 스킬이라는 거군.

"크윽……. 신에게 거역해서는 안 됩니다. 그리고 제가 바로 그 신입니다!"

필로의 공격을 제외한 모든 공격이 튕겨 나가고, 창에서 빛이 뿜어져 나온다.

"크윽……."

"아파!"

교황의 창에서 뿜어져 나온 빛을 쬐자, 마치 몸을 내부로부터 물어뜯는 것 같은 고통이 퍼져 나간다.

카운터 스킬인가?! 뭐 이렇게 끈질긴 놈이 다 있어?!

"하지만 그걸로 우릴 막을 순 없을걸!"

"과연 그럴까요?"

이번에는 창을 활의 형태로 바꾸고는 힘껏 뛰어 물러선다.

"놓칠 순 없지! 필로!"

"응. 하이퀵!"

필로가 단숨에 교황을 따라잡아서 발길질을 날린다.

하지만 필로가 분명히 공격을 날렸음에도, 교황은 순식간에 사라져 버렸다.

놓치지 않겠다. 너는 오늘 여기서 해치우고 말 테다.

어디냐. 어디 있는 거냐. 그렇게 생각하고 있으려니 교황이 늘어나기 시작했다?!

응? 삼용교도들이 교황의 모습으로 보이잖아?!

"미라주 애로우?!"

이츠키의 목소리.

"그 스킬은 환영으로 현혹해서 타인을 오인시키는 스킬이에요! 조심하세요!"

크윽……. 표적을 고정할 수 없다고?!

주위를 돌아보니, 교황이 수십 명으로 늘어난 듯, 일대에 대량의 가짜들이 나타나 있다.

"후후후, 좀 놀라기는 했지만, 이제 슬슬 끝을 내 드리지요."

대량의 교황들이 활을 겨누고, 나를 향해 거대한 스킬을 내쏜다.

"이것이 가장 강력한 1인 공격 스킬입니다. 방패의 악마, 어디 한번 몸으로 느껴 보시지요."

번쩍이는 활. 젠장. 버텨 낼 수는 있을 것 같지만 반격 수단이 없다.

『힘의 근원인 여왕이 명한다. 다시금 진리를 깨우쳐, 저 자들을 빙결의 감옥에 가두어 구속하라.』

"알 드라이파 아이시클 프리즌!"

대량으로 만들어진 교황들의 하반신이 얼어붙었다.

그러자 가짜 교황들이 하나둘씩 본래 모습으로 돌아간다.

"지금입니다."

누구야?! 아니, 그런 걸 신경 쓰고 있을 시간이 없다. 지금은 녀석을 해치우는 것만 생각하자. 단 한 명뿐인 진짜를 해치우는 거다.

블러드 새크리파이스!

다시 내 시야에 영창 주문이 떠오른다. 그대로 암송했다.

『그 어리석은 죄인에 대해 우리가 정한 벌의 이름은, 신에게 바치는 제물로서의 절규! 내 혈육을 양식으로 하여 만들어진 용의 입에 물려 격통에 절규하며 제물이 될지어다!』

"블러드 새크리파이스—— 커헉!"

뭐, 뭐야?!

스킬을 발동한 순간, 온몸에서 피가 터져 나오고, 살점이 찢어지고, 뼈마디가 욱신거린다.

이건…… 자살 스킬이었던가?!

교황은 내가 혼자서 중상을 입은 걸 보며 미소를 짓고 있다.

하지만 그 직후—— 교황의 발밑 지면에서 검붉게 녹이 슨 덫 같은 것이 출현했다.

……아니, 금속으로 만들어진 용의 머리라고 불러야 할 것이다.

보통 덫과는 달리, 맞물리는 부분이 다중 구조로 되어 있다. 한마디로 표현하자면 지면에서 솟아난 드래곤의 머리이며, 그 입속에는 육식동물의 이빨이 돋아나 있다고 하면 될 것이다.

"이건——."

둔중한 금속음이 울려 퍼지고, 용의 머리 형태를 한 덫이 순식간에 교황을 물어뜯는다.

"크캬아아아아——."

절규 소리가 메아리친다.

덫 속에서 빨간 물보라와 검은 그림자가 어른거렸다.

"아니, 이 정도 공격쯤은——."

처음 일격으로는 교황도 큰 대미지를 받는 선에서 끝났고, 교황은 곧바로 덫을 파괴하기 위해 스킬을 내쏘았지만 덫에는 흠집 하나도 나지 않았다.

두 번, 세 번 덫이 이빨을 여닫으니 전설의 무기 복제품에 균열이 생기고, 네 번째 여닫혔을 때는 금속이 깨져 나가는 소리가 울려 퍼진다. 그것을 비웃기라도 하듯, 덫은 수도 없이 여닫기를 되풀이한다.

수도 없이, 수도 없이…… 고속으로 되풀이한다.

이건…… 구역질 나는 광경이다.

"쿠헉……. 커헉——. 사, 살려…… 시, 신이……."

이윽고 덫은 거의 고깃덩이와 다름없이 변해 버린 교황을 문 채로, 개미지옥처럼 지면으로 가라앉아서 사라져 갔다.

"……."

그 광경을, 우리는 숨을 죽인 채 바라본다.

커스 시리즈의 스킬들은 하나같이 피비린내 나는 것들이다. 정신을 침식하는 방패라서 그런 걸까.

이 광경을 보고 나니 피트리아가 한 말에 동의할 수밖에 없었다.

즐겨 써서는 안 되는 물건이라는 걸 이제야 새삼 깨달았다.

"교, 교황님이 악마에게 패배하셨다……."

삼용교도들은 절망에 빠진 듯 뇌까린다.

"……당신들도 이제 끝입니다."

함성을 지르며 전열을 재정비한 토벌군이 삼용교도들에게 돌진해서 포박해 나간다.

이제 우리의 승리는 의심의 여지가 없다.

하지만…… 나는 토벌군이 물러나는 동시에 필로의 등에서 곤두박질쳤다.

라스 실드에 의해 추가된 새로운 공격 스킬, 블러드 새크리파이스.

강력한 힘이지만 그 대가는 너무나도 막대했다…….

"주인님?!"

내가 흘린 피로 범벅이 된 필로가 걱정스러운 눈길로 나를 안는다.

방패는 어느 틈엔가 키메라 바이퍼 실드로 변해 있었다.

"상처가 끔찍해! 누구든 이리 와서 주인님을 구해줘!"

필로의 절규에 토벌대 사령관으로 보이는 여자가 달려온다.

"어머니?"

메르티가 사령관을 보고 경악에 찬 비명을 지른다.

그러고 보니 토벌군의 선두에 서 있는 이 녀석은…… 전에 메르티와 함께 있었던 그 '소이다'와 생김새가 똑같다.

입매는 부채로 가리고 있어서 보이지 않지만 틀림없다.

"이번의 맹활약, 눈이 번쩍 뜨일 정도로 인상적이었습니다. 방패 용사님."

교황의 발목을 묶어 준 건 아마 이 녀석이리라.

"모두 들으세요! 방패 용사님에 대한 치료를 최우선으로 삼으십시오! 이건 왕명입니다! 반드시 방패 용사님을 살려 내야 합니다!"

"""예!"""

토벌군에 소속된 치료반이 내 쪽으로 달려와서 일제히 마법을 영창하기 시작한다.

"드라이파 힐."

빛이 나를 감싼다. 하지만…… 아픔이 가시는 기색은 전혀 없다.

"이, 이건 저주 같군요……. 하지만 저주가 이렇게까지 강력할 줄이야……."

치료반이 경악한 표정을 지으며 주문 해제 마법을 영창했다. 성수도 뿌려 댄다.

하지만…… 효과가 없는 것 같다.

"정밀 검사를 실시하겠습니다! 모두 서두르세요! 자, 당신도!"

치료반과 여왕이 필로에게 지시를 내려서 서둘러 데려가게 한다.

"으……."

온몸이 삐걱거리며 비명을 내지르고 있다. 하지만 여기서 의식을 잃을 수는 없다.

여왕이 적인지 아군인지 아직 확실하지 않으니까.

"네, 네가, 여왕이냐."

"네. 저는 메르로마르크국 여왕, 밀레리아. Q. 메르로마르크입니다. 지원을 오는 게 늦어져서 죄송합니다."

"늦어도…… 너무 늦었잖아."

뭘 하다가 이제야 온 거야? 넌 권력을 갖고 있는 거 아냐? 이 나라의 진짜 지배자잖아?

이번 사건의 전모를 알고 있을 거 아냐?

말들은 끊임없이 치밀어 오른다.

네 남편과 딸이 얼마나 쓰레기인지 알고는 있는 건가 하는, 원망의 감정이 끝도 없이 터져 나온다.

"정말이지…… 이번 일은, 모두 제 불찰입니다."

"어머니……."

"엄마, 왜 그런 녀석한테 사과하는 거야?!"

빗치가 삿대질을 하며 규탄하자 여왕은 부들부들 떨며 이마에 핏대를 곤두세운다.

"마르티……. 당신에게는 성에 가서 할 얘기가 있으니까 각오해 두세요."

우르릉…… 하고 주위 공기가 진동하고 있다.

내가 꾸중을 듣는 것도 아니건만 뭔가 등골이 얼어붙는 것 같은 감각에 휩싸인다.

여왕이 딱 하고 손가락을 튕기자, 빗치의 등 뒤에서 그림자가 나타나서 빗치를 포박했다.

"뭐야, 엄마?!"

"그 어리석은 아이를 조용히 시키세요."

"예!"

"이 무례한 것들이, 우읍———."

그림자가 빗치의 입을 천으로 틀어막은 채 연행해 간다.

"마, 마인한테 무슨 짓을 하는 거야?!"

어안이 벙벙해진 모토야스가 이의를 제기한다.

"저는 그 마인…… 마르티의 어미 되는 사람입니다. 제 권한으로 성까지 동행하도록 지시를 내린 것뿐이죠. 자, 용사님들, 이곳에서의 싸움은 끝났습니다. 쉬엄쉬엄 메르로마르크 성으로 돌아가시지요."

여왕이 내뿜는 아우라에 모토야스를 비롯한 다른 용사들까지 입을 다문다.

뭐, 지금은 여왕의 말에 불만을 토로할 여유도 없다. 그만큼 고전했기 때문이다.

"그럼 방패 용사님……. 아니, 나오후미 이와타니 님. 당신에 대한 치료를 최우선으로 할 테니 부디 안정을 취하고 계세요. 금방 준비를 갖추겠습니다."

치료사가 각종 마법 도구며 약, 성수 등의 도구를 챙겨서 모여든다.

원래 세계로 따지면 구급차로 응급 수송을 당하는 것 같은 기분이다.

"하지, 만……."

네가 왜 여기 와 있는 거지? 남서쪽 나라에 있는 것 아니었나? 수많은 질문들이 솟구친다.

"왜 제가 계속 국외에 있느라 당신을 지원하지 못했는지, 그리고 남서쪽 나라에 있어야 할 제가 왜 토벌대를 지휘하고 있는 건지……. 해 드려야 할 이야기들이 산더미처럼 많습니다. 하지만 지금은 상처 치료가 선결 과제입니다."

"나오후미 님!"

라프타리아가 걱정스러운 듯 눈물 젖은 눈으로 달려와서 나에게 달라붙는다.

"심장이 멎는 줄 알았어요! 괜찮으신 것 맞죠?!"

"글……쎄다……."

상당히 심한 부상을 입은 것 같은 느낌이다.

피로감과 통증이 온몸을 휘감아서 서 있을 수도 없고, 견딜 수 없을 만큼 온몸이 나른하다.

안전을 확인한 필로는 인간형으로 변신해서, 마차에 실려 가려 하는 나를 메르티와 함께 따라온다.

"많이 다쳤군요……. 이쪽으로 오시지요."

필로도 사지에 화상 흉터가 생기는 등 상당한 중상을 입은 상태였기에, 치료사가 치료해 주려고 말을 걸었다.

"싫어~! 필로는 주인님이랑 같이 있을 거야!"

하지만 내 부상 정도가 걱정되는지, 필로는 그들의 치료를 받기를 거부했다.

"걱정하지 않아도 돼, 필로. 이 사람들은 나오후미를 고쳐주려고 하는 거니까."

메르티가 걱정 어린 목소리로 칭얼대는 필로의 머리를 다정하게 쓰다듬으며 속삭인다.

"그치만 주인님이……."

"필로가 그렇게 다친 상태로 있으면, 나오후미도 오히려 더 걱정할 텐데?"

필로는 그런 거야? 하고 고개를 갸웃거리며 내 쪽을 쳐다본다.

못 말리는 녀석이군. 평소에는 제멋대로 날뛰어 대면서 이럴 때는 이렇게 소심해지다니.

"난 괜찮으니까 치료받고 와."

나는 목소리를 쥐어짜서 필로에게 지시를 내린다. 그러자 필로는 고개를 끄덕이고, 치료사의 말에 따라 치료를 받기 시작했다. 치료사들은 회복마법과는 다른, 저주에 대해 효과를 발휘하는 마법을 영창한다.

"저주가 이렇게 강력할 줄이야……."

치료사가 멍하니 뇌까린다. 그래, 분명히 강력한 저주겠지.

커스 시리즈라는 녀석에 의해 걸린 저주다.

성능이 워낙 좋기에 지금까지도 중요한 국면에서 틈틈이 사용해 왔다. 하지만 블러드 새크리파이스의 대가는 평소의 저주와는 전혀 달랐다. 피트리아의 말이 맞았다. 자기 몸의 파국을 불러온 것이다.

"어서 '성역'을 준비하도록!"

셀프 커스 버닝을 없애 버렸던 그 마법을 사용하려는 건가?

이 자리에는 삼용교 교도들만 있는 건 아닌 것 같은데……. 그럼 무슨 종교지? 방패교 같은 거라면 위력이 높을 것 같긴 한데 말이지.

멍하니 그런 생각을 하고 있자니 서서히 눈꺼풀이 무거워지기 시작했다.

"나오후미 님!"

"나오후미!"

라프타리아와 메르티가 나를 흔들어 깨운다.

"뭐야. 왜들 그래?"

"의식을 놓으시면 안 돼요."

"뭐야, 그게. 그러면 내가 꼭 죽기라도 하는 것 같잖아. 걱정 마. 난 안 죽어."

뭐, 확실히 죽을 것 같은 상황이긴 하지만.

이런 곳에서 죽을 생각은 추호도 없지만, 여러모로 지쳤다.

조금이라도 좋으니까…… 쉬고 싶다.

하지만 아직은 안 된다. 확실한 안전이 보장된 건 아닌 것이다. 그러나 현재 상태에서는 몸을 제대로 가누는 것도 힘들다.

그렇다면…….

"라프타리아. 만약 무슨 일이 생기면 메르티랑 같이 필로를 타고 도망쳐야 해."

"알았어요. 하지만 그때는 나오후미 님도 함께 모셔갈 거예요."

"미안하게 됐어. 내일 아침밥은 못 만들어줄 것 같아. 조금만 쉴게."

그런 대화를 하고 있으려니 스르륵 시야가 어두워지고, 내 의식은 꿈속으로 곤두박질쳐 갔다.

"나오후미 님! 잠드시면 안 돼요! 나오후미——."

11화 여왕

그리고 이틀 뒤.

"으으······. 왜 이렇게 무거워······?"

"쿠울······쿠울······."

"음냐······. 주인님~."

"진짜 크······다······. 필로······."

눈을 뜨니, 라프타리아와 필로, 그리고 메르티가 내 위를 덮치듯이 한 침대에서 잠들어 있었다.

"뭐야, 이거?! 다들 일어나!"

일어나자마자 세 사람을 깨우고 고함을 지른다. 세 사람은 풀이 죽었지만, 그러면서도 어째선지 웃고 있다.

나는 긴급 후송돼서 메르로마르크 성 인근의 큰 도시에서 치료를 받고 있었다.

블러드 새크리파이스에 의한 저주는 워낙 뿌리가 깊어서, 치료에 특화된 치료사들을 동원했음에도 완전하게는 제거해 내지 못했다고 한다.

어떻게 하면 고칠 수 있는 거냐고 물으니, 이 저주는 마법이나 약으로는 고칠 수 없는 저주라서 상처가 아물기를 기다리듯 시간을 들여서 푸는 수밖에 없다고 한다.

화상과 각종 부상, 체력 자체는 회복되었지만, 뭐라 형언할 수 없는 권태감은 계속되고 있다.

스테이터스를 확인해 보니 방어력을 제외한 모든 스테이터스가 30퍼센트가량 저하되어 있었다.

완치될 때까지 능력이 저하되는 것이 블러드 새크리파이

스의 저주라는 모양이다.

대가에 상응하는 효과를 보긴 했지만 정말이지 다루기 곤란한 물건이다.

"다 나으려면 어느 정도나 걸리지?"

"현재 견적으로는 전치 1개월 정도일 것 같군요."

1개월……. 너무 긴데. 파도가 도래하기 직전이잖아.

"병세는 좀 어떻죠?"

그렇게 내가 이 세상의 부조리에 대해 한탄하고 있으려니, 진단을 받고 있는 나를 만나러 여왕이 찾아왔다.

겉으로는 내 몸을 걱정해 주는 태도를 보이고 있다.

"……."

그다지 신뢰가 가지는 않지만…… 내가 의식을 잃고 있는 동안에 치료 지시를 내린 것도 이 녀석이었단 말이지.

여왕은 치료원의 치료사에게 내 부상의 차도를 묻고 있다.

"알겠습니다. 그럼 저와 같이 가는 정도는 괜찮겠군요."

"어디로 데려가려는 거지?"

"그야 물론 성으로 가는 거지요."

부채로 입매를 가리면서 이마에 핏대를 세우고, 정체불명의 중압감을 뿜어내는 여왕.

"어머니께서 화가 많이 나셨나 봐……."

메르티가 바들바들 떨면서 내 뒤에 숨은 채 상황을 지켜보고 있다.

뭔가 섬뜩한 분위기가 느껴졌는데 그게 여왕의 분노 때문이었군.

"나를 처형하려는 꿍꿍이는 아니겠지?"

"그런 어리석은 짓을 할 리가 없지 않습니까. 저는 그저, 이와타니 님이 그 자리에 입회해 주기를 바라는 마음으로 이렇게 찾아온 것입니다."

"뭘 하려는 거지?"

"그건 성에 도착한 후에 아실 수 있을 것입니다. 아니면 그동안 쌓인 얘기도 많고 하니, 제가 성에 가서 모든 걸 말씀드린 후에 이와타니 님의 대답을 들어 보기로 할까요?"

여왕 녀석, 내가 거절할 수 없는 상황을 만들어 놓고 나를 성으로 데려갈 생각인 모양이다.

시키는 대로 고분고분 따르지는 않겠다고 쏘아붙여 주고 싶지만, 내 근본적인 목적인 결백 증명을 위해서는 이 녀석이 필요하단 말이지.

메르티가 예전에 말했었다.

여왕은 쓰레기 왕과 빗치에 대해 심상치 않은 분노를 갖고 있다고. 초상화를 갈가리 찢어 버리기까지 했다는 얘기를 들은 기억이 있다.

뭘 하려는 건지는 대충 상상이 간다.

그 상상대로 해 줄지 어떨지는 모르겠지만.

현재로서는 굳이 거절할 이유도 없다.

뭐, 쓰레기의 아내이자 빗치의 엄마라는 것만으로도 충분한 거절의 이유가 될 것 같긴 하지만.

"흐음……."

……그래, 메르티의 체면을 봐서라도 따라가 주기로 할까.

"하아……. 따라가면 될 거 아냐?"

"나오후미 님?!"

라프타리아가 걱정스러운 얼굴로 제지한다.

"어차피 거절할 수도 없는 상황인 것 같으니까 따라가 보는 수밖에. 이렇게 치료도 해 주고 있으니, 최소한 적은 아니겠지."

"네. 저는 진심으로 동행을 바라는 것입니다."

이런 타입의 인물은 이해관계가 일치하면 힘을 빌려준다.

목적이 뭔지는 모르지만 적대하고 든다 해도 라스 실드를 다시 한 번 쓰면 그만이다.

"신조의 마차도 저희 쪽에서 맡아 두고 있습니다. 화물과 함께 돌려드리지요."

"정말?!"

여왕의 말에 필로가 앞으로 나선다.

"정말이고말고요. 치료원 앞에 세워 두었으니 확인해 보시지요."

"네~에! 메르! 가자!"

"응!"

필로와 메르티가 병실을 뛰쳐나가서 달려간다.

저 녀석은 정말이지 마차라면 사족을 못 쓴다니까. 두 사람이 떠난 후 나는 여왕을 돌아본다.

"어째 기분이 찜찜한데."

진의를 알 수 없는 선의에는 뭔가 꿍꿍이가 있을 거라는 의심을 거둘 수가 없었다.

여왕이 삼용교회를 적으로 돌리고 나아가 방패의 악마를 우대하기까지 하게 만들 정도의, 납득이 갈 만한 이유를 듣고 싶다.

적어도 파도와의 싸움을 위해서라는 식의 숭고한 이유 따위는 믿을 수 없다. 여왕의 진의를 파악하기 위해 뚫어지게 그 얼굴을 응시하고 있으려니…… 여왕의 손이 부들부들 떨리고, 부채까지 떨리고 있다. 뭐지?

"올트크레이……. 마르티……. 이걸로 끝이라고 생각했다면 오산이에요……."

여왕은 틀림없이 격노하고 있다.

느닷없이 그림자가 나타나서 쓰레기 왕과 빗치의 초상화를 꺼내서 벽에 붙였다.

그러자 여왕은 한쪽 손을 들어서 얼음 마법으로 초상화를 꿰뚫은 후, 화염 마법을 영창해서 초상화를 불살라 버렸다.

"아직 부족해요. 한시라도 빨리…… 공포에 일그러진 얼굴을 보고 싶군요."

……그렇게 핏대 세우면서 날뛰지 말라고. 심정은 잘 알았으니까.

*후미에와 같은 원리로, 자기 남편과 딸의 초상화를 불태울 정도로 화가 나 있다는 걸 이해할 수 있었다.

이 감정은 나도 이해한다. 응, 믿도록 하자. 적어도, 지금만큼은.

"네 지시를 따르기로 하지."

"감사드립니다, 이와타니 님."

내 동의를 얻은 여왕은 미소를 짓는다. 그 웃음에는 단호한 각오가 깃들어 있었다.

"오오! 마르티와 메르티 아니냐! 방패를 물리치고 돌아와 주다니, 나도 자랑스럽구나. 그런데 마르티는 왜 묶여 있고, 천으로 입을 막고 있지?"

성으로 들어서자마자 여왕은 빗치와 메르티를 앞세우고, 우리에게는 뒤따라오도록 지시를 내렸다.

다른 용사들도 함께였다. 다른 용사들은 내가 용사들 중에 제일 앞에 서서 가는 걸 마뜩지 않게 여기는 태도였지만. 이번 사건의 최대 공로자가 나라는 걸 여왕이 대대적으로

---

* 후미에踏み絵 : 가톨릭교가 탄압받던 에도 시대에, 숨어 있던 가톨릭 신자를 색출하기 위해서 사용하던 도구. 예수나 마리아, 혹은 그 상징을 새겨 놓은 목판이나 금속판이다. 이것을 땅바닥에 놓고 밟고 지나가게 해서, 차마 밟지 못하거나 밟기 전에 예를 표하는 행위를 하면 신자로 판명, 혹독한 처벌을 받게 되었다.

선전해 준 탓에 불만을 드러내지는 못하는 기색이었다.

더불어 사건 이후 삼용교의 상황에 대해서도 가르쳐주었다.

성 밑 도시에는 아직 교황의 죽음이 알려져 있지 않아서, 삼용교회 자체는 여전히 활동하고 있⋯⋯는 것처럼 보이지만 실은 이미 봉쇄에 들어간 상태라고 한다. 관계자들은 전원 체포돼서 호송 중이라나.

"말하게 내버려 두면 시끄러우니까요. 이렇게 된 거 아예 입을 꿰매 버릴까요?"

여왕이 옥좌의 방으로 성큼성큼 들어가서 쏘아붙인다. 여왕 뒤에 내가 따라오고 있다는 것을 발견하자마자 쓰레기는 분노에 얼굴을 찌푸렸다.

"저 녀석이 왜 여기 있는 건가! 당장 처형시켜!"

"그럴 일은 없어요!"

쓰레기의 명령보다 여왕의 명령이 우선도가 높은 듯, 근위 기사는 쓰레기의 지시에 따르지 않는다. 아니, 망설이고는 있는 것 같지만, 여왕 주위에 있는 기사들이 째려보는 바람에 꼼짝도 하지 못하고 있다.

"끄응. 그 여왕은 가짜다! 체포해!"

"여보⋯⋯. 저를 못 알아보다니⋯⋯. 더 이상은 못 참아요!"

『힘의 근원인 여왕이 명한다—.』

"우오?! 그 영창은——."

『다시금 진리를 깨우쳐, 저자를 빙결의 감옥에 가두어 구속하라.』

"드라이파 아이시클 프리즌!"

얼음으로 만들어진 감옥이 나타나서 쓰레기를 가둔다.

감옥 속에서 쓰레기가 창살을 쾅쾅 치며 여왕에게 항의하지만, 목소리는 감옥 밖으로 나오지 못한다.

"정말이지……. 왜 그렇게 어리석어진 거죠?"

척 하고 부채를 접자 얼음으로 만들어진 감옥이 사라졌다.

"그 마력의 위력과 질, 내 아내가 맞군! 도대체 어떻게 된 게야?!"

도무지 믿을 수 없다는 듯, 쓰레기가 여왕에게 항의한다.

"설마 방패가?!"

안 좋은 일은 무조건 내 탓으로 돌리는 거냐!

작작 좀 하라고. 이래서 이놈의 성에는 오기가 싫다니까.

"아니에요. 나 참, 당신은 아직도 방패 용사님이 그런 힘을 갖고 있을 거라고 생각하시는 거예요?!"

쓰레기에게 다가간 여왕은 쓰레기의 따귀를…… 후려쳤다.

따귀를 얻어맞고 어안이 벙벙해진 쓰레기는, 부들부들 떨면서, 어째선지 나를 쏘아보았다.

"이와타니 님 때문이 아니라고 아까부터 몇 번을 말했잖아요!"

"윽!"

다시 한 번 따귀.

쓰레기가 뭔가 말을 할 틈도 없이 여왕은 연달아 따귀를 후려친다.

"제가 국외에 있는 동안에 한정해서만 왕 노릇을 할 수 있는 주제에 계속 권력을 행사하고, 용사를 차별하지 말라고 제가 거듭 지시를 내렸음에도 무시하다니, 당신은 전쟁을 벌이고 싶어서 환장이라도 한 거예요?!"

"하, 하지만——."

"하지만이고 자시고 할 것도 없습니다! 지금은 사람들이 하나로 뭉쳐서 파도에 대비해야만 할 상황인데, 도대체가 당신이라는 사람은!"

반론을 용납하지 않겠다는 듯, 여왕은 쓰레기를 질타한다.

이건 자신의 지위가 더 높다는 걸 다른 용사들에게 과시하기 위한 행동이군, 하고 나는 여왕의 의도를 추측한다.

"자, 그럼 다시 정식으로 자기소개를 하도록 하지요. 제가 바로 메르로마르크국 여왕, 밀레리아. Q. 메르로마르크입니다. 이 올트크레이는 직위만 그럴싸할 뿐, 대리 왕에 불과하니 믿지 마시길 바랍니다."

"그…… 그래."

"잘…… 부탁드려요."

"뭔가…… 장난이 아닌데."

다른 용사 놈들이 저마다 감상을 늘어놓는다. 세 명의 용사 모두가 어안이 벙벙해져 있었다.

"용사님들께는, 오늘부터 잠시 동안 시간을 내 주실 것을 제안드리고 싶습니다."

"뭘 하려는 거지?"

"그건 회식 때 따로 말씀드리지요."

"저기, 마인은?"

모토야스 녀석은 말하지 못하도록 입이 결박당해 있는 빗치가 걱정되는 듯 질문한다.

"말할 필요가 없으니까 입을 다물게 해 놓은 것입니다. 아시겠습니까?"

"그, 그래도…… 이건 너무 심한 거 아냐?"

"심하지 않습니다. 하지만 굳이 이 아이의 발악을 듣고 싶으시다니, 어쩔 수 없군요."

여왕이 손가락을 튕기자 빗치의 결박이 느슨해졌다. 빗치는 자신을 결박하고 있는 천과 로프를 당장에라도 벗겨내려고 버둥거린다.

"끄으응……."

용사들에게 한심한 꼴을 보인 것이 민망하기라도 한 듯, 쓰레기가 울분에 찬 신음을 토해낸다.

"뭘 잘했다고 끙끙거리는 거예요?! 얘기는 아직 안 끝났어요!"

"난 잘못한 거 없어! 이게 다 방패 탓이란 말이야!"

"맞아, 맞아!"

빗치가 쓰레기의 주장에 편승한다.

"엄마! 나는 거기 그 강간마한테 강간당할 뻔했단 말이야."

"그게 뭐 어쨌다는 거죠?"

"그게 뭐 어쨌다는 거냐구⋯⋯?! 엄마, 난 처음이었단 말이야! 그런데 화도 안 나?!"

"원래부터 순결한 몸은 아니었을 텐데요? 제가 모를 줄 알고 있었나요? 당신이 순결을 잃은 건——!"

"뭐라고?!"

모토야스가 믿을 수 없다는 표정으로 되묻는다.

"아, 아냐! 내 첫 경험의 상대는 모토야스 님이라구!"

"제가 모르고 있는 걸로 아시나 보군요. 어리석기도 해라. 애당초 방패 용사님인 이와타니 님과 정말로 관계를 가졌다고 우기기라도 했으면 그나마 구제할 길이 있었으련만⋯⋯."

여왕은 흘깃 내 쪽으로 시선을 보낸다.

내가? 이 망할 빗치랑?

"말도 안 되는 소리 마!"

"그럼 당신은 이제 검토의 여지도 없네요. 이제 기대할 건 메르티뿐이군요. 이와타니 님과는 고락을 함께한 사이잖아요? 가능성은 충분히 있을 텐데요."

밑도 끝도 없이 무시무시한 소리를 내뱉는다.

"무슨 소리를 하는 게야?! 메르티는 아직 어린애란 말이야!"

"그 말이 맞다고!"

쓰레기와 의견을 함께하는 건 열불이 치미는 일일 따름이지만, 내가 왜 메르티와 성관계를 가져야 한다는 건가.

응? 뭐지? 렌과 이츠키가 뜨악한 얼굴로 날 쳐다보고 있잖아.

난 진짜 억울하다고. 난 로리콘이 아냐. 이런 꼬맹이한테 욕정을 느낄 만큼 막장은 아니란 말이다!

"맞아요! 무슨 말씀을 하시는 거예요?!"

"무슨 얘기야~?"

"필로는 몰라도 되는 얘기야!"

뭐, 이 녀석들은 그냥 무시하기로 하자.

"아뇨! 메르티는 방패 용사인 이와타니 님께 시집을 보내야 해요."

"뭐가 어째?!"

"정말 모르시겠어요? 오랜 세월에 걸쳐 싸워 온 숙적을 깔아뭉갤 수 있는, 더할 나위 없는 절호의 기회였는데."

"무슨 소리야?"

"그게 무슨 말씀인가요?"

"그래, 우리도 궁금한데."

쓰레기 왕과 이츠키와 렌이 어리둥절한 표정으로 잇달아

물었다.

"그건——."

나도 대충 짐작이 간다. 여왕은 내가 상상했던 그대로의 내용을 설명했다.

실트벨트는 아마 방패 용사를 숭배하는 나라일 것이다. 그리고 그 실트벨트가 바로 이 나라의 숙적이리라.

그 실트벨트의 숭배 대상인 방패 용사…… 즉 나를 메르로마르크 왕녀의 남편으로 들이면, 성인을 손에 넣은 나라가 될 수 있다. 진심인지 어떤지는 알 길이 없지만, 적어도 실트벨트 국민들 사이에 이 나라에 대한 우호적인 분위기를 만들 수는 있었으리라. 상황 파악이 전혀 안 된 방패 용사를 잘 꼬드겨서 아이까지 낳으면 완벽하다.

그 후에는 적당히 우호 관계를 쌓으면 된다. 그러면 실트벨트는 사실상 속국이 된다.

"딸을 그런 일에 이용하다니, 마음이 아프지도 않으세요?!"

이츠키가 분노한 듯 한 발짝 앞으로 나서며 말한다.

"이용이라……. 딱히 문제 될 건 없어요. 용사님들 세계에는 정략결혼이란 게 없었나요?"

"과거에는 있었다고 들었지만 그렇다고 해도 이 문제는 간과할 수 없어요."

"문제 될 것 없습니다. 메르티와 이와타니 님이 서로 좋은 관계를 구축하고 있다는 건 제 눈으로 직접 보고 판단한 사실이니까요……. 메르티, 최선을 다해서 방패 용사님인 이와타니 님을 함락시키도록 하세요."

"시, 싫어!"

여왕의 혼담 얘기에 메르티는 얼굴이 새빨개진 채로 반발하고 있다.

뭐, 이렇게 어린 나이에 정치적으로 이용당하는 것이니 싫을 만도 하지.

물론 나 역시 이 나라에 이득이 되는 일을 해 줄 이유는 없다.

"어라? 그림자에게 듣기로는 메르티 쪽은 가능성이 있다고 들었습니다만."

"눈은 장식으로 달고 다니나 보군."

"뭐가 어째?! 내가 매력이 없다는 거야?! 아……."

"왜 그러는 건데? 아……. 어린애로 취급당하는 게 그렇게 싫었던 거냐?"

성가신 나이로군.

"……알았어요. 이렇게 눈앞에서 보고 나니 인정하는 수밖에 없겠네요."

어째선지 이츠키가 납득하고 물러섰다.

"활의 용사님! 왜 물러나시는 거예요?!"

"역시 가능성이 있어 보이지 않나요? 어떻게 생각하시

죠? 메르티는 장래에 여왕이 될 아이인데."

"난 이 세계에 뼈를 묻을 생각은 없어."

"그건 걱정 안 하셔도 돼요. 메르티가 이와타니 님의 아이를 낳기만 하면 되니까요."

……별 기분 나쁜 소리를 다 듣는군.

여왕의 말인즉슨, 방패 용사와 왕족 사이에 아이가 생기기만 하면, 나는 원래 세계로 돌아가도 상관없다는 거다.

알 만하다. 외교가 주특기라는 얘기에는 이런 막무가내 수단도 불사하는 면까지 포함돼 있던 거였군.

뭐 이런 발상이 다 있담. 무슨 만화도 아니고.

"하지만 무능한 제 남편과 딸은 그런 좋은 기회의 싹을 꺾어 버렸지 뭐예요? 이와타니 님을 따라가는 것까지는 좋았는데 말이지요. 능력을 발휘할 기회는 안 주더라도, 일단 자기편으로 끌어들여 두기만 했더라면, 당신은 지금쯤 차기 여왕의 자리를 완전히 손에 넣었을 텐데."

"난 이렇게 못생긴 남자는 싫어. 이 녀석은 나를 강간하려고 했었다구!"

뭐가 어째? 이 망할 빗치가.

이 기회에 주제 파악을 확실히 시켜 줘 버릴까———.

"""못생기지 않았다구!"""

라프타리아, 필로, 그리고 어째선지 메르티까지 일제히 반론했다.

너희, 왜들 그러는 건데? 특히 메르티!

"뭐야? 난 사실을 말한 것뿐이잖아. 그렇게 정색을 하는 건 곧 정곡을 찔렸다는 증거야."

"그렇다고 치죠. 그럼 당신이 이미 순결을 잃었다는 것도 의심의 여지가 없는 사실이겠군요."

"그런 증거가 어디 있다는 건데? 모토야스 님에게 물어보라구. 난 분명히 처녀였으니까."

"마르티, 거짓말을 하려거든 끝까지 속일 수 있는 거짓말을 하세요. 당신의 역량으로는, 창의 용사님은 속일 수 있을지언정 저를 속이는 건 불가능해요……. 그리고 애당초 당신은 옛날부터 그렇게 남들을 함정을 빠트리는 걸 좋아하는 버릇이――."

여왕은 구구절절 빗치에게 설교를 늘어놓기 시작했다. 하지만 빗치 쪽은 그저 듣는 시늉만 하고 있을 뿐, 실제로는 대충 흘려듣고 있다는 걸 누가 봐도 알 수 있는 태도다.

아마 지금까지 상습적으로 여왕의 설교를 들어 온 것이리라.

"여동생이 음모에 휘말려 있는 마당이었는데, 당신은 동생을 도와주기는커녕 오히려 음모에 편승하고 심지어 교회에 넘기려 하기까지 하다니."

응? 빗치는 그냥 편승하려고만 한 거고, 교회파는 아니었다는 건가? 그럼 쓰레기도 그렇다는 얘기?

혹시 이 둘은, 정말 단순한 바보일 뿐인지도⋯⋯.

"보나 마나 차기 여왕의 자리는 자기 거라고 생각했던 거 겠죠."

"그, 그런 거 아냐!"

아니⋯⋯. 그때 그 마법 영창을 떠올려 보면, 그렇게 생 각했던 게 분명하다. 원래 그 영창 구절에서는 자기 자신을 가리키는 직위, 혹은 1인칭의 호칭을 사용하면 그만이다.

그런데 딱 집어서 '차기 여왕이 명한다.'라고 영창하다 니⋯⋯. 스스로가 이 나라의 여왕이 될 거라는 확신이 없다 면 불가능한 일이다. 그 영창을 처음 들은 순간에, 나도 내 심 할 말을 잊었을 정도니까.

"그래! 마인은 그런 애가 아니라고!"

모토야스가 옹호하지만 여왕은 그 옹호를 귓등으로 흘려 버린다.

"거짓말 마세요!"

"정말이라니까!"

"그럼 그게 진실인지 아닌지, 그 몸에 직접 물어보도록 할까요?"

여왕이 지시를 내리자 기사들이 빗치의 어깨를 붙잡아서 짓누른다. 성의 마법사가 노예 등록에 쓰는 낯익은 잉크병 을 가져온다.

"이, 이게 뭐 하는 짓이야!"

모토야스가 그 자리의 불온한 분위기를 감지하고 언성을 높인다.

성의 병사가 모토야스와 빗치 사이를 가로막고, 마법사가 빗치에 대한 의식을 시작한다.

여왕이 바늘로 자기 손가락을 찔러서 피를 내고, 잉크에 그 핏방울을 떨어트린다.

저건…… 뭘 하려는 건지 짐작이 간다.

"시, 싫어! 이거 놓으라구!"

"당신의 결백이 증명되면 바로 풀어줄 거예요. 용사님들도 이해해 주시길."

아니, 용사 놈들이 잠자코 있을 리가 없지. 그렇게 생각했지만, 렌과 이츠키는 그 상황을 넋 나간 표정으로 지켜보고 있을 뿐이었다.

이쯤 되니 빗치도 자신이 무슨 일을 당할지 깨달은 것이리라. 필사적으로 버둥거리지만 병사들이 그것을 용납하지 않는다. 반대로 모토야스는 무슨 일이 벌어지는 것인지는 이해하지 못하고 있었지만, 뭔가 돌이킬 수 없는 사태가 일어날 것임을 감지하고 창을 꼬나 쥐었다.

"그만둬어어어어어어어어어어!"

어림없지.

"실드 프리즌!"

기다렸다는 듯 방패를 라스 실드로 바꾸고, 분노를 억누르며, 아니 분노를 컨트롤하며 모토야스를 가두었다.

렌과 이츠키가 한 발짝 앞으로 나서려 했지만 성의 병사들이 가로막자 주저했다.

"시, 싫어! 오지 마! 내가 누군지 알고 이러는 거야?!"

"제1왕녀였죠. 그것도 당신의 결백이 증명됐을 때의 얘기지만요."

그렇게 말한 여왕이 손을 내려서 명령을 내렸다.

빗치의 가슴에 잉크가 떨어지자 온몸에 문신이 새겨진다.

"꺄아아아아아아아아아아아아아아아아아아아!"

빗치가 한바탕 절규를 내지른 후, 문신은 아무 일도 없었다는 듯이 사라진다.

라프타리아와는 다르군. 라프타리아는 문신 같은 게 남았는데, 빗치의 것은 아무런 흔적도 없이 말끔히 사라졌다.

"고도의 노예문(奴隸紋)입니다. 평소에는 보이지 않지만, 조건이 충족되면 도드라져서 대상에게 벌을 내리지요."

필로에게 새겨진 마물문의 인간용 버전 같은 거군.

"조건은 이와타니 님에 대한 공격입니다. 절대로 손을 대서는 안 돼요!"

빗치는 눈물이 그렁그렁한 눈으로 여왕을 매섭게 쏘아본다.

"마인한테 무슨 짓을 하는 거야?!"

방패 감옥에서 풀려난 모토야스가 빗치를 보호하듯 막아

서고 여왕을 노려본다.

"그럼 마르티……. 질문을 하나 하죠. '당신은 이와타니 님에게 강간을 당할 뻔했나요?'"

이건……. 자백시키기에 딱 좋은 방법이다. 나도 과거에 라프타리아에게 사용했던 적이 있다.

노예문에는 노예가 주인에게 허위 보고를 하지 못하도록 만드는 기능이 있다.

여기서 거짓말을 하면 노예문이 작동해서 노예에게 고통을 준다.

물론 그 노예문이나 여왕 자체를 못 믿겠다고 우기면 그만이긴 하지만.

"그래!"

빗치는 눈썹을 치켜 올리며 긍정했다.

곧바로 노예문이 도드라져서 빗치의 가슴을 옥죈다.

"아파아파아파!"

빗치가 고통을 견디지 못하고 나뒹군다.

"마, 마인!"

모토야스가 안아 일으키지만 노예문의 효과는 사라지지 않는다.

"진실을 말하지 않으면 고통은 사라지지 않아요."

"아, 알았어. 방패 용사는 강간한 적 없어! 한 적 없다구! 다 내 거짓말이었어!"

빗치가 자신의 거짓말을 인정하자, 노예문은 곧바로 사라진다.

"자, 보세요. 역시 거짓말이었잖아요."

"억지로 말하게 만들어 놓고서 무슨 소릴 하는 거야!"

모토야스가 여왕에 대해 적의를 드러낸다. 하긴, 모토야스 입장에서 여왕은 완전히 악역이겠지.

"노예문이라고 했던가? 그걸로 거짓말을 하도록 명령한 거겠지!"

"그럼 창의 용사님도 일시적으로 마르티의 소유주로 등록을 해 보시지요. 그렇게 하면 노예문이 어떤 건지 이해하실 수 있을 테니까요."

"조, 좋아! 내가 마인의 결백을 증명해 보이겠어!"

모토야스는 여왕이 빗치를 노예화했을 때처럼 잉크에 자신의 피를 떨어트리고, 그 잉크를 빗치의 가슴에 칠해서 노예 등록을 마쳤다.

"이제 노예 등록이 어떤 건지 이해하셨겠지요. 그럼 항목을 확인해 보시길."

모토야스가 눈으로 무언가를 좇고 있다. 그런 끝에 확인을 마친 듯, 고개를 끄덕이고 빗치에게 묻는다.

"마인, 너는 나오후미에게 강간을 당할 뻔했었지?"

"그, 그래요! 아야아야아야!"

다시 거짓말을 하려 하자 노예문이 작동. 빗치가 고통에 나뒹군다.

"이, 이럴 수가……."

모토야스의 표정이 순식간에 새파랗게 질려 간다.

"그게 다가 아닐 텐데요? 이와타니 님의 재산도 훔쳤었죠?"

"그런 짓 한 적 없어! 꺄아아아아아악!"

이 여자는 입만 열었다 하면 거짓말이군…….

어이가 없는 기분으로, 나는 빗치가 고통에 나뒹구는 모습을 지켜본다.

"그것 말고, 이와타니 님을 추적하는 중에 산에 불을 지른 것도 당신이었죠?"

아, 역시 알고 있었군. 하긴, 이 여자의 본성을 알고 있다면 그 정도는 짐작하는 게 당연하지.

"그런 적 없—— 꺄아아아아아아!"

어느덧 대답이 절규로 완전히 변해 있다. 죽기 싫으면 이제 그만 인정하는 게 좋을 텐데.

그건 그렇고, 이 계집은 정말 하는 말마다 다 거짓말이군.

"그 화재가 마인이 저지른 거였다고?!"

모토야스가 부들부들 떨기 시작했다.

"거, 거짓말 마! 마인이 그런 짓을 할 리가 없어!"

"키타무라 님도 이해하시는 게 좋을 거예요. 이 아이는 타고난 거짓말쟁이. 다른 사람 뒤에 숨어서 남을 괴롭히는 게 취미인 아이니까요."

"마인은 그런 애가 아냐! 다 이 자식 탓이야!"

모토야스가 나를 삿대질하며 소리쳤다.

믿음과 맹신의 차이를 이해하지 못하면 언젠가 자기 발밑이 위태로워진다는 걸 모르고 있군.

"모든 일의 흑막은 저의 딸인 마르티였고, 제 남편인 올트크레이가 권력을 남용해서 이와타니 님을 괴롭힌 것이었어요."

모토야스는 분노에 휩싸여 나를 삿대질했지만, 렌과 이츠키는 납득한 듯 고개를 끄덕이기 시작했다.

"듣고 보니까――."

"그 외에 다른 증거는 없나요?"

"증거는 얼마든지 있어요. 확인하기를 원하신다면 제시해 드리지요."

"그 정도로 자신이 있으신 모양이군요. 하긴, 이번 사건 때도 마인 양의 행동은 분명히 수상했었죠. 보호해야 할 대상인 메르티 양을 공격하기도 했고……. 그건 무슨 의도로 그런 거였죠?"

"우리 나라의 제1 왕위 계승권은 메르티 쪽에 있습니다. 그러니 메르티가 사라지면 자기가 차기 여왕이 될 거라고 생각한 거겠죠."

"그랬군. 이제 이해가 됐어."

렌이 연신 고개를 끄덕인다. 그러고 보니 이 녀석은 빗치에게 주의를 주기도 했었지.

정의의 사도 놀이를 하던 이츠키도 고개를 끄덕이고 있다.

"너희, 지금 나오후미 편을 들려는 거야?"

"당연하지. 1대1 결투를 했을 때도 뒤에서 마법을 쏘고, 게다가 주위 사람들은 다들 보고도 모른 척만 했잖아? 지금 생각해 보면, 애초에 그 결투 자체가 좀 이상했어."

"게다가 다음 날에 원조금을 배분할 때도 트집을 잡아서 원조를 취소했어요. 의심하지 않는 편이 오히려 더 이상할 정도죠."

이제 드디어 멍청이들의 본색이 드러났군.

상황이 나에게 유리하게 돌아가기 시작했다. 내 결백은 이제 증명된 거라고 봐도 좋을 것이다.

"그리고 올트크레이."

여왕의 시선이 향하자 쓰레기는 움찔 놀라서 겁에 질린 듯 뒷걸음친다.

"당신은 도대체 뭘 하고 있었던 거죠? 진상을 규명할 생각도 않고, 우리 나라 입장에서 특별히 더 옹호해야 할 인물인 방패 용사님을 맨몸으로 쫓아내다니……. 황당해서 말도 안 나오네요. 옛날의 당신이었다면, 마음속으로는 내키지 않더라도 길들이려고 노력할 정도의 도량은 있었을 텐데……."

"그, 그건 다 방패 잘못이야!"

"마르티는 강간을 당하지 않았어요. 헛소리였다는 건 다 증명됐다구요. 자, 이제 당신은 무슨 말을 해야 하죠?"

"끄응……. 다 방패 잘못이야!"

할 줄 아는 말이 그것밖에 없냐?! 이 쓰레기는 모든 일을 다 내 탓으로 돌려야 직성이 풀리나 보군.

하지만 이 상황에서 그건 불난 집에 부채질하는 격이다.

"정말이지…… 옛날의 당신이었더라면 훨씬 더 똑똑하게 굴었을 텐데……. 옛날의 당신이었다면!"

여왕이 이마를 손으로 짚는다. 분노를 넘어 황당할 지경인 모양이군.

"보아하니 변호의 여지는 전혀 없는 것 같군요."

제 알 바 아니라는 듯, 빗치와 쓰레기는 시선을 외면했다.

나에게 사과하려는 마음 따위는 티끌만큼도 느껴지지 않는다.

이쯤 되니 나도 부아가 치민다. 여왕은 왜 나를 이런 자리에 데려온 거야?

이 녀석들이 반성 같은 걸 할 리가 없건만.

그나저나 쓰레기 왕은 왜 노예화시키지 않는 거지? 뭔가 이유가 있는 건가?

뭐……. 빗치처럼 거짓말을 하지는 않아서 그런 건가?

"이 말만은 안 하고 넘어갈 수 있는 방법을 궁리했지만, 이렇게 되니 어쩔 수 없네요."

부채를 펼쳤다 접었다 하던 여왕이 척 하고 그 부채로 두 사람을 겨누며 선언한다.

"당신들 두 사람에게서 왕족 신분을 영구적으로 박탈하겠습니다."

"뭐라고?!"

"엄마?!"

쓰레기와 빗치가 일제히 경악에 찬 비명을 지른다. 예상보다 처벌이 무거워서 납득을 하지 못하는 모양이다.

타당한 벌이군. 아, 어째 즐거워지는걸. 좀 더 구경하고 싶다.

"나오후미 님……. 왜 웃고 계시는 거예요?"

"왜 웃는지 몰라서 그래?"

"모르는 건 아니지만……."

"어머니는…… 진심이야."

"으~응?"

필로는 고개를 갸우뚱거리고 있다. 의미가 이해 안 되는 모양이다.

이러니저러니 해도 필로는 근본적으로 바보니까. 먹을 것과 메르티와 마차밖에 모르는 녀석이다.

아니, 내가 왜 지금 필로 생각을 하고 있는 거지? 모처럼 재미있는 장면이건만.

"왜 이러는 거야?!"

"당신들의 행동이 제 관용으로 허용할 수 있는 범위를 한참 벗어나 버렸으니까요. 진심으로 반성했더라면 제가 어떻게든 이와타니 님의 용서를 구해 볼 수도 있었으련만……."

"내가 용서할 것 같아?"

"이와타니 님이 수긍할 수 있을 만큼의 성의를 보일 수단도 강구해 두었으니까요."

성의라……. 흥미가 끌리긴 하지만 현재 상황을 그대로 두는 게 더 재미있을 것 같다.

"내가 왕족 신분을 빼앗기면 이 나라는 어떻게 되는 건데?!"

"아무런 손실도 없습니다. 확실하게 말해 두죠. 당신은 나라의 쓰레기예요."

"우와……."

"부모가 자식한테 그런 식으로 말하는 법이 어디 있어?!"

모토야스가 분노에 휩싸여 소리친다.

"모르시겠나요? 이건 자업자득입니다. 차라리 메르티가 이 나라를 잇기에 더 적합한 후계자라는 게 증명됐지요. 마르티, 당신은 졌어요."

뭐, 빗치보다는 메르티가 계승하는 편이 그래도 장래성이 있긴 하지.

좀 지나치게 저돌적이긴 하지만 이번 사건을 겪으면서 크게 성장했을 테니.

그런데 왜 나한테만 사사건건 시비를 거는 건지 모르겠단 말이야.

"내가 왕족 신분을 잃게 되면 나와 관련된 곳들에서 가만 있지 않을걸?"

"이미 잠재웠어요. 제가 요 석 달 동안 아무것도 안 하고 구경만 하고 있었을 거라고 생각했다면 오산이에요."

"억——."

쓰레기는 놀라서 말문이 턱 막힌 모양이다. 뻐끔뻐끔 연신 입을 벌렸다 닫았다 하고만 있다.

"애당초, 왜 독단적인 판단으로 용사를 소환한 거예요?! 먼저 그 얘기부터 해야겠어요."

"……무슨 소리지?"

"용사님들도 이상하다고 생각하지 않으셨나요? 국가의 최고 권력자가 어째서 소환에 입회하지 않았는지를."

"하긴……."

지금의 언동으로 보아, 그렇게 중요한 일을 남에게 맡길 인물 같지는 않다.

처음부터 좀 더 교활하게 우리의 환심을 사서 편리하게 이용할 수도 있을 터였다.

적어도, 이 세계에 온 직후의 나 정도라면 손쉽게 조종할 수 있었을 것이다.

그야말로 연애결혼으로 위장해서 정략결혼을 시키는 것

도 가능했으리라.

"우선 전제로서 미리 얘기해 둬야 하는 것이 있습니다. 이 나라는…… 세계회의를 통해 네 번째로 사성용사 소환을 시도하기로 정해져 있었습니다."

"이봐, 잠깐!"

느닷없이 무지막지한 발언이 튀어나왔는데.

한 나라에서만 용사를 소환하는 게 아니라고? 순서가 정해져 있다고?

말의 의미만 생각해 보면, 이 나라는 터무니없는 짓을 저지른 것 같은데.

"자세히 설명해 봐."

"그러죠."

여왕의 얘기는 이런 것이었다.

온 세계에서 파도에 의한 피해가 보고되고, 각국의 왕들이 모여서 회의를 열게 되었다.

물론 메르로마르크와 실트벨트처럼 견원지간인 국가들도 있지만, 지금은 예언이 진실임이 밝혀진 상태니까 세계가 종말로 향해 가는 문제를 해결하는 게 급선무인 상황이다. 싸움은 그 후에 해도 늦지 않을 거라는 식으로 대충 합의가 되었다.

그 회의에 의해서 결정된 사항이 메르로마르크국은 네 번째로 용사 소환을 시도한다는 것.

참고로 용사 소환을 했을 때 나오는 용사는 보통 한 번에 한 명이라고 한다. 그리고 대부분의 경우에는 소환해도 아무도 나오지 않는다.

물론 소환된 용사는 다른 나라에도 보내도록 정해져 있었다고 한다.

"그런데 어째서 이 나라가 소환하게 된 거지?"

"용사 소환은 성유물의 파편을 사용해서 실시하는 게 통례로, 정해진 시간에 정해진 의식을 통해서 불러오게 되어 있습니다만……."

여왕이 자리를 비운 사이에 독단적인 판단에 따라 사성용사를 소환해 버렸다는 것이다.

"삼용교는 옛날부터 이 나라의 종교로서 뿌리를 내리고 있었고, 제가 아는 한 삼용교회는 비교적 보수적인 조직이었습니다. 그런데 이번에는 예상외로 큰 술책을 벌인 거죠."

"그거 보통 문제가 아닌 거 아냐?"

세계를 구하는 용사들을 한 곳에 소환해 버렸으니 말이다.

"네……. 그 탓에 이 나라에 대한 비난이 쇄도했지요."

"애당초 전쟁을 일으킬지도 모르는 이런 녀석에게 나라를 맡기다니, 경솔해도 너무 경솔한 거 아냐?"

그게 제일 큰 문제일 거다. 맡길 땐 맡기더라도 좀 제대로 된 녀석에게 맡겼어야지.

렌과 이츠키도 그 말에 동의하는 듯 고개를 끄덕였다. 그들의 동료들은 뭔가 할 말이 있는 것 같지만.

이 얘기는 메르티한테 들은 바 있었다. 라프타리아가 살고 있던 마을을 관리하고 있던 유능한 녀석이 파도 때문에 죽었다고 했던가.

"'이런 녀석' 이라니, 무례한 놈!"

"입 다물어요!"

여왕의 일갈에 쓰레기가 입을 다문다.

"마인의 아버지는 그렇게 못된 사람이 아니라고!"

모토야스가 이론을 제기한다.

"모토야스 씨는 우대를 받았으니까 그렇게 생각하시는 것뿐이에요. 우리는 충분히 납득하고 있어요."

"맞아. 분명히 차별을 받고 있다고 생각했어."

"그 점에도 커다란 문제가 있습니다. 저는 파도가 일어나기 전에도 외교를 담당하고 있었죠. 그 대신 내정 능력이 뛰어난, 제 오른팔 같은 자에게 국가를 맡겼었습니다만……."

"습니다만?"

"파도 때 목숨을 잃고 말아서……. 그자는 아인들 사이에서도 인망이 두터웠는데……."

"질문 하나 해도 되나?"

"무슨 질문이죠, 아마키 님?"

"아인 배타주의인 이 나라에서 왜 아인을 우대하는 귀족을 등용했었던 거지?"

렌의 질문에 여왕은 부채로 입가를 가리고 대답한다.

"실트벨트와의 전쟁을 회피하기 위해서 아인과의 평화 정책을 진행하고 있었으니까요. 마찬가지로 실트벨트에서도 인간 보호 지역을 설립해 둔 상태지요."

짐작이 간다. 전쟁을 회피하기 위해서 서로에게 맞춰 가려는 모양새를 보였던 거군.

"어째 지나치게 솔직하게 대답해 주시네요."

이츠키가 의심 어린 눈초리로 여왕에게 묻는다.

"강제로 용사님들을 소환한 이 세계의 대표로서 표하는 최대한의 성의라고 생각해 주십시오. 솔직하게 성의를 보이지 않으면 용사님들의 협조를 구할 수 없지 않겠습니까?"

여왕의 대답에 이츠키와 렌은 서로를 마주 보고 고개를 끄덕인다.

"다만…… 창의 용사님을 필두로 해서, 검과 활의 용사님께는 올트크레이가 이미 어느 정도 성의를 보여드린 셈이라고 생각합니다. 그러니 앞으로 저희가 방패 용사님을 우대하는 것처럼 느끼시더라도, 그건 저희가 그동안의 차이를 메우려 하는 것이라 생각해 주십시오."

"아, 알았어."

"하긴. 나오후미 씨가 결백하다는 게 밝혀졌으니, 균형을 맞추긴 해야겠죠. 알았어요."

"그럼 아까 하던 얘기로 돌아가지요. 올트크레이 때문에 아인 보호 구역이 괴멸되고 말았습니다."

여왕은 쓰레기의 발을 있는 힘껏 짓밟는다.

"끄으으으응……."

"그 소식이 용사를 소환했다는 소식과 동시에 저에게 날아드는 꼴이라니!"

여왕은 쓰레기의 따귀를 연신 후려친다.

"으흐윽──."

"후임으로 골랐던 자는 이 형편없는 남편이 어리석게도 좌천시켜 버렸죠! 그 외에도 의문의 변사 사건과 터무니없는 사건들이 이어졌구요. 범인은 삼용교회였지만!"

"크흑!"

"게다가 용사들이 길을 떠난 바로 다음 날에, 다른 사람도 아닌 방패 용사가 범죄 의혹을 뒤집어쓰고!"

"크헉!"

"그것도 모자라 방패 용사를 차별하고 있기까지! 그것 때문에 전쟁이 벌어질 뻔한 게 몇 번인지 깨달으세요!"

"케헥!"

"그리고 두 번째 파도가 종결된 후에는 방패 용사의 노예를 몰수하려고 하기까지 하다니, 도대체 생각이 있는 거예요, 없는 거예요?!"

우와아……. 화가 아주 단단히 났잖아.

"당신의 독단적인 전횡 때문에 실트벨트와 실드프리덴에

서는 폭동이 일어나서 전쟁 분위기에 돌입해 있단 말입니다!"

어째…… 여왕이 좀 불쌍할 지경이다.

믿고 일을 맡겼던 자들이 모조리 죽거나 쫓겨나거나 한 상황에서, 고군분투하며 홀로 나라를 지켜 왔다는 거다.

굉장하군. 도대체 어떤 화술을 쓰면 그런 일을 할 수 있는 거지?

겉보기에는 그냥 평범한, 히스테릭하게 남편의 따귀를 때려 대는 20대 여성으로만 보이는데.

가만…… 그러고 보니 이 여자는 빗치와 메르티의 어머니였지. 엄청나게 젊어 보이는군.

"게다가 메르티를 보고 싶다고 떼나 써대고, 왜 그렇게 철이 없는 거예요?!"

"끄응!"

"당신이 그렇게 노골적으로 요구한 걸 보면 가까이에 있던 누군가가 바람을 넣은 거겠죠? 그게 이번 사건의 시작이자 전말일 테고!"

여왕은 격노하면서 선언한다.

"삼용교는 이제부터 사교(邪敎)로 규정! 메르로마르크는 사성교를 국교로 삼겠습니다!"

"뭐, 뭐라고?! 건국 때부터 이어져 온 전통을 포기하겠다는 거야?!"

"말썽만 일으키는 사교에는 아무런 존재 가치도 없어요!"

사성교?

"그건 또 뭐지?"

"사성용사를 평등하게 숭배하는 종교야."

메르티가 설명한다.

하긴 상식적으로 생각하면, 세계를 구원하는 4용사에 대한 전설이 있는 나라가 잔뜩 있으니 그런 종교가 있는 게 당연하겠지.

"원래 삼용교는 사성교에서 분리된 거였는데……. 더 자세히 얘기하려면 이 나라의 건국부터 하나하나 설명해야 해."

"호오……."

실트벨트에 방패의 종교가 있는 걸 보면, 다른 나라에서는 네 개의 무기를 전부 신봉하고 있을 거라 생각하는 게 자연스럽다.

다시 말해 메르로마르크는 옛날부터 싸움이 잦았던 실트벨트의 숭배 대상인 방패 용사가 싫었던 것뿐.

말 그대로, 적국이 신봉하는 자는 악마. 그자를 숭배하는 종교는 사교. 자신들의 종교는 옳은 종교라는 식으로 삼용교가 태어난 것일까.

"후우……."

한바탕 쓰레기에게 욕지거리를 퍼붓고 따귀를 후려쳐서 화가 풀린 듯, 여왕은 부채로 입가를 가리고 내 쪽을 돌아본다. 사실 그건 내가 하고 싶은 일이었는데.

"그 외에도 많은 일들이 있었지만…… 그건 나중에 이와타니 님께 알려드리지요."

"아니……. 그런 무용담은 별로 듣고 싶지 않은데."

"마인과 임금님은 그런 나쁜 사람들이 아냐! 다 거짓말이야!"

아까부터 침묵을 지키고 있던 모토야스가 한 발짝 앞으로 나서서, 한바탕 날뛸 것 같은 기세로 내뱉는다.

이 상황에서 아직도 그런 말이 나오냐.

"하지만 납득이 가는 점이 많은걸요. 삼용교회가 우리까지 모조리 죽이려고 하던 건 사실이었고, 이번 사건이나 그 외의 정황들이 여왕님 말씀의 사실성을 뒷받침하고 있으니까요."

"맞아. 나도 여러모로 조사해 봤는데, 나오후미가 차별을 받아야 할 이유가 없다는 신빙성 있는 증언은 얼마든지 있었어. 오히려 이렇게까지 국내 사람들의 평판이 좋은 게 신기할 정도였지. 세뇌의 방패가 아니라 나오후미 일행이 스스로 쟁취한 명성이라고 생각해."

이츠키와 렌이 나를 옹호하듯 반박한다.

"내 실수 때문에 창궐한 역병을 잠재워 준 건 나오후미였어. 그 정도면 나오후미를 믿을 이유로는 충분하다고 봐."

"네. 교황이 쓰던 그 무기를 보면 저희한테서 의뢰와 보상을 빼앗은 가짜가 누구인지도 알 수 있고요."

"으으으……."

모토야스가 울화가 치미는 듯 주먹을 움켜쥐며 나를 쏘아 본다.

"키타무라 님. 이 이상 이의를 제기하고 싶으시다면 그에 상응하는 증거를 찾아온 뒤에 하시지요."

"알았어. 지금 당장에라도 증거를 찾아오지! 마인, 가자."

"애석하지만, 마르티에게는 아직 해야 할 얘기가 남아있습니다. 키타무라 님, 얘기가 끝날 때까지 기다려 주시지요."

여왕이 그렇게 뇌까리자, 성의 기사들이 모토야스를 옥좌의 방에서 내몰기 위해 다가들었다.

"아, 안 돼! 마인!"

"창의 용사님, 지금은 물러가 주십시오."

그 정중한 말에, 결국 모토야스는 옥좌의 방에서 쫓겨났다.

아무리 모토야스라도 이런 곳에서 날뛸 정도로 멍청하지는 않은 모양이군.

"툭하면 얘기가 곁길로 새는군."

"죄송하네요."

"모토야스 씨 때문이니 신경 안 쓰셔도 될 것 같은데요."

모토야스에 비해 차별을 받고 있었기 때문인지 이츠키도 딱히 말리지 않는다.

"어쨌거나, 남편과 딸에게는 아직 받아야 할 벌이 산더미처럼 쌓여 있다는 얘기입니다."

쓰레기와 빗치의 얼굴은 새파랗게 질려 있다. 이제야 죗값을 치를 때가 온 거군.

"불만 있나요?"

"다, 당연하지!"

"맞아! 엄마! 난 잘못한 거 없단 말이야!"

"부모의 인연은 이미 끊었어요. 문자 그대로 의절이에요. 어디로든 떠나…… 아니, 그 전에 국가에 대한 빚과 벌금을 받아야겠군요."

여왕은 충동적으로 쓰레기와 빗치를 쫓아내려다가, 한 박자 숨을 고르고 쏘아붙였다.

그리고 금액이 적힌 종이를 빗치에게 내민다. 그러자 빗치의 얼굴은 아까보다 한층 더 새파랗게 질렸다.

음탕하고 뻔뻔스러운 데다 씀씀이까지 헤픈 거냐. 상상을 벗어나지 않는군.

"이런 거액을 어떻게 내라는 거야?!"

"당신이 사사건건 길드에 요구했던 금전이에요. 국고를 멋대로 끌어다 쓰다니……. 도망칠 수 있을 거라고 생각하시면 오산입니다. 그리고 산불을 낸 것에 대한 책임도 져야 해요. 당신은 앞으로 문자 그대로 노예처럼 국가에 봉사해야 하겠죠……."

"난 못 해!"

"그게 싫다면 용사와 함께 세계를 구원해 보세요. 제대로 활약한다면 정상 참작을 고려해 볼 테니."

여왕은 빗치의 입을 다물게 만들고, 이번에는 쓰레기 쪽을 돌아본다.

"뭘 그렇게 남의 일인 양 구경하고 있는 거예요? 당신도 마찬가지예요, 올트크레이."

쓰레기가 소스라치게 놀란다. 이 녀석은 정말 여왕 앞에서는 찍소리도 못 하는군.

그럼 처음부터 좀 더 똑똑하게 굴었어야지.

"국가의 장수로서 최전방에서 싸우든지, 모험가로서 백의종군하든지, 둘 중에 선택하세요."

"크윽……. 아내여, 여왕이여. 나는 속고 있었던 것뿐이야. 제발 자비를……."

누구한테 속았다는 건데?! 삼용교냐? 아니면 나냐? 설마 빗치를 희생양으로 삼으려는 거냐?

"맞아, 엄마. 말미를 좀 줘."

"여러분에게 드릴 자비도, 말미도 더는 없어요. ……맞아, 좋은 방법이 생각났네요."

여왕은 나를 손짓해 부른다. 나는 기다렸다는 듯 앞으로 나섰다.

"이와타니 님, 이 두 사람에게 어떤 벌을 줄까요? 이와타니 님이라면 그걸 선택할 만한 권리가 있습니다."

"죽어! 사형이다."

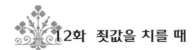# 12화 죗값을 치를 때

그 말은 거의 척수반사 수준으로 입에서 튀어나왔다. 역시 무의식 속에서도 혐오하고 있었던 모양이군.

솔직히 죽이는 것 이외의 선택지는 존재하지 않는다. 너희에 대한 증오는 죽음 이외의 다른 방법으로는 해소되지 않는단 말이다.

"사형이라……. 하긴, 이런 난리를 일으킨 주범이니 어쩔 수 없죠."

"그래. 듣자 하니 국제적인 범죄행위라는 모양이니까."

이츠키와 렌도 이런 상황에서는 냉혹하군.

뭐, 어차피 남남이고, 자기가 책임을 지는 것도 아니니까 마음대로 지껄이는 거겠지.

"끄응! 이 자식……."

"말도 안 되는 소리 하지 말라구――."

여왕이 한쪽 손을 들어 두 사람을 제지한다.

"정말로…… 죽이는 걸로 만족하시겠어요?"

여왕을 둘러싼 괴이한 마력의 흐름이 나에게 흘러 들어온다.

등골이 얼어붙는다는 게 이런 걸까. 섬뜩하다는 표현이…… 이런 상대에게 딱 어울리는 말이라는 걸 본능적으로 깨닫는다.

"죽이는 건 기본적인 전제예요. 하지만 실컷 괴롭히고, 목표를 달성하게 만들고, 이제 풀려날 수 있을 거라고 미소를 짓는 순간에 죽이는 것도 재미있지 않겠어요?"

"너도 참……. 아니, 하던 얘기 계속해 봐."

"죽이는 건 너무 뜨뜻미지근한 형벌이라는 얘기입니다. 만약 도움이 된다면 개를 귀여워하듯 머리를 쓰다듬어 주고, 그게 아니라면 주야장천 한구석에 처박아 두는 것도…… 재미있을 거예요."

아무리 가족이라도 이렇게 인정사정 봐 주지 않다니, 이 나라의 진짜 어둠은 어쩌면 이 여왕일지도 모르겠다.

"혹시 저분이 진짜 흑막 아닐까요? 제 눈에는 그렇게 보이는데요."

"그러게 말이야. 아까 한 발언을 철회할까?"

그렇게 손바닥 뒤집듯이 주장을 바꿔도 되는 거냐, 용사 놈들!

"이건 제 마지막 인정이라고 생각해 주십시오."

"아아……. 그런 거였군."

다시 말해, 목숨만은 살려달라는, 목숨만 살려준다면 무슨 일이든 받아들이겠다는 것이다.

"삼용교회에 잇달아 일어난 불상사는 여왕인 제 강권으로 일단 원상 복구되었습니다. 하지만 왕가 사람을 함부로 처형하면 다른 나라로부터 평판에 악영향이 생길 것입니다."

"세계를 곤경에 빠트린 무능한 두 녀석을 책형에 처하는 게 오히려 더 외국에 본보기가 되지 않을까?"

"방패애애애애……. 너 이 자시이이이익……!"

여왕은 으르렁거리는 쓰레기를 무시하고 말한다.

"통상적이라면 그 말씀이 맞겠지요. 하지만, 올트크레이는 예외입니다."

"왜지?"

"이 어리석은 인간도 옛날에는 대단한 사람이었습니다. 옛날에는……. 지금은 한낱 꼰대에 불과하지만, 외국에도 이름이 널리 알려져 있으니, 죽이고 싶어도 죽일 수 없는 상황이라……."

이 쓰레기가 무슨 대단한 일을 했는지는 모르지만, 사정은 대충 이해가 갔다.

죽이기에는 지명도가 너무 높다는 거군.

어쩐지 단순히 최고 권력자의 배우자로 생각하기에는 너무 강한 권력을 갖고 있다 싶더라니.

과거에는 일개 파벌을 이룩할 수 있을 정도의 실적을 쌓았었던 건가. 하긴, 자기를 왕가에서 추방하면 자기와 관련된 곳들에서 가만있지 않을 거라고 했을 정도니까.

그런 과거의 영광을 빼앗기고, 모욕당하고, 그러면서도 연명해 가는 이 녀석을 굽어보듯 구경하는 것도 재미있을지도 모른다.

"알았어. 그럼 그 제안에 응하기로 하지."

"감사합니다."

"다만, 이 두 녀석에게는 확실하게 생지옥을 맛보여 줘야 해. 그게 최소한의 조건이야."

"네. 물론⋯⋯. 자, 그럼 먼저 어떤 벌부터 주는 게 좋을까요?"

어디 보자⋯⋯. 죽이지만 않으면 뭐든 괜찮은 거였지?

"팔다리를 뽑아 버리는 것도 좋겠지만⋯⋯."

"나오후미 님⋯⋯."

라프타리아가 뭔가 할 말이 있는 듯 나를 쳐다본다.

내게 그만한 권리가 있고, 그에 상응하는 피해를 입었다는 것도 알고는 있지만, 아무리 그래도 그건 좀 지나치다고 생각하는 것이리라.

⋯⋯이제 어쩐다. 이러면 형벌을 정하기가 곤란해지는데.

그렇다고 이 기회를 놓치면, 간신히 찾아온 기회를 헛되이 날려 버리는 꼴이다.

"⋯⋯나오후미 님."

빗치가 눈물이 그렁그렁한 얼굴로 양손을 모아 애원하고 있다. 내 이름을 부르는 억양이 라프타리아와도, 메르티와도 다르게 들린다. '후미'가 *후미!'로 들리는 건 내 환청인가.

눈물이 흐르고 눈동자에 고인 눈물이 반짝인다. 그리고 뺨에는 어렴풋이 홍조가 깃들어 있어서, 이 장면만 보자면 반성하고 있는 것처럼 보인다.

굉장한 연기력이다. 본질을 모르는 녀석이었다면 틀림없이 속아 넘어갔을 거다.

애당초 이 얼굴로 모토야스를 유혹했던 거겠지.

그나저나 이 녀석이 나를 이름으로 부른 건 처음인데…….

"부디 복수 같은 어리석은 짓을 할 생각은 말아 주세요. 복수는 복수를 낳을 뿐이니까요. 나오후미 님께서 한 번만 참으시면 될 일이잖아요. 될 수 있으면, 여왕님께도 더 온정을 요청해 주세요."

"우와……."

렌이 진절머리가 난다는 듯 빗치를 쳐다보고 있다. 그건 이츠키 역시 마찬가지였는데, 그는 황당한 듯 뺨을 긁적거리고 있었다. 메르티는 이마에 손을 짚은 채 고개를 푹 숙이고, 라프타리아는 뜨악한 눈으로 이 광경을 바라보고 있다. 필로는…… 고개를 갸우뚱거리고 있다.

그리고 마지막으로, 나는…….

……………………………………후.

---

*후미 : '나오후미'의 '후미'는 '밟다'라는 뜻의 '踏み'와 발음이 같다.

"그렇다면……."

그날, 전령들이 말이며 필로리알, 기룡 등 갖가지 탈것을 타고 전국으로 달려가서, 방방곡곡을 돌며 이렇게 통고했다.

"이번 사건에 대한 책임을 지고, 메르로마르크 국왕 올트크레이와 왕녀 마르티는 그 이름을 쓰레기와 빗치로 영구 개명했다! 잘못된 이름을 사용하는 자는 이유 여하를 막론하고 엄벌에 처한다!"

그렇게 해서 각지의 도시, 도회지, 거리, 마을에 신속히 간판이 내걸리고, 그 내용은 문서로도 기재되었다.

이런 갑작스러운 상황에, 사람들은 신분이나 지위를 막론하고 하나같이 입을 모았다.

"""하아?!"""

"참아달라니, 누구 맘대로!"

"이게 도대체 무슨 짓이야?! 이 악마!"

빗치의 얼굴이 분노에 격렬하게 일그러진다.

이제 평생 동안, 국민들이 이 두 녀석에 대해 얘기할 때면 '빗치 공주가 말이지——.' 라느니, '쓰레기 왕이——.' 라는 식으로 수군거리게 될 것이다.

아아, 통쾌해라. 내 평생에 이런 순간을 마주하는 날이 올 줄이야.

"자업자득이군……."

"제 생각도 그래요. 잔혹한 벌이기는 하지만, 이 정도면 적절하게 매듭짓는 거라고 봐요."

렌과 이츠키가 황당하다는 듯 중얼거렸다.

"네 이놈——————————————!"

쓰레기가 얼굴을 시뻘겋게 물들인 채 고함쳤다.

"핫핫핫! 내가 보고 싶었던 바로 그 얼굴이야!"

쓰레기도 이제 공사를 불문하고 쓰레기라는 이름으로 정착됐군.

"복수는 복수를 낳을 뿐……. 참으면 될 일이다……. 참으로 근사한 말씀이군요. 그 말은 당신이 직접 실천하도록 하세요, 마르…… 아니, 빗치."

"시끄러워! 가만두지 않을 거야!"

당장에라도 덤벼들 것 같은 기세지만 여왕의 측근들이 그것을 용납하지 않는다.

"아, 빗치에게는 모험가 신분일 때 쓰는 가명이 있었지요. 그건 어떻게 하시겠습니까?"

"걸레."

"걸레라니……."

렌과 이츠키는 어째 입을 다물고 말았다. 상당히 기가 질린 것 같은 얼굴이다. 뭐, 그러는 것도 이해는 간다.

"그럼 앞으로는 그것을 모험가명으로 등록해 두겠습니

다. 예전 이름으로는 아무런 시설도 이용할 수 없을 테니 언짢게 생각지 마시길."

"죽여 버릴 거야! 빈틈만 보이면 바로 죽여 버릴 줄 알아!"

살의가 가득 담긴 발언이지만, 통쾌하다는 감정 이외에는 아무 느낌도 안 드는군.

꼴좋다!

"할 수 있으면 해 보시지. 나한테 손을 대는 날에는 진짜 사형에 처해 줄 테니까!"

"네, 그래서 권리를 박탈한 것이랍니다. 애당초 그런 짓을 했다가는 노예문 때문에 죽을 테지만요."

그랬군. 왕족이 여왕의 손에 처형당하는 건 국가의 위신에 악영향을 끼치는 법. 그러니까 왕족의 지위를 일단 박탈했다는 것을 널리 알려 두고, 다시 말썽을 일으키면 죽인다. 효율적이기 짝이 없다. 그거 딱 내 취향인데.

게다가 빗치에게는 나를 직접 공격하지 못한다는 제약이 걸려 있는 상태다. 공격력이 없는 내 기분을 맛보게 해 주다니, 머리 좀 쓸 줄 아는군.

"아니, 아무리 그래도 그건 좀 심한 것 같은데요."

이츠키가 이견을 제시하지만, 내 알 바 아니다.

"아아, 속이 다 후련하네!"

"그럼 이제 이와타니 님의 협조를 얻기 위해 소원을 들어 드릴 차례군요."

"무슨 얘기지?"

"소동이 벌어지기 전에, 이와타니 님께서는 이 쓰레기에게 무릎 꿇고 애원해 보라고 말씀하셨다고 들었습니다만?"

여왕이 탁 하고 손뼉을 치자, 그림자와 기사들이 쓰레기와 빗치를 결박해서 억지로 무릎을 꿇린다.

"이게 뭐 하는 짓이야? 내가 누군지 알고 이러는 거야——."

"그렇다! 나는——."

"모험가와 장군 아니었나요?"

짓눌린 채로 반발하는 두 사람에게, 여왕이 그들의 입장을 확인시켜 주었다.

"무릎을 꿇리세요. 빗치는 말할 것도 없겠죠. 따르지 않으면 노예문이 작동할 걸요?"

"아니, 여왕! 그건—— 안 돼—— 난 굽히지 않을 거다! 굽히지 않을 거라고. 우오오오오오오오오!"

"말도 안 되는 소리 하지 마. 내가 왜 이 녀석한테 무릎을 꿇어야…… 꺄아아아아아아! 아파!"

여러 명이 둘러싸다시피 해서 쓰레기와 빗치를 강제로 무릎 꿇리고는, 머리를 땅바닥에 짓이긴다.

빗치는 그에 반발해서, 노예문이 작동하는 데도 불구하고 버티면서 저항한다.

그리고 그림자들이 그들의 옆에서 고개를 숙이고 목소리를 낸다.

"방패 용사여———."

"누ㅇㅇㅇㅇㅇㅇㅇㅇㅇㅇㅇㅇㅇ!"

"아아아아아아아아아아아아아아아아아아!"

쓰레기와 빗치가 목청을 높여서 방해하기 시작했다.

"입을 다물게 하세요."

여왕의 지시에 따라, 쓰레기와 빗치의 입이 천으로 틀어막힌다.

"후무우우우우우우우우우!"

"우우우우우우우우우우움!"

두 사람은 있는 힘껏 버둥거렸지만 중과부적이라 끝까지 저항할 수는 없었다.

"부디, 방패 용사여, 힘을 빌려주게! 이렇게 부탁하네!"

"방패 용사님, 이 나라를 위해 싸워 주십시오."

두 사람의 목소리를 똑같이 성대모사한 목소리가 말한다.

"이 정도면 어떠시겠습니까?"

"어떠시겠냐니, 어이……."

억지로 무릎을 꿇리고 사과를 시키다니……. 보는 내 입장에선 통쾌하긴 하지만…….

통쾌하기 짝이 없지만 내가 원하던 것과는 뭔가 좀 다르단 말씀이지.

"뭐, 반성하는 것 같지도 않으니, 마뜩지 않게 생각할 만도 하긴 하네요."

"그래도 좀 지나친 거 아냐?"

이츠키가 뇌까리자 렌이 대꾸한다.

참견하지만 않는다면 구경시켜 주지. 악인이 누군지 그 눈으로 똑똑히 확인해 보라고.

쓰레기와 빗치는 제압당해 있는 상태에서도 굴욕감에 미쳐 버리는 게 아닐까 싶을 만큼 악다구니를 써댄다.

쓰레기는 한참이 지나자 잠잠해졌기에 일단 결박을 풀어 주었다.

어째…… 겁탈당한 후의 여자처럼 넋이 나가 있고, 어디를 보는 건지 알 수 없는 눈동자에서는 주르륵 한 줄기 눈물이 흐르고 있다.

나에게 고개를 숙이는 게 그렇게까지 굴욕적이었던 건가?

아. 렌이 쓰레기에게 다가가서 얼굴 앞에서 손을 휘휘 흔든다. 그리고 쓰레기가 아무것도 보지 못하는 것을 확인하고 나서 제자리로 돌아갔다. 하지만 빗치는 아직까지도 저항하고 있다.

"자, 두 사람에 대한 고문은 이쯤 해 두도록 하죠."

여왕이 손을 들어서 지시를 내린다.

"옥좌의 방에서 끌어내세요."

""""예!""""

곧바로 두 사람을 옥좌의 방에서 쫓아낸다.

뒤를 돌아보니 미묘한 표정의 라프타리아와 씁쓸하기 그

지없는 얼굴의 메르티, 어째 즐거워 보이는 필로 등등…….
어째 나에 대한 평가가 저하되어 있는 것을 한눈에 알 수 있
는 면면들이 있다.

드러내놓고 불평하지는 않지만 너무 지나친 처사라고 생
각하는 모양이다.

"그럼 이번 처벌은 일단 마무리하기로 하겠습니다. 아마
키 님과 카와스미 님과 그 동료 분들은 성안에서 편히 쉬고
계십시오. 이와타니 님께는 아직 드릴 말씀이 남아있으니
여기에 남아 주셨으면 합니다."

"그, 그러지……."

"아무래도 이런 짓을 하는 분들을 신뢰하고 싶지는 않지
만……."

"아니. 온 나라를 엉망진창으로 만들어 놓은 것에 대한
책임치고는 가벼운 건지도 몰라. 그저 바로 앞에서 보니까
심하게 느껴지는 것뿐일 수도 있어."

"……그럴지도 모르겠네요."

렌과 이츠키, 그리고 그들의 동료들은 그런 대화를 나누
며 옥좌의 방을 떠났다.

"자, 이 정도 벌을 주었으니, 이제 이와타니 님께 협조를
요청하고 싶습니다."

"그야 뭐……."

이 정도까지 해 준 마당이니 거절할 이유도 딱히 떠오르

지 않는다.

가족들을 함부로 대하는 녀석은 믿을 수가 없다는 핑계로 거절할 수도 있긴 하지만, 먼저 악행을 저지른 건 그 녀석들이니까. 자업자득이라고 봐야겠지.

"우선 무엇부터 얘기하면 좋을지. 그래요. 그럼 전설의 용사에 대한 얘기부터 해 보도록 하죠."

여왕은 이야기를 시작했다.

"저는 사성용사 전승을 꽤 좋아한답니다. 이 나라의 전설과는 다르지만요."

"어떻게 다르지?"

"이와타니 님도 메르티와 얘기하면서 어렴풋이 짐작하고 계셨을 줄로 압니다만."

여왕의 말에 나도 무심코 고개를 끄덕인다.

"알고 계시다시피, 이 나라의 용사 전승 속에는 방패가 등장하지 않습니다. 엄밀히 말하자면 말소돼서, 악마로 전해지고 있지요."

"그랬군……."

이 세계에 소환되는 순간에 읽었던 사성무기서, 그 책에는 방패에 대한 기술이 없었다.

내가 이 세계에 옴으로써 그 빈 페이지를 채우게 되는 건 줄 알았는데, 아마도…… 그 책은 이 나라의 전승을 그대로 기재했던 것……이었나?

어딘가 이상하다. 내가 뭔가 잘못 추리하고 있는 것 같은 느낌이 들지만 일단은 납득하고 넘어가기로 하자.

"방패 용사가 이룬 위업은 인간과 아인들 사이를 중재한 것이었다고 합니다. 그 과정에서 다른 용사들과 적대 관계가 되기도 했지만, 결과적으로는 화해했지요."

이제야 알겠군. 아인들의 편을 들었다는 전승이 있었던 덕분에, 아인들이 무조건적으로 나를 신뢰했었던 거란 말이지?

"알고 계시다시피 우리 나라는 인간 지상주의. 보호 구역은 있지만 아인들의 생활은 궁핍하기 짝이 없습니다."

"······그랬지."

나도 석 달 동안 이 나라에서 살았기에, 아인들이 노예 계층이라는 것 정도는 알고 있다.

"그런 사정이 있기에 실트벨트와의 관계는 더없이 험악해서, 오랜 세월에 걸쳐 전쟁을 거듭해 왔지요."

아인 지상주의를 주장하며 인간을 노예로 부리는 나라인 실트벨트. 두 나라는 그야말로 물과 기름 같은 관계로군.

하긴, 사상적으로 봐도 서로 친하게 지내기는 힘들겠지.

"이쯤 되면 이와타니 님께서는 짐작하고 계시겠지만, 실트벨트의 국교는 사성교의 한 분파로, 방패 용사만을 신봉하는 방패교입니다."

"어렴풋이 짐작은 하고 있었는데 역시 그랬었군."

"네……. 그럼, 삼용교가 어떻게 해서 태어난 것인지도…… 이와타니 님이라면 아실 수 있으리라 믿습니다."

메르로마르크와 실트벨트. 양 국가의 종교가 사성교로부터 분리돼서, 삼용교와 방패교로 갈라졌다.

여왕의 얘기에 따르면 오랜 세월 전쟁을 거듭해 왔다고 한다. 그렇다면…….

"나는 적진 한가운데로 소환됐다는 거군."

적의 성인을 용사로서 정중히 대접한다는 것은, 어지간히 인간성이 좋은 사람이 아니면 하기 힘든 일이다.

삼용교의 성전 같은 곳에는 방패 용사가 저질렀다는 사악한 행적들이 적혀 있으리라.

내 세계의 종교도 마찬가지다. 적대 관계인 종교의 신은 곧 악마.

흔히 있는 이야기다.

쓰레기가 나를 눈엣가시로 여겼던 건 실제로 전장에서 실트벨트와 싸웠기 때문이었나……?

"조사 결과, 모든 것이 삼용교의 폭주 때문이라는 게 밝혀졌는데, 그걸 밝혀내기까지 제가 벌인 분투에 대한 얘기는 넘어가기로 하죠."

"동정 정도는 해 주지."

"감사합니다."

"네……. 메르티는 그 일을 잘 알고 있죠?"

"아, 네!"

"그리고 이게 가장 중요한 문제인데, 이 세계에는 사성용사 소환에 의해 사태의 중대성을 가늠하는 의식이 존재합니다."

"우리는 한 번에 네 명이 다 소환됐는데?"

"네……. 그래서 그 문제는 최중요 사항이 됐지요."

"그렇게 큰 문제라면, 다른 나라들은 왜 이 나라를 공격하지 않은 거지?"

"저의 교섭 때문……만은 아니지요. 이건 이와타니 님이나 다른 용사 분들과도 큰 관련이 있는 일입니다."

"어머니는 최선을 다하셨어요, 정말로. 열병을 앓으실 정도였는걸요."

"메르티."

"뭐, 뭐야?"

"왜 갑자기 존댓말인데? 그냥 예전처럼 딱딱거리라고. 기분 나쁘니까."

"뭐가 어째?"

"후후, 메르티도 이제야 나이에 걸맞은 얼굴을 보여주는군요. 어머니로서는 기쁠 따름입니다. 언니처럼 되라는 말은 안 하겠지만, 메르티는 어린 시절부터 너무 공적인 지위를 중시해서 스스로를 드러내지 않았으니까요."

"아, 아니에요. 어머니!"

"될 수 있으면 어른이 될 때까지 이와타니 님과 친하게 지내면서 스스로를 이해하도록 하세요."

"어머니!"

메르티가 불퉁거리며 화를 냈다. 음, 이러다간 얘기가 계속 제자리걸음이겠군.

"삼용교는 왜 망하기 직전까지 나를 죽이지 않은 거지?"

"방패의 악마는 세 명의 신에 의해 죽을 거라고 판단했던 거겠지요."

"다른 용사가 성장하기를 기다렸다는 건가?"

"용사님들은 약간…… 이렇게 말씀드리면 좀 그렇지만, 앞뒤를 안 가리시는 경향이 있으니까, 마음대로 조종할 수 있을 거라고 생각했을 것입니다."

"뭐, 그럴 만도 하지."

아직도 게임 속이라는 감각을 벗어나지 못한 놈들이다. 방금도 자신들을 속였다는 당장 눈앞에 보이는 악행만 단죄하려고 들 뿐이었고, 동료들을 의심할 생각은 하지도 않는다.

"물론, 저희 쪽에서도 행동에 나섰었습니다. 특히 이와타니 님에게는 각국으로부터 대량의 초청이 들어왔지요."

"그건……."

예전에 메르티가 했던 말을 떠올렸다. 내가 한창 난폭해져 있을 때, 내게 접근하지 말라는 명령을 내렸었다는 얘기.

여왕도 내가 어느 정도 감을 잡은 걸 눈치채고 고개를 끄덕인다.

"뭐, 그 덕분에 저도 거짓말을 동원해서 위기를 벗어나기도 했지만 말이지요."

"뭐지……?"

"용사가 우리 나라 안의 썩은 고름을 제거하기 위해 활동 중이라는 식으로."

이런 상황에서 전쟁을 막아낸 걸 보면 상당히 애를 쓴 것이리라.

온라인 게임에서 길드를 관리하는 시절에, 나도 멤버가 폭주하는 상황을 겪어 본 적이 있었다.

그 뒷감당을 하는 건 보통 고생이 아니었다. 보통은 해고해 버리면 그만이긴 하지만 그럴 수도 없는 상황이라면 얼마나 힘들 것인가.

"이와타니 님이 국내에서 다른 용사들이 일으킨 문제를 해결하신 게 결정적이었습니다."

다른 용사들이 말썽을 일으키고 내가 그 뒤처리를 한 게 밝혀지면, 온 나라의 신앙이 흔들리게 마련이다.

"다른 용사들은 방패 용사만 차별당하고 있다는 걸 왜 몰랐던 거지?"

"키타무라 님은 빗치가 가까이 있었고, 아마키 님과 카와스미 님은 길드를 경유해서 거짓 정보를 주입받고 있었던 것 같더군요. 사람들은 보통, 자신과 친한 자에게서 들은 정보를 믿는 법이니까요."

친한 사람에게서 들은 정보라……. 판단 재료가 적으면 그렇게 되는 법이긴 하지.

가짜 정보라는 걸 알았더라면 그 정보를 거절하고 내 편을 들었으리라.

몰랐으니까 그렇게 생각 없이 행동했던 거군. 응. 역시 렌과 이츠키는 말이 통하는 녀석들이었어.

"간신히 포위망을 갖추고 국내로 돌아와 보니 이런 사건이 벌어져 있더군요. 삼용교가 사성무기의 복제품을 소지하고 있을 줄은 미처 몰랐습니다."

그 무기를 녀석들이 갖고 있다는 걸 사전에 알았더라도…… 아마 힘들었으리라.

"교황도 어리석은 자입니다……. 이와타니 님의 공격을 받았을 때, 복제품을 방패로 바꾸었더라면 목숨만은 건질 수 있었을지도 모르건만……."

"역시 방패로도 바꿀 수 있는 거였군."

"네. 다만, 본래 용사가 발휘하는 힘의 4분의 1만 내도 양호한 편이라고 들었습니다."

"그게 4분의 1이었다고?"

우리가 성장하면 그것보다 네 배 더 강해진다……? 아무리 그래도 그건 오버겠지.

보나 마나 소실된 전승이 제멋대로 눈덩이처럼 불어났다
거나 하는 그런 거……. 아니, 피트리아의 힘을 생각해 보
면 그건 모르는 일이다.

까놓고 말해서 우리가 약해도 너무 약한 걸지도 모른다.

1초라도 빨리 강해지지 않으면 앞으로 닥쳐올 파도에 맞
설 수 없다.

"쓰레기도 오랜 평화 때문에 얼간이가 다 됐습니다. 원래
는 유능한 사람이었는데, 지금은 남들 싫어하는 일에만 잔
머리를 굴리는 사람이 되어 버렸지요."

아아……. 역시 내가 실트벨트에 가는 걸 막으려고 그렇
게 경비망을 쳤던 거군.

"그리고…… 네. 저는 가능한 범위에서 최대한 이와타니
님을 원조해 드리고자 합니다. 그런데도 실트벨트에 가서
진실을 알리고, 전쟁을 일으키고 싶으신지요?"

"으음……."

여왕은 속으로는 나를 어떻게 생각하고 있더라도 옹호할
수밖에 없는 상황이라는 건가.

그래도 말이지…… 솔직히 말하자면 여기서 바이바이 하
고 싶은 심정이다. 하지만 피트리아와 한 약속이 있다.

커스 시리즈에 대한 조언을 생각하면 피트리아의 얘기는
함부로 무시할 수 없다.

"참고로 실트벨트든 실드프리덴이든, 이와타니 님이 가

시면 무슨 일이 일어나게 될지 일단 가르쳐드리도록 하지요."

"응?"

여왕 녀석, 무슨 얘기를 하려는 거지?

"우선 공주, 귀족 영애, 다양한 종족의 아인 여자들이 이와타니 님께 달려들어서 성관계를 요구하고, 그 결과로 하렘이 형성되겠지요."

"재수 없어!"

방패 용사의 아이를 갖고 싶다면서 덤벼든다? 빗치 일을 겪고 나니 그런 짓은 생각만 해도 구역질이 난다.

더러운 꿍꿍이를 가진 여자는 가까이 하고 싶지도 않다.

"원하신다면 뭐든 손에 넣으실 수 있을 것입니다. 우리나라를 함락시키라고 지시하시면 온 국민들이 기꺼이 사지로 달려가겠지요."

으음…… 그건 나쁘지 않은 것 같기도 하다. 하지만 하렘은 좀…….

내가 참기만 하면…… 되는 걸까? 하지만…… 앞으로 살아남기 위해서는 다른 용사들과의 협력이 필수 불가결이니 그들도 함께 가는 게 옳을 것이다. 따라갈지 어떨지는 모르지만.

"여기까지는 좋으시겠지요. 하지만, 어느 나라든 권력자와 신앙은 검게 물드는 법입니다."

"하?"

"원인 불명의 질병에 걸려서…… 가엾게도 이와타니 님은……."

"……잘도 아는군."

"과거에 소환됐었던 방패 용사의 말로니까요."

이건 괜히 들었는걸.

국민들은 방패 용사를 숭배하고 있지만, 상층부는 방패 용사가 멋대로 행동하는 것을 탐탁지 않게 여긴다는 건가.

하긴, 아무것도 모르는 이세계인이 나라를 엉망으로 만드는 게 반갑지는 않겠지.

뭐, 상대방 생각도 이해 못 하는 건 아니지만, 나 역시 죽고 싶지는 않다. 이를 어쩐다?

"참고로, 동료가 되자는 거짓말을 하면서 나오후미 님에게 접근한 모험가가 있었지요?"

"……그래."

이 세계에 온 지 며칠 되지 않았을 때의 일이었다. 동료가 돼 줄 테니 돈을 내놓으라고 했던 녀석이다. 벌룬 형에 처해 줬었지.

"그 모험가는 며칠 후에 참혹한 시체로 발견됐습니다."

"엑?!"

끔찍한 얘기를 듣게 됐군.

"그리고 며칠 전에 기사단장이 누군가의 습격을 받아 죽었습니다. 범인은 아직 잡히지 않았지요. 아마도……."

실트벨트도 과격한 나라로군.

말하자면……. 실트벨트에 가면 천국과 지옥이 동시에 찾아온다는 건가.

물론 여왕의 얘기가 모두 사실이라는 보장은 없지만.

"그보다는 스스로의 힘으로 신뢰를 구축해 온 이 나라에 머무시는 게 안전한 방법일 거라 생각합니다만."

"……."

하지만 협조를 망설이게 만드는 이유도 존재한다.

이런다고 지금까지 받아 온 고통이 사라질 리도 없고, 아무리 여왕이 권력을 사용해서 입에 발린 소리를 한다 한들 순순히 납득할 수도 없는 것이다.

조금 전의 징벌과 설명에 여왕이 직접적으로 관여하기는 했지만, 그건 어디까지나 국가의 권력자로서 당연한 일을 한 것뿐이다.

그럼에도 마치 자신이 대단한 온정이라도 베풀었다는 듯 말하고, 그러니까 자신을 도우라는 식으로 나오는 건 너무 뻔뻔한 짓 아닌가.

무엇보다 나는, 이 녀석의 능력은 인정할지언정 신용까지 하고 있는 건 아니다.

말로는 무슨 소린들 못 할까.

내가 다른 나라로 가 버리면 곤란하니까 이렇게까지 하는 것에 불과하다.

그리고 이 녀석의 말이 사실이라면 굳이 실트벨트나 실드
프리덴에 구애받을 것 없이 다른 나라로 간다고 해도 충분
히 우대를 받을 수 있다.

메르로마르크만 특별한 건 아니다.

"⋯⋯."

앞으로의 일에 대해 고민하고 있으려니, 여왕은 내 눈앞
에서 정좌를 했다.

"지금까지 이와타니 님이 받으신 피해에 대한 책임은 모
두 저에게 있습니다. 뻔뻔한 소리라는 건 저도 잘 알고 있습
니다."

그리고 여왕은 깊숙이 고개를 조아렸다.

이 광경에 메르티는 완전히 말문이 막혔고, 뒤이어서 라
프타리아의 눈도 휘둥그레졌다.

필로도 이쯤 되니 주위의 분위기를 통해 뭔가 심상치 않
은 일이 일어나고 있다는 걸 감지한 모양이다.

"하지만 저에게는⋯⋯ 아니, 이 나라에는 이미 이와타니
님께 의지하는 길 이외의 다른 길이 존재하지 않습니다. 제
목을 내놓아야 분노를 잠재울 수 있겠다고 하신다면 기꺼이
내어 드리지요. 이름을 바꾸라고 하신다면 바꾸겠습니다."

"어머니⋯⋯."

"그러니, 부디 저희에게 말미를 주십시오. 지금까지와 같

은 부당한 대우는 이 밀레리아. Q. 메르로마르크의 이름을 걸고 저지하고, 마법 계약을 맺고 최대한 우대할 것을 맹세하겠습니다."

이 녀석은…….

쓰레기와 빗치는 강권을 동원하다시피 해서 살려 두었으면서, 자기 자신은 죽어도 좋다고 지껄인다.

쓰레기나 빗치의 목을 딸 수 있다면 나도 수긍하겠지만, 여왕의 목 같은 건 딱히 갖고 싶지도 않다.

그만큼 메르로마르크가 세계적으로 위태로운 상황에 놓여 있다는 건가.

다시 말해 이 나라의 운명이 내 손에 달려 있다는 뜻이다.

마음만 먹으면 온 세계를 충동질해서 메르로마르크를 멸망시키는 것도 가능하리라.

하지만――.

"딱 한 번뿐이야."

"그 말씀은――?"

"예전에 네 휘하의 그림자가 우리를 구해준 적이 있어. 그리고 교황의 숨통을 끊는 것도 도와줬으니까."

"그렇다면――."

"한 번만 너를 믿어 보기로 하지. 다만, 어떤 이유를 붙이더라도 두 번은 없을 줄 알아."

"감사합니다."

내 말에 여왕은 다시 한 번 깊이 고개를 조아리고 감사의 말을 전했다.

어쩌면 내 대응이 너무 안이한 건지도 모른다.

하지만 그렇다고 모든 걸 의심하기만 해서는 앞으로 나아갈 수 없다.

피트리아가 내게 주의를 주며 한 말이 떠오른다.

용사들끼리 싸우고 있을 시간이 없다. 그랬다가는 그 거대한 전설의 필로리알이 나와 다른 용사들을 죽이러 올 테니까.

용사의 적은 국가가 아니라 파도인 것이다.

국가들끼리의 싸움에 정신이 팔렸다가 갑작스러운 파도의 공격에 당하거나 하는 상황은 생각도 하기 싫다.

무엇보다 지난번 파도 때, 용사 세 명이 사실상 패배했었다는 사실을 잊어서는 안 된다.

괜히 적을 늘릴 필요는 없겠지.

지금까지는 앞뒤에서 동시에 공격을 받아 왔는데 이제야 그 상황이 변하는 것이다.

이 세계가 어찌 되든 내 알 바 아니지만, 파도를 물리치면 나는 원래 세계로 돌아갈 수 있다.

이제부턴 집중해서 파도…… 글래스와의 싸움에 대비할 수 있다.

그것만으로도 커다란 전진임을 생각하면, 이 정도면 만족스러운 결과라 할 수 있으리라.

여왕이 일어서서 부채로 입가를 가리면서 이야기를 계속했다.

"이 얘기는 용사인 다른 세 분께는 비밀로 해 주시지 않겠습니까? 용사도 사람이니까요. 방패 용사님만 우대하고 있다는 걸 알면 어떻게 될지……."

하긴, 지금 나눈 얘기에는 다른 세 용사에게는 얘기할 수 없는 내용이 다수 포함돼 있다.

렌과 모토야스는 몰라도 이츠키가 알았다가는 폭주할 법한 내용도 있다.

무엇보다, 적어도 상황에 큰 변화가 생기지 않는 이상 나를 둘러싼 환경은 여전히 좋지 않을 게 분명하다.

"알았어. 그 녀석들한테는……."

"네. 앞으로 제가 책임지고 관리하도록 하지요."

"그래? 이제야 겨우 적 하나가 사라졌군……."

"정말 죄송합니다……. 아무런 상관도 없는 분을 멋대로 소환해서 싸움을 강요했으면서, 해 드릴 수 있는 일이라고는 이 정도밖에 없는 저를 용서해 주십시오."

"그 얘긴 그만 됐어. 문제는 앞으로 어떻게 하느냐 하는 거야. 그 세 명한테도 뭔가 할 얘기가 있다고 했지?"

"네. 그 얘기는 이와타니 님께서도 참석하실 만찬 때 말씀드리겠습니다."

"알았어."

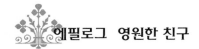

에필로그　영원한 친구

여왕은 부하들에게 지시를 내리고, 옥좌의 방 뒤쪽에 있는 계단을 올라간다.

"메르티……. 가요."

"아…… 네."

메르티는 먼저 내 얼굴을 쳐다보았다.

"지켜 줘서 고마워……."

그 외에도 뭔가를 더 중얼거리고 있다. 말의 의미는 '솔직하게 굴지 못해서 미안해'인가?

난 난청은 아니다. 그래도 좀 더 크게 말하라고. 그런 생각에 다시 한 번 되묻는다.

"엉? 뭐라고?"

"……흥. 나오후미랑 같이 다니면 목숨이 몇 개라도 부족할 지경이었는걸, 이제 속이 다 후련하네."

"뭐라고?"

이 상황에서 나한테 이죽거리는 소리를 하다니 뭐 하는 짓이야! 뭐, 공주니까.

메르티는 뒤이어 라프타리아 쪽을 돌아보았다.

"어이, 무시하지 마!"

"라프타리아 양, 지켜 주셔서 고마워요. 라프타리아 양이 사시던 보호 구역을 최대한 재건하도록 어머니께 말씀드릴 테니 기다려 주세요."

"네. 부탁드릴게요."

"이번 여행을 하면서, 이 나라를 아인과 인간이 정답게 공존할 수 있는 나라로 만들어야 한다고 통감했어요. 기필코 바꿔 보이고 말 거예요."

"내 얘기 아직 안 끝났다고! 메르티!"

"나오후미, 시끄러워."

뭐가 어째? 뒤이어 메르티가 필로 쪽을 향했을 때, 나는 입을 다물 수밖에 없었다.

그렇게 드세던 메르티가 눈물을 흘리기 시작했기 때문이다.

"왜 그래, 메르?! 어디 아파?"

"아니. 그런 거 아니야…… . 난 괜찮으니까 걱정하지 마, 필로, 있잖아 필로. 나는 더 이상 필로랑 같이 다닐 수 없어."

"메르는 떠나는 거야?"

이쯤 되니 필로도 분위기 파악이 된 듯, 당혹스러운 표정으로 내게 묻는다.

"메르티는 말이지, 우리와는 사는 세계가 달라. 이제 예전처럼 같이 여행을 다닐 수는 없을 거야."

차기 여왕을 끌고 다니는 건 아무래도 힘들 테니까.

"그런 거야?"

필로가 울먹이는 얼굴로 메르티 쪽을 쳐다본다.

"응⋯⋯."

"이제 못 만나는 거야?"

"⋯⋯아니. 다시 만날 수 있어. 몇 번이든. 그치만 아마 같이 여행을 다닐 수는 없을 거야."

그렇게 말하고, 메르티는 여왕 쪽을 돌아본다.

여왕도 긍정하듯 고개를 끄덕였다.

"그치만⋯⋯ 이제 헤어지는 거지?"

"응. 하지만 필로가 여기로 오면 언제든지 만날 수 있어."

필로에게 얘기하는 메르티 녀석의 목소리가 눈물에 젖어 있다.

우리의 여로가 메르티에게 큰 영향을 미친 것 또한 사실이다.

"싫어~! 필로는 메르랑 같이 있고 싶다구! 주인님~."

"네가 당초에 원했던 대로 메르티를 구해줬잖아. 더 이상 응석 부리면 안 돼."

"그치만~!"

"필로. 그렇게 너무 떼쓰면 안 돼."

"우……."

메르티는 떼를 쓰는 필로의 손을 잡는다.

"아직 그렇게 긴 시간을 함께한 것도 아닌데……. 어째선지, 필로는 어린 시절부터 줄곧 함께 지낸 소꿉친구처럼 느껴져."

"메르……."

"나도 필로와 헤어지는 게 슬퍼. 그치만 필로에게는, 필로만이 할 수 있는 일이 많이 있는걸. 나 역시 나만이 할 수 있는 일을 할 거야."

"그래도, 메르랑 떨어지는 건, 싫어~."

"필로."

메르티는 기어이 울음을 터뜨린 필로의 뺨을 손으로 어루만진다.

"걱정 마. 나랑 필로는 마음만 먹으면 언제든지 만날 수 있는 곳에 있으니까. 왜냐면, 필로는 영원히 친구인걸. 제일 친한 친구!"

"헤어져 있어도, 메르는 영원히 필로랑 친구 맞지?!"

"응! 나는 어디에 있든 필로의 친구야!"

"약속!"

"약속할게!"

비록 짧은 시간 동안이었지만, 필로는 메르티와 줄곧 정답게 지내 왔으니까. 그 덕분에 먹보에 항상 멋대로 굴기만 하던 필로도 친구를 위해 한 발짝도 물러서지 않는 의지를 배웠다.

필로는 좋은 친구를 만났다. 이 만남은 정말 중요한 의미를 가질 것이다.

파도가 다 끝나고 나면 메르티에게 필로를 맡겨야겠다고, 나는 마음속으로 다짐했다.

메르티라면 필로를 소중히 여겨 줄 것이다. 마찬가지로 필로도 메르티를 소중히 여기고 있는 것 같고.

좋은 친구를 얻었군, 두 사람 모두.

그 대화를 지켜보고 있던 라프타리아가 내 손을 잡는다.

나도 말없이 그 손을 잡았다. 나는 나를 둘러싼 환경을 뒤집어냈다.

나는 이제야 겨우 스타트 라인에 선 것 같은 기분이 들었다.

돌이켜 보면 누명을 뒤집어쓰고, 무일푼 신세로 쫓겨나고, 갖은 차별을 겪는 등 지금까지 고생만 해 왔다.

하지만 이제부터는 다르다.

다른 용사들과 동등한…… 아니, 그보다 더 우월한 환경을 손에 넣는 데 성공했다.

하지만 이제야 적이 하나 사라진 것뿐이다. 파도라는 근본적인 문제는 전혀 해결되지 않았다.

그래도 전보다는 훨씬 나아진 거라고, 그렇게 믿고 싶다.

"아니……."

──믿을 수 있다.

동료들을 보고 있으면, 그런 확신이 든다.

번외편 공포의 필로리알

"큭……. 뭐 이렇게 강한 괴물이 다 있어?!"

"……."

파도에서 나타난 괴물을 상대로 피트리아는 선전을 펼쳤다.

"이번에는…… 철수해야 하는 건가?!"

"도망칠 수 있을 줄 알고?"

피트리아는 최대한으로 힘을 담아서, 파도에서 출현한 괴물을 걷어찼다.

"크아아아아아아아——."

……너무 세게 찼다. 하지만 상대방도 제법 튼튼한 녀석……. 물리쳤다는 확신을 얻기 전에, 파도 너머로 사라져 버렸다.

보통 인간이었다면 즉사했을 터. 하지만 상대방은 견뎌냈다……. 아마도.

마치 에너지 덩어리 같은 것이었다. 피트리아도 무기를 쓸까 고민했지만 전력을 다 드러내서 싸울 만한 상대까지는 아니었다.

파도가 잦아들고, 균열이 사라진다.

이곳은 피트리아가 관리하고 있는 용각의 시계탑에서 나타난 파도.

인간이 드나들 수 없는 세계에서 일어난 파도를 잠재우는 게 피트리아의 역할.

이것은…… 과거의 용사에게 부탁받은 일.

"후우……."

"피트리아 님~! 마물 퇴치 완료했어요~!"

부하 필로리알들이 와서 경례하고, 파도로부터 출현한 마물들을 섬멸했음을 보고한다.

"수고했어."

피트리아는 파도가 있던 곳을 쳐다본다.

……왜 사성용사는 세계 곳곳의 파도에 맞서기 위해 오지 않는 거지?

이제 슬슬 피트리아가 직접 나서서 조사해 봐야 하는 건지도 모른다. 안 그러면 세계를 지킬 수가 없으니까.

부하들의 얘기에 따르면 용사 소환은 이미 끝났을 터. 그런데도 움직임이 전혀 없다.

현재까지는 피트리아가 피트리아의 관리 구역을 열심히 지켜내면 되는 정도지만, 인간의 관리 구역은 용사 없이는 지켜내기 힘들어진다.

소환돼 왔으면서, 뭘 하고 있는 거지?

모르겠다.

"""큰일 났어요~!"""

"응―?"

그때, 한 여자아이를 바래다주도록 보냈었던 부하들이 돌아왔다. 그 여자아이는 모습을 감춘 채 세계 곳곳을 돌아다니던 피트리아를 지켜 주려 했던 기특한 아이였다.

"그 애는 확실하게 바래다주고 온 거야?"

피트리아와 친구가 되고 싶다면서, 무심코 드래곤의 둥지까지 들어온 피트리아를 지키기 위해 싸웠던 아이다.

요즘 세상에 그런 아이는 드물다. 인간들은 항상 상대방을 자신들에게 종속시키려 드는 생물이니까.

필로리알들을 만만한 노동력으로서 부려먹고, 자기들보다 강한 존재가 있으면 배척한다.

피트리아도 옛날에는 인간들을 상대했었기 때문에, 그 점에 대해서는 넌덜머리가 나 있다.

용사가 남긴 유언을 따라서 모두와 함께 세계를 지키려고 했었는데, 인간들은 과거의 약속을 잊고 피트리아와 친구들을 없애려고 했었다…….

용사가 없다면, 지켜줄 가치 따위는 전혀 없다.

"""아, 깜박했네~."""

……후우. 필로리알 부하들은 왜들 이렇게 기억력이 나쁜 건지 몰라.

피트리아는 이마에 손을 짚는다.

"너희, 뭘 하러 갔었던 거야?"

"그, 그치만~."

"변명은 필요 없어. 너무 무례한 소리를 하면 추방할 거야."

필로리알에게 피트리아의 권속으로부터 추방당한다는 것은 곧 죽음과 같은 뜻……이다.

야생 필로리알은 전부 피트리아의 관할.

그 관할에서 벗어난 필로리알은 더 이상 필로리알이 아니다.

기껏해야 객사하는 신세. 피트리아의 가호는 그만큼 강력하니까.

"너, 너무해요! 싫어요~! 제발 말미를 좀 주세요~."

"그래서? 큰일이라는 게 뭐지?"

"아, 맞아. 그게 말이죠, 피트리아 님이랑 비슷한 모습을 발견했지 뭐예요~."

머리털이 쭈뼛 움직이는 것이 느껴졌다.

피트리아가 퀸의 모습으로 변했을 때와 같은 모습……. 그것은 사성용사의 손에 길러진 필로리알이라는 증표.

다시 말해, 피트리아의 후계자이자 새로운 여왕 후보가 태어났다는 가장 큰 증거.

그리고…… 사성용사가 존재한다는 증명.

"모습은 어땠고, 색깔은 어땠지?"

우선 외모가 어떤지를 알아보는 게 먼저다. 그래서 부하에게 물어본다.

"그게 말이죠~, 하얗어요~. 그리고 입에서 물을 질질 흘리고 있었어요."

"아니잖아~. 빨갰다구~. 팔이 꿈틀꿈틀 잔뜩 달려 있었어."

"핑크색이었잖아~. 그리고 머리가 우글우글 여러 개 붙어 있었다구."

"그거 진짜 필로리알이긴 한 거야?"

피트리아의 머릿속에 새로운 여왕 후보의 모습이 떠오른다……. 털은 흰색과 빨간색과 핑크색이 뒤섞인 얼룩무늬에, 머리가 여러 개 달려 있고, 팔도 잔뜩 달려 있다.

캬아아아아악…… 하고 위협하면서 덮쳐들 것 같아.

"우우……."

피트리아는 부르르 떨면서 머리를 싸쥔 채 몸을 웅크린다.

그런 건 필로리알이라고 할 수도 없잖아.

하지만, 용사가 키운 필로리알이라면 아주 불가능한 얘기도 아니다. 그럴 만도 한 것이, 피트리아도 용사의 손에 키워졌고…… 피트리아의 본래 모습도 어찌 됐건 일반 필로리알과는 다른 모습이니까.

용사가 원한 결과? 아니면 뭔가 혼혈 같은 걸까?

머리가 여러 개 달리고 팔이 잔뜩 나 있는 필로리알 퀸 따위, 만나고 싶지 않아.

그런 필로리알을 차기 여왕으로 삼고 싶지 않아. 피트리아의 후계자로 삼고 싶지 않아.

무엇보다, 피트리아의 생김새는 그렇게 끔찍하지 않은걸.

처음에 분명 피트리아와 닮은 모습이라고 했으니까, 피트리아와 다르다는 건 말이 안 된다.

"여왕님~, 어떻게 할 거예요~?"

부하들이 묻는다.

여기서 떨고만 있으면 체통이 서지 않는다.

"으응……."

마침 용사들이 뭘 하고 있는 건지 궁금하던 참이기도 하니, 확인도 할 겸 한번 가 볼까 하는 생각이 든다.

"그럼 새로운 여왕을 만나러 가자. 다들 준비해!"

"""라저~."""

이렇게 해서, 피트리아는 보통 필로리알의 모습으로 변장하고 부하들이 새로운 여왕 후보를 발견했다는 메르로마르크국에 도착했다.

"""이제 어떻게 해요~?"""

"너무 모여 있으면 인간들에게 들키니까 일단 뿔뿔이 흩어지고, 그런 다음에 용사가 어디 있는지 조사해 와."

"""네~에."""

부하들에게 지시를 내리고, 피트리아도 조사를 시작했다.

이럴 때는…… 역시 사육된 필로리알에게 묻는 게 제일이다.

항상 인간들과 가까이 있으니까, 인간들이 무슨 일을 하고 있는지 잘 알고 있다.

이것이 피트리아 같은 야생 필로리알과의 차이점.

그래서 필로리알 목장 구석에 숨어 들어가서, 가까이에 있던 필로리알에게 묻는다.

어째 눈매가 험상궂어 보이는 새까만 필로리알.

어디 보자, 가슴에 달린 건 명찰일까? 인간의 문자로 '블랙 썬더'라고 적혀 있다.

"저기."

"엉?! 뭐야, 이 새끼야! 이 블랙 썬더 님한테 용건이라도 있는 거냐? 오?"

검은 필로리알이 폭언을 내뱉으면서 피트리아를 뚫어지게 쳐다본다.

"꽤 깜찍한 아가씨인데? 어때? 내 여자가 되겠다고 말만 하면, 주인한테 명령해서 널 내 첩으로 들여 줄 수도 있는데."

……보아하니 피트리아에 대해서 아무것도 모르는 애송이인 모양이다.

뒤쪽을 보니 늙은 필로리알이 창백해진 얼굴로 달려오고 있다.

하지만 지금은 교육이 필요할 때.

피트리아는 다리를 있는 힘껏 치켜 올리고, 국소적으로 변장을 해제한다.

"흐엑――."

"그런 짓을 할 때는, 먼저 상대가 누구인지를 확인해야 해. 안 그러면 개죽음을 당하니까."

아, 뭔가 너무 통쾌한 소리가 나고 말았다. 일단 회복 마법을 걸어 줘야겠는걸.

"히이이이이이이이이이이익!"

블랙 썬더는 꼬리를 말고 도망쳐 버렸다.

"여왕님께서 여긴 어쩐 일이십니까! 부디 분노를 거두어 주십시오."

늙은 필로리알이 고개를 조아리며 애원해 온다.

"괜찮아. 그렇게 많이 화난 건 아니니까. 하지만 필로리알로서의 교육이 부족한 점에 대해서는 주의를 줘야겠어."

"여왕님께 가르침을 받았으니 저자도 반성할 겁니다."

"그래……."

늙은 필로리알이 피트리아에게 밥을 주었다. 별로 좋은 음식은 없지만.

그래도 평소에는 접할 수 없는 맛이라서 감회에 젖을 수 있었다.

사람이 만든 음식들 중에는 잊을 수 없을 만큼 맛있는 것들도 있었다.

피트리아와 약속을 나눈 용사는 자주 음식을 만들어 주곤 했었다. 정말 맛있었다.

"이 부근에서 사성용사와 새로운 여왕 후보를 봤다는 보고를 들었어. 어디 있는지 몰라?"

"그 일 말씀입니다만……."

늙은 필로리알은 이 나라에 소환된 용사에 대한 소문을 피트리아에게 얘기해 주었다.

방패 용사가 범죄를 저질러서 쫓기고 있다고? 남색 머리칼을 지닌 여자아이를 데리고?

하지만, 들자 하니 그건 음모라는 모양이다.

으음…….

"그거랑 여왕 후보랑 뭔가 관련이 있는 거야?"

"현재 필로리알을 키우고 있는 건 방패 용사뿐입니다. 저도 봤습니다. 좋은 사람 같더군요."

"그래……? 어떤 애였어?"

"연분홍색 필로리알이었습니다."

"머리랑 손은 몇 개 달려 있었지?"

"보통 필로리알들이랑 똑같았습니다만."

그 부하 놈들……. 역시 잘못 알고 있었잖아.

"어디로 갔는지 알아?"

"글쎄요……. 저도 그것까지는……."

"알았어……. 고마워."

"다시 오시기를 기다리겠습니다!"

경례하는 나이 든 필로리알을 뒤로하고, 피트리아는 부하들과 합류했다.

부하들도 정보를 수집하고 있었다. 들자 하니, 남서쪽으로 도망쳐 가는 걸 봤다는 모양이다.

그래서 피트리아도 메르로마르크 남서쪽으로 향한다.

……어디에 있는 거지?

그렇게 생각하고 있으려니…….

"GYAOOOOOOOOOOOOOOOOOOOOOOO!"

등골이 오싹해졌다. 그것이 드래곤의 포효라는 것을 본능이 가르쳐준다.

살펴보니 용제의 조각을 소지한 흉악한 마물이 인간 마을의 성벽을 부수며 내달리고 있었다.

그 너머에 연분홍색 필로리알 퀸이 있었다. 그 등에는 방패를 든 인간이 타고 있다.

찾았다. 피트리아는 방패 용사 일행을 향해서 달려간다.

자세——히 시선을 집중해 보고, 피트리아는 그리운 감회에 젖었다.

그래, 그것은 피트리아가 태어난 그날의 일……. 용사는 피트리아를 보고 미소를 지어 주었지.

따스한, 모든 것을 감싸 주는 것만 같던 그 포근함을 한눈에 느낄 수가 있었다.

응. 방패를 든 저 용사는 틀림없이 용사다.

하지만 깊디깊은, 슬픔과도 닮은 분노도 느껴진다. 아마도 커스 시리즈를 소지하고 있는 것 같다.

용사가 가진 무기의 저주는 엄청난 힘을 준다. 피트리아는 수없이 본 적이 있었다.

하지만 대가도 그만큼 크다. 그리고 정말로 아픈 것은 바로 상처받은 마음.

저 방패를 가진 용사는 분명 깊은 마음의 상처를 받았고, 그 마음이 커스 시리즈를 일깨운 거겠지.

상처받은 마음을 위로해 주고 싶다. 구해 주고 싶다.

잠시 그렇게 마음이 흐트러졌지만, 곧 그 마음을 정상으로 되돌려서, 얼음처럼 차갑게 식힌다.

이 세계에, 그러고 있을 여유 따위는 없다.

용제의 조각을 소지한 공룡과의 싸움을 시작한 방패 용사 일행과 연분홍색 필로리알을 바라본다.

아마 저 연분홍색 아이가 여왕 후보인 필로리알.

역시 머리는 하나뿐이고, 크기나 색깔은 다르지만 피트리아와 비슷하게 생겼다.

다만 싸우는 모습으로 보아 썩 강한 것 같지는 않다.

……솔직히, 불안.

"생추어리."

피트리아도 전투를 위해서 마법을 영창, 그 누구도 도망칠 수 없는 성역을 창조해낸다.

물어보고 싶은 것들이 산더미처럼 많다.

왜 세계 곳곳의 파도에 참가하지 않는 건지, 다른 용사들은 뭘 하고 있는 건지.

세계는 용사를 원하고 있다. 이 나라에서만 활동하고 있을 여유 따위 없다.

　최악의 경우…… 세계를 위해서 꼭 필요한 일이라면 피트리아의 손을 더럽히는 것도 불사하겠다는 각오를 다진다.

　그것이 먼 옛날에 피트리아가 자신의 용사와 나눈──약속이니까…….

삼용교심별

교황

밀레리아

피트리아(인간형)

피트리아(퀸형)

피트리아(필로리알형)

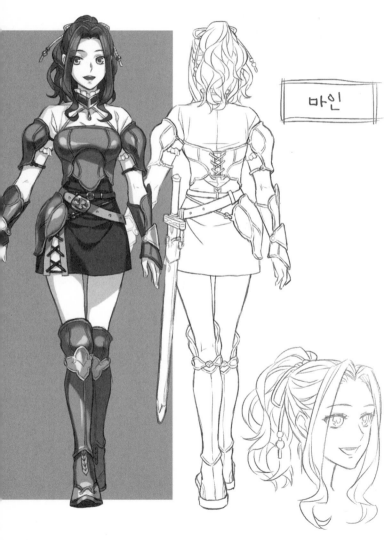

마인

방패 용사 성공담 4

2014년 12월 10일 제1판 인쇄
2020년 08월 20일 제9쇄 발행

지음 아네코 유사기 | **일러스트** 미나미 세이라

옮김 박용국

발행 영상출판미디어(주)
등록번호 제 2002-000003호
주소 21311 인천광역시 부평구 평천로 132 (청천동)
전화 032-505-2973(代) | FAX 032-505-2982

ISBN 979-11-319-0369-8
ISBN 979-11-319-0033-8 (세트)

Tate no yuusha no nariagari 4
ⓒ Tate no yuusha no nariagari by Aneko Yusagi
Edited by MEDIA FACTORY
First published in Japan in 2014 by KADOKAWA CORPORATION, Tokyo.
Korean translation rights arranged with KADOKAWA CORPORATION, Tokyo.

구매 시 파손된 도서는 구매처에서 교환하실 수 있습니다.
기타 불편사항, 문의사항이 있으신 독자님께서는 노블엔진 홈페이지
[http://novelengine.com] 에서 Q&A 게시판을 이용해 주시기 바랍니다.